KB267156

魔刀藝劍

마도예검

Fantastic Oriental Heroes

마도예림 7
김용하 新무협 판타지 소설

초판 1쇄 찍은 날 § 2004년 7월 22일
초판 1쇄 펴낸 날 § 2004년 8월 2일

지은이 § 김용하
펴낸이 § 서경석

편집장 § 문혜영
편집 § 김희정 · 유경화 · 서지현
마케팅 § 정필 · 강양원 · 이선구 · 김규진 · 홍현경

펴낸곳 § 도서출판 청어람
등록번호 § 제1081-1-89호
등록일자 § 1999. 5. 31
어람번호 § 제2-0405호

주소 § 경기도 부천시 원미구 심곡1동 350-1 남성B/D 3F (우) 420-011
전화 § 032-656-4452 팩스 § 032-656-4453
http://www.chungeoram.com
E-mail § eoram99@chollian.net

ⓒ 김용하, 2003

값 8,000원

ISBN 89-5831-187-8 04810
ISBN 89-5505-912-4 (SET)

※ 파본은 본사나 구입하신 서점에서 교환하여 드립니다.
※ 저자와 협의하여 인지를 붙이지 않습니다.

마도예결

김용하 新무협 판타지 소설 7

완결

Fantastic Oriental Heroes

魔刀藝劍

도서출판
청어람

제81장

폭풍 전야(暴風前夜)

폭풍 전야(暴風前夜)

겨울은 고산 지대를 좋아한다.

겨울은 장인촌을 가장 먼저 방문했다. 첫 추위치곤 너무나도 추웠다. 산야(山野)가 모조리 꽁꽁 얼어붙었다.

어젯밤에 내린 첫눈은 장인촌을 하얗게 뒤덮었다.

처음에는 소담하게 내렸었다. 화사한 듯… 푸근하게… 그렇게 내렸었다.

첫눈은 시간이 지남에 따라 폭설로 변했다. 불과 반 시진 만에 색깔을 지닌 모든 것을 덮어 버렸다.

장인촌은 백색 천하가 되었다.

중원 천하에 첫눈이 내리려면 앞으로도 열흘 이상이 지나야 할 것이다. 중원의 겨울은 장인촌보다 훨씬 늦게 찾아오므로……

장인촌에 아직 새로운 무덤은 생기지 않았다. 관(棺)을 준비한 사람도 없었다. 살인미소가 아직 살아 있기 때문이다.

선명한 형태의 대롱 두 개…….
대롱은 유리로 만들어진 것이 아니다. 또렷한 형태를 지닌 밀짚 대롱이었다.
밀짚 두 개는 각각 살인미소의 정맥과 동맥에 꽂혀 있었다. 약하디 약한 밀짚 대롱이 살인미소의 피부와 근육을 뚫고 두 맥(脈)을 관통하고 있는 것이다.
정맥으로 새로운 피가 흘러들었다. 동맥으로는 검붉은 피가 빠져나갔다. 밀짚은 내부가 비어 있어 대롱 역할을 충분히 했다.
살인미소의 전신에는 어느새 새살이 돋아나 있었다.
뭉텅뭉텅 베어져 나간 얼굴과 발라놓은 것처럼 너덜너덜하고 앙상했던 가슴도 거의 완전한 상태가 되었다. 이제야 제대로 된 인간 같았다.
생(生)을 찾아가는 중이었다.
살인미소에게 가장 시급한 일은 수혈(輸血)이었다. 장인촌으로 들어올 당시부터 피 부족 현상이 일어났다.
피… 그것은 천하의 활불 생선이라 할지라도 인위적으로 제조할 수 없다.
타인의 피를 주입받는 것은 지극히 위험한 일이다. 각 사람마다 피의 형질(形質)이 다르기 때문이다. 이질의 피가 주입되면 내부에서 서로 엉키게 된다. 결과는 죽음이다.
"우라질… 어째서 내 피의 형질이 이놈과 똑같다는 것이냐?"
오독불의 음성이었다.

오독불과 살인미소… 두 사람은 서로 밀짚 대롱으로 연결되어 있었다.

"글쎄다."

생선이 대답했다.

다시 이어지는 오독불의 목소리엔 불만이 가득했다.

"자네가 모르는 것도 있나?"

이번에는 생선의 음성.

"그것까지 어찌 내가 다 알 수 있단 말인가? 다만 장인촌에서 유일하게 자네가 살인미소와 피의 형질이 같을 뿐인걸……."

오독불은 살인미소 옆에 바짝 붙어 누워 있었다. 긴 밀짚 대롱 하나를 통해 그의 피가 살인미소에게 직접 수혈되고 있었다.

"염병할! 과거… 내 조상들과 풍가들의 피가 뒤섞이기라도 했단 말인가?"

"글쎄다."

"왜 그것도 증명하지 못한단 말인가?"

"그때는 내가 살아보지 않아 모르겠다."

"끄응……."

밀짚 대롱은 온통 붉은색으로 물들어 있었다. 오독불의 피가 계속해서 살인미소의 정맥으로 이동되었다.

오독불이 또 툴툴거렸다.

"이제는 머리가 어지럽고 구토까지 나네. 자네는 내 피를 너무 많이 뽑아대는 게 아닌가?"

생선이 고개를 끄덕였다.

"좀 많이 뽑아대긴 하네."

"뭐라고?"

"하지만 어찌하겠는가? 내 피는 물론이고 야매나 무면옹, 마평 놈까지도 피 형질이 다른걸……."

오독불이 눈을 두꺼비처럼 꿈벅거렸다.

"자네… 이러다 생사람 잡는 건 아니겠지?"

"별소리를 다 하는군. 자넨 이미 살 만큼 살지 않았는가?"

"뭐?"

"자네 나이가 몇인가? 무슨 욕심이 그리도 많단 말인가?"

오독불은 벌떡 일어날 것 같은 표정을 지었다.

"자네… 지금 내가 신혼 중이라는 걸 질투하고 있는 겐가?"

생선이 혀를 찼다.

"쯧쯧. 애들이 따로 없구먼. 이 사람아, 새로이 장가까지 갔으면 좀 어른답게 말하게."

오독불은 최근에 결혼을 했다. 신부는 야매였다.

결혼식 이래 봤자 특별한 것은 없었다. 평소 마시던 술자리와 달리 통통한 돼지 한 마리가 퍽! 쪼개져 잔치 음식으로 추가됐을 뿐이다.

야매의 주점에서였다. 그때는 마을 사람들도 몇 명 초대되었다.

하지만 마을 사람들은 축의금 봉투를 집어 던지다시피 하고 즉시 꽁무니를 뺐다. 그들에게 오독불은 언제나 두려움의 대상이었다.

마을 사람들은 재빨리 뒤통수를 보이며 제각기 한마디씩 내뱉었다.

"인간의 결혼식이라면 될 수 있는 한 오래 머물며 축하의 말을 나누고 취하도록 술을 함께 마실 것이지만… 저 인간이 어디 인간이란 말인가?"

"야매가 갑자기 실성한 것은 아닐까? 어째서 인간을 신랑으로 고르지 못했을까?"

물론 야매의 주점에서 한참이나 떨어진 곳에서 내뱉은 소리였다.

오독불과 야매의 공식적인 결혼식은 그렇게 끝났다. 하지만 삶아놓은 돼지 한 마리가 고스란히 남아 있었다.

새신랑은 무지하게 좋아했다.

"이번에야말로 남는 장사를 했군."

그 말은 축의금 봉투의 무게를 저울질하며 한 소리였다.

아무튼 돼지고기가 통째로 고스란히 남아 있다는 것… 또 하나의 경사였다.

오독불과 야매, 생선과 무면옹인 감 장로, 마평은 이 박 삼 일 동안 쉬지 않고 먹고 마셔대야 했다.

그 바람에 순전히 이 박 삼 일간이나 날밤을 지새며 술만 푸는 형식으로 결혼식을 마치게 되었다.

그리하여 결혼식보다도 뒤풀이가 더 요란 뻑쩍지근했었다. 왜냐하면 그동안 야매는 눈코 뜰 새 없이 새로운 안주를 만들어대야 했기 때문이다.

"돼지 비계만 먹어댔더니 속이 느글거려 못살겠구나."

이 말을 처음 한 사람은 생선이었다.

오독불도 은근히 그 말에 동조를 했다.

"나도 그런 것 같네. 하지만 얼굴 없는 아해는 전혀 그런 것 같지 않구나."

감 장로의 표정 변화를 알 수 없어 그렇게 비꼰 것이다.

생선이 한술 더 떴다.

"술을 마시면서 야채가 그리워지긴 이번이 처음이네. 신선한 과일이

그리워지기도 이번이 처음이고……. 시원한 냉채(冷菜)가 있다면 아마
도 술 한 항아리쯤은 더 마실 수 있을 것이네.”

야매는 더 이상 엉덩이를 붙이고 있을 수 없었다.

야매와 오독불은 잔치를 주관하는 입장이었다. 축객(祝客)이 대만족
할 만큼 뭐든 확실하게 대접해야 한다.

야매는 쉬지 않고 과일을 깎고 야채를 다듬었다. 냉채를 만드는 일
은 생각보다 손이 많이 간다.

그런데 이 망할 놈의 손님들은 아무리 많은 양을 만들어놓아도 게
눈 감추듯 단번에 삼켜 버리는 것이었다.

생선의 앞에는 빈 접시와 빈 그릇들이 벽돌처럼 수북하게 쌓여 있었
다. 생선이 배를 퉁퉁 두드려 가며 말했다.

“정말이지 야매의 요리 솜씨는 하늘이 내려준 신기로구나. 하지만
양이 좀 적은 것이 옥의 티로다…….”

이때의 감 장로는 평상시와 달라도 너무 달랐다.

“정말 그렇습니다. 어째서 야 누님의 손이 이리도 작아졌는지 그 점
을 이해하지 못하겠습니다. 아마도 결혼이라는 것은 누구라도 구두쇠
로 만드는 것인가 봅니다.”

야매는 또 엉덩이를 떼어야 했다.

‘이것들은… 내 결혼식 날짜에 맞춰 일주일 전부터 굶었음이 분명
하다. 웬수들… 이건 손님을 부른 게 아니라 굶주린 돼지 떼거지를 불
러들인 것이다.’

그녀는 계속해서 과일을 깎고 야채를 다듬어야 했다. 그랬는데 또
생선이 돼지고기에서 저(箸)를 떼며 투덜거렸다.

“역시 고기는 식으면 맛이 없어. 기름기가 엉겨붙어 질긴 고무를 씹

는 것 같다니까.”

감 장로가 생선의 말에 적극 동조했다.

“고기를 아낄 마음이 있는 주인은 일부러 손님상에 식은 고기를 내놓는다는 말이 있는데 그 말이 사실인 것 같군요.”

야매는 도끼를 찾고 싶었다. 오독불도 그랬다.

하지만 피로연에 인간의 피를 보는 것은 불길한 일이다. 야매는 도끼 대신 식칼을 잡아 고기를 잘게 썩썩 썬 다음, 가마솥에 불을 지펴 몽땅 찌개로 끓였다.

생선은 대만족이었다.

“어쩌면 고춧가루의 양이 이다지도 적당하단 말인가? 속이 확 풀어지는구나.”

감 장로도 큼직하게 고개를 끄덕였다.

“오독불 어르신께서는 정말 복도 많으십니다. 천하의 어떤 사람도 이토록 요리 솜씨가 좋으신 분을 아내로 맞진 못할 것입니다.”

더 이상 듣기 좋은 말은 없을 것이지만 이상하게도 야매는 화가 났다.

‘이 인간들은 정말이지 주둥이 하나만은 천하제일임이 분명하다.’

결국, 야매는 이 박 삼 일 내내 손님 같지도 않은 손님들의 잔시중만 들었다.

피로연은 그렇게 끝났다. 그리고 삼 일이 지났다.

그런데 새신랑이 된 오독불은 야매와 동침하는 시간보다 살인미소와 동침하는 시간이 더 많아지게 되었다.

생선의 말인즉, 이제부터 본격적인 수혈을 해야 한다는 것이다.

야매는 정말로 도끼를 어디에 놓아두었는지 곰곰이 생각해 보아야 했다.

'헛간이지 아마… 마침 결혼식 전에 예리하게 갈아두었으니 움켜쥐기만 하면 한두 놈 골로 보내는 것은 일도 아닐 것이다.'

이때의 오독불은 정말이지 결단력을 상실한 사람 같았다. 도살장으로 끌려가는 소 눈빛이 되어 힘없이 이렇게 말했다.

"이왕에 나는 그놈을 살려주기로 결심한 사람일세. 반드시 그래야만 그놈이 살아날 수 있다면 그러는 수박에 더 있겠나."

생선이 반색을 했다.

"정말 잘 생각했네."

"다시 생각해 보아도 내 결정이 옳은 것 같네."

"자네가 지금부터 어떤 일에 온 힘을 다해 노력하고 수고하면 열 달 후에는 분명 갓난아이 하나를 만들 수 있을 것이네. 하지만 그래 봤자 제 힘으로는 이 험한 세상을 헤쳐 나갈 수 없는 미약한 아이 하나를 겨우 만들 뿐일세. 하지만 자네가 며칠간만 편안하게 누워서 수고하면 다 큰 아이 하나가 새롭게 태어나는 것이나 마찬가지일세. 그 일이 훨씬 효율적인 일이지 않은가?"

생선의 긴말을 듣고 있는 동안 새신랑 오독불의 심정은 찢어지는 것 같았다.

"논리인즉 분명 그렇긴 하네만……."

오독불은 슬쩍 야매를 훔쳐보았다.

새신부 야매의 가슴도 갈기갈기 찢어지기는 마찬가지였다. 야매가 벌떡 일어나며 말했다.

"그렇다면 나는 지금 친정에 다녀와야겠어요."

오독불이 기겁을 했다.

"이 일은 불과 며칠 만에 다 큰 아이 하나를 뚝딱 만들어내는 기적과 같은 일이라니까!"

야매의 화가 풀어질 리 없었다. 야매는 벌써 문을 박차며 밖으로 향하고 있었다.

"아무튼 나 없이도 애를 만드는 일이잖아요."

야매는 한다면 하는 여자다. 그녀는 정말 그날 사라졌다.

그렇지만 오독불도 생선도 별로 걱정하는 눈치가 아니었다. 야매에게는 친정이 없는 것이다.

야매는 다음날 돌아왔다.

그녀의 손에는 커다란 보따리가 두 개나 들려 있었다. 그녀는 돌아오자마자 보따리의 내용물을 모조리 가마솥에 쏟아 넣고 불을 지폈다.

부글부글.

곧 가마솥이 끓기 시작했다.

오독불과 생선, 감 장로와 마평은 그때, 개를 그슬렸을 때 발생하는 비릿한 비린내를 맡았다.

처음에는 그랬지만 시간이 지날수록 가마솥에서는 구수한 냄새가 나기 시작했다.

야매가 그들 모두를 바라보며 말했다.

"푹 고아야 효과 만빵이래요."

오독불은 입을 헤 벌렸다.

'정말정말 착한 내 마누라……'

야매는 몇 개의 장작을 더 가마솥 밑으로 집어넣었다.

"오 오라버니의 피가 모조리 빠져나가면 그 후부터 전혀 힘을 쓰지 못할지도 모르는 일이잖아요. 보양탕은 삶으면 삶을수록 효험이 더 나는 법이니 앞으로도 두 시진은 더 삶아야겠어요."

오독불이 큰 소리로 말했다.

"거참… 내 마누라는 착하기 이를 데 없다니까. 어째서 이미 갈아둔 도끼를 들고 설칠 생각은 전혀 하지 않는 것인지……. 여자란 결혼을 하면 마음씨가 천사처럼 변하나 봐."

생선도 동감을 표시했다.

"이 대목이야말로 정말 감동적이고 존경스럽기 짝이 없는 대목일세."

생선이 그렇게 아부를 하는 것은 이유가 있었다. 야매의 비위를 맞추면 맞출수록 국물에 더 큰 살점이 들어 있을 것이기 때문이다.

살인미소는 여전히 인사불성이었다. 하지만 혈색은 시간이 지날수록 점점 더 좋아졌다.

오독불은 정신은 멀쩡했다. 하지만 시간이 지날수록 점점 더 혈색은 나빠졌다.

야매가 고아온 보양탕을 벌써 이틀간이나 퍼먹어댄 오독불이었지만 인간다운 혈색은 돌아오지 않았다.

생선은 침이 마르도록 야매를 칭찬했다.

"하루도 거르지 않고 보양탕을 고아 자네에게 퍼먹여 대는 야매의 정성이야말로 옆에서 보기에도 눈물겨운 일이네."

오독불은 누워서 고개를 끄덕였다.

"정말 내 마누라는 많은 종류의 보양탕 조리법을 알고 있지만 조리된 보양탕의 절반은 자네가 빼앗아먹는다는 점을 잊지 말기 바라네."

"나는 하루의 절반을 누워 있어야 하는 자네가 과식할까 봐 그런 것일세. 소화 불량에 걸릴지도 모르는 일 아닌가?"

오독불의 피가 계속해서 살인미소의 내부로 흘러 들어갔다. 앞으로도 두 시진은 계속 수혈해야 오늘 일과가 마감될 것이다.

'수혈만 끝나면……!'

오독불의 뇌리 속에는 온통 야매 생각뿐이었다.

그녀의 알상알상한 나신… 그것은 오독불의 눈을 멀게 할 정도로 황홀한 것이었다.

야매의 포동포동하고 두툼두툼한 두 유방을 말하자면… 밤새도록 두 손으로 거룩한 물건인 양 떠받치고 잔다 하여도 성이 차지 않을 만큼 소중한 것이었다.

뿐만이 아니라 숫처녀처럼 야들야들하고 팽팽하고 반질반질한 그녀의 매끈매끈한 피부… 야매는 하늘이 나에게 내려준 복 중의 복이었다.

그런데 망할!

옆을 쓱 보자면 그토록 아름답고 사랑스러운 야매가 아닌 천 조각만 조각으로 찢어 죽여 버리고 싶었던 왕년의 살인미소가 떡하니 누워 있는 것이다.

갑작스럽게 부아가 났다.

'도대체 이게 뭔 개 같은 일이란 말인가? 좌우지간 이놈이 개입되기만 하면 뭔 일이 생겨도 생기고 마는구나.'

휘이잉~

창틀을 스치고 지나가는 바람은 칼날처럼 매서웠다. 하지만 골방 바닥은 뜨근할 정도로 불이 지펴져 있었다.

최근 들어 마평은 나무꾼이 되었다.

얼마 전까지만 해도 절정문주였음을 감안하자면 비참할 정도로 추락된 인생이지만 마평은 나무를 하는 일이 더없이 즐거웠다.

형… 살인미소의 등을 따뜻하게 해주는 일이기 때문이다.

살인미소는 여전히 미동도 없었다.

오독불이 힐끔 살인미소를 바라보고 생선을 향해 툴툴거렸다.

"이제야 하는 말이네만 어제는 내 마누라가 불평을 늘어놓았다네."

"그 점은 나도 충분히 이해하고 있네. 어쨌든 자네는 신혼 아닌가?"

"아냐, 아냐. 내 말뜻은 그게 아냐."

"……?"

오독불이 천천히 고개를 흔들었다.

"사실 내 팔뚝에서는 매일 피가 뽑아지고 있고 또 거시기에서는 매일 정액이 뽑아지고 있는데… 거참… 수혈을 시작한 이래로 그게… 그게… 영 시원치 않다는 것일세. 그거… 그거 말일세. 약해지는 거… 수혈과 연관 관계가 있는가?"

생선이 분명하게 말했다.

"있네."

"잉?"

"쯧쯧… 모든 일을 상식의 선에서 생각하게. 이유 여하를 불문하고 과다한 지출은 집안이 망하는 법이고 이쪽이든 저쪽이든 과다한 배출은 분명 몸이 상하는 일일세."

오독불이 난감한 표정을 지었다.

"그, 그럼 어느 배출이든 당장 한 가지는 그만두어야 하는 것 아닌가?"

"그게 가장 좋은 방법이지."

"난… 난 당장 수혈을 그만두고 싶네."

생선이 고개를 끄덕였다.

"자네 생각이 정 그렇다면 그렇게 하도록 하게. 하지만 살인미소의 생사는 나도 장담하지 못하겠네."

"이, 이런 망할 놈의 일이 있나!"

"다시 생각해 보게. 자네는 어떤 배출을 그만두겠는가?"

오독불은 어린아이처럼 천진스럽게 얼굴을 찡그렸다.

"야, 야매에게 물어봐야겠네."

생선이 혀를 찼다.

"사람은 아무리 규칙적으로 살아야 한다지만 매일 봉사를 하는 것은 자네 몸에 정말로 좋지 않은 일일세. 당장 그 일을 하루 걸러 한 번씩으로 조절하게."

오독불이 고개를 저었다.

"신혼 땐… 누구나 그 일 조절이 쉽지 않은 법일세."

생선이 무슨 말인가 하려 했다.

그때 와락 문이 열리는 바람에 냉큼 입을 다물어 버렸다. 화제의 당사자인 야매가 성큼 들어서고 있었다.

야매는 두 보따리나 되는 보양탕을 들고 들어왔다.

"생각해 보니 나도 철이 없었어요. 오 오라버니가 좀 신통치 않아졌다고 공연히 짜증만 내다니… 여자란 원래 속이 좁은가 봐요."

오독불의 얼굴이 벌겋게 변했다.

"야매! 다… 들었구나?"

"오 오라버니는 내 귀를 늙은이의 귀로 생각하고 있나요?"

생선이 이들 대화에 끼어들었다.

"맞아. 야매의 모든 기능 중에 늙거나 낡은 것이라곤 아무것도 없지."

야매가 보양탕 보따리를 풀며 말했다. 보양탕은 아예 탕약 수준이었다. 영양가를 더 짙게 하기 위해 고을 대로 곤 것이다.

그러고 보니 야매의 얼굴은 방금 떠오른 보름달처럼 화사한 빛이 감돌고 있었다. 도저히 믿을 수 없는 일이지만 최근까지 눈가에 새겨졌던 주름살도 감쪽같이 사라져 버렸다.

여자에게 결혼은 모든 근심 걱정을 보따리째 날려 버리는 일인가 보다.

비록 제대로 신혼의 시간을 갖지 못하고 있음에도 결혼은 여자에게 많은 변화를 일으키는 위대한 선물임이 틀림없었다.

야매가 그릇 두 개에 보양탕을 똑같이 나누며 말했다.

"생선 오라버니."

"응."

"밤에는 차라리 오 오라버니를 보내지 말아요. 수혈은 아예 밤을 이용해 하라구요."

생선은 무릎을 쳤다.

"그… 그렇게 좋은 방법이 있는 줄… 지금까지 내가 왜 몰랐던가?"

반면에 오독불은 앓는 소리를 냈다.

"도대체 이 여편네는 누구 여편네인지… 그게 몹시 헷갈리는구나."

야매가 까르르 웃고는 말했다.

"이왕 결혼을 했는데 난들 오 오라버니가 밤마다 내 옆에 있는 것이 오죽이나 좋겠어요? 하지만 오 오라버니가 아무리 초인(超人)이라 해도 매일 수혈과 사정(射精)을 반복해하다 보면 반드시 몸이 상할 거예요. 장기적으로 보면 그건 좋지 않아요. 그러니 일단은 수혈에만 열중하세요. 그 이후엔 정말이지 사정에만 열중하라구요. 그땐 내가 모조리 감당할게요."

인간이란 본시 성선설(性善說)의 주인공임이 틀림없는 것인가 보다. 야매의 본심이 이렇듯 착하기만 하니 말이다.

오독불은 치밀어 오르는 어떤 감동에 의해 숨까지 탁 막히는 것 같았다.

그렇지만 원래 오독불은 조리있게 말을 잘하는 사람이 못되었다.

"정달이지 나에게 호박이 넝쿨째 굴러왔어!"

야매가 눈을 가자미처럼 찢었다.

생선은 혀를 찼다.

"자네는 결정적인 순간에 조용히 입 다물고 있는 것이 더 효과적이 될 것일세."

밤이 다가올수록 거센 바람이 일었다.

휘이잉~

창문이 덜커덕거리며 비명을 질러댔다.

그런데 원초적인 말이 나온 것이었다. 생선과 오독불, 야매는 이 밤을 함께 새기로 작정을 했다.

장인촌처럼 좁은 마을에선 별 이야깃거리가 생길 리 없었다. 요즘 들어선 특별한 사건이나 사고도 일어나지 않았다.

하긴, 살인미소가 송장처럼 누워 있는데 무슨 변고가 생기겠는가?

하지만 지금까지도 세 사람은 붙어 앉기만 하면 밤을 낮 삼아 수다를 떨어대곤 했다. 그것도 참으로 신기한 일이었다. 이야깃거리는 샘이 솟듯 언제나 무궁무진했으니 말이다.

세 사람 또한 참으로 이상한 사람들이었다.

늙은이에겐 말벗이 자식보다 더 소중하다더니 정말로 그런 것 같았다.

이들의 나이를 감안해 본다면… 이들이 나란히 붙어 앉아 아무리 주책없는 말들을 주고받는다 해도 십분 이해해야 할 것이다.

이미 피차 간에 창피함을 느낄 나이는 훨씬 지나 있었다. 일백 년 전쯤에 말이다.

특히 오늘은 아예 처음부터 말초 신경 쪽으로 가닥이 잡혔다. 그런 이야깃거리라면 세 사람은 절대로 물러서지 않는다. 특이 체질들이었다.

오독불은 과거 자신이 바람피우던 이야기를 하기 시작했다. 이땐 정말로 주책이 없었다.

"나처럼 잘생기고 건강한 남자에게 늘 여자가 따라다니지 않는다면 그건 처음부터 거짓말을 할 때뿐이지. 안 그런가, 야매?"

한 번 시작된 오독불의 화려했던 과거 바람둥이 시절의 일들은 무려 한 시진이 넘도록 나열되었다.

신기한 일은 야매조차도 재미있다는 듯 그 말에 귀를 기울이고 있다는 점이었다.

골이 비어 보이기는 이때의 야매도 마찬가지였다.

한가락 놀던 때를 말하자면 누구에게도 질 수 없는 화려한 이력이 있는 야매였다. 그걸 그때부터 까발리기 시작했다.

"세상 사나이들의 눈은 어쩌면 그렇게 모두 다 한결같은 것인지… 그걸 모르겠어요. 어째서 사나이들은 미인에게 그토록 약한 것일까요?"

이렇게 시작된 야매의 이력 또한 반 시진에 이르도록 나열되었다. 화려하기 이를 데 없는 과거지사들이었다. 원초적으로 말이다.

오독불도 야매의 과거 따위엔 조금도 신경 쓰지 않았다. 오히려 '과연 장한 내 마누라구나' 라는 표정이 역력했다.

정말 알 수 없는 사람들이었다.

휘이잉~

밤바람은 점점 더 차가워졌다.

아마도 내일은 장인촌 전체가 빙판이 될 것이었다.

*　　　　　*　　　　　*

일단의 무리… 그들은 이백 명이나 되었다.

한결같이 초립(草笠)을 깊숙하게 눌러쓴 초립인(草笠人)들…….

이들이 쓰고 있는 초립은 건드리기만 해도 금방 부서져 버릴 듯 매우 낡은 초립이었다.

일신상에 걸치고 있는 옷 또한, 손만 대면 금방이라도 먼지로 화해 사라져 버릴 듯 낡아 있었다.

기이한 점 한 가지는 이들 모두가 너 나 할 것 없이 장작개비처럼 바짝 말라 있다는 것이다.

저벅… 저벅… 저벅…….

깊은 밤의 정적이 초립인들의 도보(徒步)로 인해 산산이 부서졌다.

깊이 눌러쓴 초립 아래로 굳게 다물려 있는 입술은 좀처럼 열릴 것 같지 않았는데… 언제부터인가 하나둘씩 그 입술이 열리고 있었다.

"중원인가? 큭큭… 삼 년 만이로군……."

“그런가? 세상 바람을 쐰 지 벌써 삼 년이나 됐단 말인가?”

그들의 음성이 이어졌다. 감정이라곤 전혀 스며 있지 않은 메마른 음성들이었다.

“그동안 우리는 정지된 삶을 살아왔고 정지된 인생을 살아왔지…….”

“빙곡(氷谷)이 우리를 영원히 가두어놓는 줄 알았는데…….”

“그곳에 갇혀 우리의 운명도 영원히 정지되는 줄 알았다네.”

“피가 그리워지는군. 갇히기 전에 그토록 즐겼던 피가… 그리워……!”

휘이잉—

밤바람은 살을 도려낼 듯 차가웠다.

이들은 현 천하에서 전혀 알려지지 않은 자들이었다.

그동안 천하는 이들을 철저히 외면했었고 이들도 천하를 철저히 외면했었다. 이들은 완전히 이방인들이었다.

저벅… 저벅… 저벅…….

황량한 밤바람과 함께 이들은 점점 더 중원의 중심부를 향해 걸음을 옮겼다.

초립인들… 그렇지만 이들은 불과 삼 년 전까지만 해도 당당하게 일문(一門)을 이루던 사람들이었다.

이들이 몸담았던 문파는 섬서에 위치한 천신마왕전(天神魔王殿)이었다.

삼 년 전…….

그 당시만 해도 이들 개개인은 신(神)이었다. 마왕(魔王)이었다. 때문에 이들은 자신들을 천신마왕(天神魔王)이라고 지칭했었다.

그런데… 이들 이백 명의 마왕이 불과 단 이 인(二人)에게 처참한 패배를 당하게 될 줄이야……

그 당시, 지금처럼 삭풍이 매섭게 휘몰아치던 어느 날… 천신마왕전의 전문으로 단 두 사람이 들어섰다.

한 사람은 초로(初老)의 인물이었고 또 한 사람은 약관의 인물이었다.

천신마왕전의 전주(殿主) 천마혼(千魔魂)은 두 눈에 불신을 담았다. 당시 나이로 꼭 일백일흔 살인 그였다.

천마혼은 전문을 넘어서는 두 사람을 대번에 알아보았다.

"흐음… 해남검파의 장문지존 무결존자 탄사혼과 비룡검보의 보주 주형광은 본 전(本殿)에 귀의할 의사가 있는 모양이로구나. 그렇지 않고서는 본전의 문턱을 함부로 넘을 리 없는 일 아닌가?"

무결존자 탄사혼이 조용하게 고개를 끄덕이며 말했다.

"천신마왕전주는 우리를 받아주겠는가?"

천마혼은 눈을 동그랗게 떴다.

"진심으로 하는 말인가?"

탄사혼이 고개를 끄덕였다.

"그렇다네."

"으음… 믿을 수가 없구나."

말도 그랬지만 천마혼은 의심이 많은 사람이다.

그 당시, 무결존자 탄사혼의 명호는 강호상에서 천신마왕전주인 천마혼의 명호보다 훨씬 높은 위치에 있었다. 비룡검신 주형광의 명호 또한 천마혼 아래가 아니었다.

그런 사람들이 천신마왕전에 귀속할 뜻이 있다는 것은 누구라도 선뜻 믿을 수 없는 일이다.

천마혼의 짐작대로였다. 무결존자 탄사혼은 천마혼을 조롱한 것이었다. 탄사혼의 다음 말이 그 점을 분명하게 증명했다.

"하지만, 하지만 말일세. 천신마왕전의 능력이 우리 두 사람을 포용할 정도가 못된다면 그때는 어떡하겠나?"

천마혼은 울컥 치미는 분노를 느꼈다.

천마혼은 섬서의 거마답게 내심을 쉽게 드러내지 않으면서 클클거리며 비릿하게 웃었다.

"너희들은 이상하게 시비를 거는구나."

탄사혼이 차분하게 말했다.

"그럴지도 모르지. 그렇지만 그대는 분명하게 대답해야 할 것이다."

천마혼이 두 주먹을 부르르 떨며 외쳤다.

"그대 두 사람의 능력이 본좌와 이백 거마를 뛰어넘을 수 있다면 우리 모두는 그대 두 사람 발 밑에 서겠다."

탄사혼이 흐릿한 미소를 새겼다.

"그 말이 진심이길 바라네. 또 그 말이 서로 간의 약속이길 바라네."

천마혼의 노갈(怒喝)이 터진 것은 바로 그때였다.

"쥐새끼 같은 놈들……. 갈기갈기 찢어 죽이고 말겠다!"

그 순간, 탄사혼과 주형광의 전후좌우로 천신마왕전의 거마들이 그림자처럼 현신하기 시작했다.

슷— 스슷—

거마들은 이미 각종의 살벌한 병장기들을 뽑아 든 상태였다.

천마혼의 명령이 한겨울의 서릿발만큼이나 싸늘하게 떨어졌다.

"저 두 놈을 흔적도 없이 지워 버려라!"

"멍!"

이백 명이나 되는 거마가 일제히 탄사흔과 주형광을 에워싸고 각종의 병장기들을 날려왔다.

피이잉—

천신다왕전은 뜻밖의 대혈전을 치르게 되었다. 이백(二百) 대 이(二)의 가공할 비검(比劍)이었다.

경천동지라고 해야 옳을 것이다.

천마혼이 거느리는 이백 명의 거마는 분기탱천한 마음으로 무결존자 탄사흔과 주형광을 쓸어갔다.

그러나… 누가 감히 이 사태를 예상이나 했으랴! 탄사흔과 주형광의 무공은 능히 개세천하(蓋世天下)를 이루고 있었음을!

숫자상으로는 분명 한편이 턱없이 기울었다. 하지만 싸움은 숫자 놀이가 아니다. 이백의 거마가 차례로 꺾였다.

전주 천마혼은 주형광과 검을 섞었다.

채앵— 챙챙—

순식간에 삼십여 초를 주고받았다. 천마혼은 뒷걸음질치고 있었다.

"이게 아닌데… 이럴 리가 없는데……."

천마혼은 전신의 힘이 쭈욱 빠지는 것을 느꼈다. 또 이십 초의 검초가 오갔다. 주형광의 검날은 독오른 뱀처럼 더욱더 맹렬한 기세로 천마혼을 향해 날아왔다.

천마혼은 주형광의 절초를 받아내지 못하고 마검을 떨어뜨렸다.

비검이 시작된 지 한 시진 만에 그런 어이없는 결과가 창출되었다.

"져, 졌다……!"

피투성이가 된 천마혼이 무릎을 꿇었다. 이백 명이나 되는 거마도 일제히 무릎을 꿇었다.

그로써 천신마왕전은 탄사흔과 주형광 발 밑에 서게 되었다.

무결존자 탄사흔이 천마혼을 일으키며 말했다.

"천(天) 전주는 빙곡(氷谷)으로 가시오. 그곳에서 삼 년 동안 최상승의 무공을 더 연마하도록 하시오."

"빙곡… 이라 하였소?"

탄사흔이 고개를 끄덕였다.

"빙곡엔 이미 이백의 무리가 절정의 무공을 연마하고 있소. 그들의 현 무공 수위는 천신마왕전 거마들의 무공 수위와 엇비슷할 것이지만 그 정도의 무공이라면 천하제일이라고 함부로 명함을 내밀기 어렵소."

천마혼은 자꾸만 왜소해지는 자신을 발견하고 깜짝 놀랐다.

"……."

하지만 그가 무슨 말을 할 수 있단 말인가?

무결존자 탄사흔이 냉정하게 말했다.

"천 전주는 더 강해진 후에 천하 바람을 쐬야 할 것이오."

천마혼이 떨리는 음성으로 물었다.

"이미 빙곡에서 무공을 연성하고 있는 그들… 그들은 누구란 말입니까?"

이번에는 주형광이 신비스럽게 웃었다.

"환상궁에선 그들을 밀종(密宗)이라 부른다오."

"환상궁……! 밀종……!"

주형광이 이어 말했다.

"나는 환상궁에서 두 가지 직책을 맡고 있소만 그중 하나가 밀종주(密宗主)요."

“……!”

밀종처럼 빙곡 또한 천하에 제대로 알려져 있지 않았다.

그러나 세상을 오래 산 사람들은 북해와 가까운 밀지(密地)에 사방 오만 평에 이르는 분지가 있음을 안다.

그런데 그곳에 밀종이 자리하고 있었다니… 더구나 주형광이 밀종주라니…….

천신마왕전주 천마혼은 한 입으로 두말할 수 없었다.

“가, 가겠소……!”

당장 떠나야 했다. 이백의 거마와 함께…….

그 후, 그들은 외부와 철저하게 격리된 채 삼 년이라는 세월 동안 빙곡에서 지내왔다. 이미 그곳에서 무공을 연성하고 있던 이백의 밀종 인물과 함께다.

천신마왕전의 거마들이 빙곡에서 한꺼번에 탈출을 감행할 마음을 먹는다면 불가능한 것이 아니었다.

하지만 누구도 그런 마음을 먹지 않았다. 이들의 주장(主將)인 천마혼은 거마두답게 약속을 지킨 것이다.

그 후, 삼 년이 지났다.

천마혼은 그때 한 장의 첩지를 받았다.

환상궁은 지금 그대들의 능력을 원하오!

밀종주(密宗主) 書.

천마혼은 과거 천신마왕전의 인물들을 데리고 중원으로 나왔다.

초립을 깊게 눌러쓰고 낡아 빠진 의삼을 걸치고 있는 초립인들이 그들이었다.

이들이 지금처럼 삐쩍 마른 모습을 하고 있는 것은 지난 삼 년 동안 죽음보다 더 혹독한 무공 연성으로 인해 제대로 잠을 못 잤기 때문이다.

그런 이들에겐 분명 어떤 목적이 있을 것이다. 반드시 중원으로 들어서야 하는 어떤 목적이……!

그런 이유로 인해 이들은 삼 년간이나 빙곡에서 혹독한 무공 연성을 하며 인간 이하의 삶을 살아왔을 것이다.

제82장

환우석부(寰宇石府)

천우석부(寰宇石府)

한겨울에 들어서 있는 지금이었다.

섣달 그믐이다. 새벽이 밝으면 새해 첫날이 된다.

언제나 문전성시를 이루던 천하제일루였지만 이날만큼은 텅텅 비어 있었다.

천하제일루는 호화 객점을 겸하고 있다. 섣달 그믐날까지 외박하는 사람은 없다.

제아무리 바람둥이라 할지라도 이날만큼은 반드시 자신의 집을 찾아 가족과 함께 지낸다.

천하제일루의 기녀들도 이미 고향을 방문하러 떠났다. 점소이를 비롯한 주요 직책을 맡은 인물들 대부분도 이미 고향을 찾아 떠났다.

떠난 사람들은 일주일쯤 지나야 되돌아올 것이다. 천하제일루는 자연스럽게 일주일 이상의 연휴를 맞고 있었다.

모든 사람들이 고향을 찾아 떠난 그날 밤, 오히려 한 사람이 천하제일루를 찾아왔다.

마평이었다.

"형님께서는 환우석부(寰宇石府)로 옮겨지셨소."

이곳은 천하제일루의 밀실이다.

밀실에는 마돈나를 중심으로 좌측에는 칠기파파와 단상, 그리고 마평이 앉아 있었다. 우측으로는 절정문의 사대장로가 나란히 앉아 있었다.

마평은 조금 전, 모든 사람들이 밀실에 자리하자마자 살인미소의 근황에 대해 설명하기 시작했다.

살인미소가 초죽음 상태로 환우십이영에 의해 동정호 상류에서 발견되었던 일, 무면옹이라는 이름으로 강호 활동을 하고 있는 과거 환우제일검가의 감 장로가 살인미소를 즉시 장인촌으로 옮긴 일, 살인미소가 생선의 치료를 받으며 차차 원기를 되찾게 된 일 등 마평은 거의 숨도 쉬지 않고 지금까지의 정황을 모조리 말했다.

"형님께선 아직 깨어나진 못했지만 소생은 초읽기 형국이었소. 그런데 갑자기 감 장로께서 형님을 환우석부로 옮겨야 한다고 주장하셨던 것이오."

마돈나가 고개를 갸웃거렸다.

"환우석부라는 곳은 처음 듣는 곳인데……?"

마평도 고개를 갸웃거리며 말했다.

"나도 처음 듣는 곳이었소. 그런데 무슨 이유 때문인지 감 장로께서 그렇게 주장하셨고 생선과 오독불도 그 일을 순순히 허락하셨소. 감

장로는 즉시 형님을 환우석부로 옮기셨고 나만 이곳으로 오게 된 것이
오.”

칠기파파가 빙그레 웃었다.

“과연 감 장로로다. 풍 가문은 정말이지 감 장로라는 빛나는 보물이
있기에 앞으로 더 큰 빛을 발하게 될 것이다.”

풍 가문에서 칠기파파의 정확한 위치는 삼대(三代) 위다. 살인미소
의 아버지인 풍백의 작은할머니가 되는 것이다.

때문에 칠기파파는 누구에게나 반말을 했다.

“환우석부는 환우제일검가 대대(代代)의 위패(位牌)가 모셔진 곳이
지.”

그때서야 마돈나를 포함한 모든 사람들이 고개를 끄덕였다.

칠기파파가 그렇다고 하면 모두가 믿어야 한다. 칠기파파는 환우제
일검의 살아 있는 화석(化石)이다.

칠기파파의 말이 이어졌다.

“감 장로는 그 아이가 깨어나자마자 예검(藝劍)을 가르칠 생각을 한
것이다. 가전절예인 환우삼십육검법을 완벽하게 연성시킬 생각을 한
것이지.”

살인미소는 가전절예인 환우삼십육검식을 통째로 암기하고 있었지
만 실제로 익힌 것은 겨우 중급 단계였다.

그 무렵에 호북마문세가로 유학을 떠났던 것이다.

그때 풍백은 중독을 당하게 되었다. 환우제일검가는 즉시 봉문을 선
언했다. 살인미소는 우여곡절을 겪었지만 결국은 장인촌으로 가게 되
었다.

장인촌에서 살인미소는 생선의 범천대승만회강과 오독불의 혼천마

라강을 익혔다. 그들의 절대비급을 훔쳐 내어 독학을 했다.

칠기파파의 얼굴에 잔잔한 미소가 새겨졌다.

"감 장로… 그 인간은 정말 생각이 깊어. 풍가의 적손이라면 누구나 환우석부에서 환우삼십육검식을 십성까지 연성해야 비로소 풍가 적손 자격이 인정된다는 걸 잘 알고 있지. 때문에 아직 깨어나지도 않는 그 놈을 환우석부로 데려간 것이야……."

마돈나가 고개를 끄덕이자 마치 전염이라도 된 것처럼 모두가 고개를 끄덕였다.

*　　　*　　　*

한 쌍의 눈[眼]…….

인간의 눈이라고 여기기에는 너무나도 맑고 투명했다.

천하의 모든 미(美)를 오직 홀로 한 쌍의 눈동자 속에 간직하고 있는 듯 깊은 샘에 가라앉아 있는 진주처럼 영롱했다.

봉목(鳳目)이라 불릴 만큼 뚜렷한 검은 눈동자를 포함하고 있는 두 눈… 그 눈은 조금 전에 반개(半開)되었다.

일각여가 지날 무렵 한 쌍의 눈동자는 야명주처럼 밝은 빛을 뿜어냈다.

"여기는 어디일까?"

심연처럼 깊은 어둠 속이었다.

한 쌍의 눈동자만이 유일한 발광체(發光體)였다.

어둠 속에 드러난 사나이의 모습은 백설(白雪)로 만들어놓은 것 같았다.

사나이의 새하얀 피부 근처에서 어둠이 저만치 뒷걸음질쳤다. 사나이는 실오라기 하나 걸치지 않고 있었다.

짙은 어둠이 아니라면 청동상과 같은 사나이의 근육질 가슴이 일목(一目)에 드러나 보일 것이다. 애석하게도 지금은 칠흑 같은 어둠 속이다. 때문에 사나이의 어슴푸레한 형체만 보였다.

언제부터였을까?

사나이는 푹신한 곰 가죽이 깔려 있는 침상에 반듯하게 누워 있었다.

사나이의 전신에서는 서기(瑞氣)와 같은 기운이 뭉클뭉클 솟아오르고 있었다.

형언하기 어려울 정도의 놀라운 후광도 사나이의 전신에서 뿜어져 나왔다.

"……"

사나이가 눈을 뜬 것은 이각 전이었다.

사나이는 누운 채 조금도 움직이지 않았다. 사나이의 신체 중에서 왕성하게 움직이는 것이 있다면 위윙 소리가 날 정도로 빠르게 회전하는 머리 속의 대뇌 세포(大腦細胞)뿐일 것이다.

무슨 생각에 잠겨 있는 듯 한 쌍의 눈동자가 눈자위 안에서 천천히 움직였다.

사나이의 안면엔 헤실헤실한 미소 한줄기가 걸려 있었다. 살인미소였다.

"나는 어떻게 이 자리에 누워 있게 된 것일까?"

지금까지의 기억 몇 토막은 완전히 소멸되어 있었다. 동정호 상류로 추락한 이후부터 기억이라는 것은 간직할 수 없었다.

그렇지만 언제부터인지 이곳에 벌거벗은 채 누워 있는 것이다.

여전히 짙은 암흑……

하지만 그의 놀라운 안력(眼力)은 이곳이 어디인지를 대낮처럼 환하게 꿰뚫어 보고 있었다.

'한 번도 들어선 적은 없었지만 이곳은 분명 환우석부(寰宇石府) 내부일 것이다……'

미소가 더 뚜렷하게 새겨졌다.

"감 장로의 소행이겠군."

짐작이었지만 분명히 그럴 것이다.

천하에서 감 장로가 죽지 않았던 사실을 처음부터 알고 있었던 사람은 살인미소뿐이었다. 감 장로는 다름 아닌 살인미소가 살려냈던 것이다.

감 장로가 흰 천으로 얼굴을 친친 감고 비밀리에 강호 활동을 시작했다는 사실도 살인미소만이 유일하게 알고 있었다.

감 장로는 지금까지 강호 활동의 반을 할애하여 살인미소의 뒤를 쫓아다녔다. 물론 그 사실도 살인미소만이 알고 있었다.

그 일은 필요없는 일이라고 몇 번인가 전음으로 전했던 살인미소였다. 그랬지만 감 장로의 고집은 정말로 못 말렸다.

"잘 알겠습니다."

그렇게 대답을 했지만 여전히 살인미소를 그림자처럼 쫓아다녔던 감 장로였다. 그 일은 아무도 눈치 채지 못했었다.

"……"

완전한 알몸의 살인미소. 주인의 알몸을 함부로 바라보는 일은 아랫사람이 할 일이 아니다.

때문에 감 장로는 모습을 보이지 않고 있지만 분명 주변에 몸을 숨기고 있을 것이었다.

살인미소가 몸을 일으켰다. 단아한 자세로 정좌를 했다.

그때, 그의 피부에서 기이한 빛이 흘러나왔다.

"……."

그의 피부는 새롭게 소생된 피부였다. 그래서일까… 규중 여인의 피부보다 더 곱고 탄력있어 보였다.

살인미소의 피부가 벌겋게 달아오르기 시작했다. 모공에서 시뻘건 기류가 안개처럼 뿜어져 나왔다. 이어 검붉은 액체가 굵은 땀방울처럼 솟아나왔다.

살인미소가 정좌를 한 것은 체내에 머물러 있는 마지막 독기를 뿜어내기 위해서였다.

검붉은 액체는 무한정 흘러나왔다. 그때 감 장로의 음성이 어디선가 들려왔다.

"내공을 더 끌어올리십시오. 진기 운행을 더 강하게 하십시오."

살인미소가 손바닥을 펴 위로 향하게 했다. 열 줄기의 기류가 손바닥에서 흘러나오기 시작했다.

기류가 마치 안개처럼 뿌옇게 흐르더니 명문혈(命門穴)을 거쳐 백회혈(百會穴)을 향해 솟구쳤다.

기류가 색을 띠기 시작했다. 곧 그의 머리 위에 오색찬란한 환(環) 하나가 생성되었다. 환은 일곱 줄기의 붉은 기운으로 바뀌며 멀어져 갔다.

그로써 그의 머리 위로 생성되었던 모든 기운이 사라졌다.

감 장로의 음성이 다시 들려왔다.

"소가주께서는 이제 모든 마기(魔氣)가 떠나고 정심한 지체가 되셨습니다. 환우삼십육검식을 익힐 완벽한 정순지체를 이루신 것입니다."

살인미소가 고개를 끄덕였다. 그의 정좌가 풀렸다.

언젠가 감 장로는 살인미소에게 이런 말을 한 적이 있었다.

"풍 가문의 적손은 반드시 환우석부에 들어 환우삼십육검식을 십성까지 연성해야 합니다. 대대(代代)의 가주들도 모두 그런 과정을 거치셨습니다. 그러나 마기를 간직한 채 환우(寰宇)의 경이적인 무공을 얻을 수 없습니다. 오직 정심한 마음과 청순한 지체여야만 환우의 예검지도(藝劍之道)를 얻을 수 있습니다. 그 이유는 환우 가문의 검예야말로 지고지순한 정검지예(正劍之藝)이기에 그런 것입니다."

지금까지 살인미소를 지배했던 모든 기운은 오독불의 무적 강기인 혼천(混天)의 기운이었다.

환우 가문의 정심한 절예를 받아들이기 위해서는 티끌만큼도 그런 기운이 남아 있어서는 안 된다. 주화입마에 빠지기 때문이며, 피차 상반된 지극한 기운이기에 그런 것이다.

감 장로는 생각이 깊은 사람이었다. 침상에는 가지런히 개어진 백의 한 벌과 속옷들이 놓여 있었다. 감 장로가 준비해 두었던 것이 분명했다.

살인미소는 속옷과 백의를 걸친 후에 석부 내부를 향해 천천히 걸어갔다.

그의 앞으로 수십 개에 이르는 석단(石檀)이 펼쳐져 있었다. 대대 환우 가문의 위패와 영정이 그곳에 놓여 있었다.

석단 끝에… 가장 커다란 석단 하나가 자리하고 있었다.

그곳에 환우삼십육검식이 기록되어 있는 환우절검예보(寰宇絶劍藝譜)라고 쓰여진 삼십육 권의 비급이 가지런히 놓여 있었다.

환우삼십육검법 진본(眞本)이었다.

"……"

살인미소가 환우제일검가 시절 배웠던 검보(劍譜)들은 모두가 탁본이었다.

살인미소는 진본 검보 제일권을 펼쳤다.

탁본에 없던 글귀가 그곳에 기록되어 있었다.

환우삼십육검식은 세월이 지남에 따라 결점이 보완되었으며 대를 거듭하며 새로운 검예가 창안되었다.

고로, 본래의 검보가 지니고 있던 결점 열두 가지를 여기에 완벽하게 보완한다. 환우의 검보를 완벽하게 연성하는 자… 대무림의 영원한 검공을 이루게 될 것이다.

그때, 살인미소는 전율을 느꼈다.

"……"

이 글귀는 가장 최근에 쓰여진 것이다. 먹 냄새가 나는 것 같았다. 글씨체도 눈에 익었다.

살인미소가 낮게 탄식했다.

"아아, 아버지께서 쓰신 것이다!"

살인미소는 재빨리 검보를 내려놓으며 석부 내부를 파악하기 시작했다.

석부는 모두 다섯 곳으로 구분되어 있었다.

가장 넓은 공간은 연공실이었고 두 번째로 넓은 공간은 무기고였다.

세 번째로 넓은 공간은 각종의 벽곡단을 보관한 창고 용도로 사용되었으며 네 번째 공간은 맑은 물이 흐르는… 무공 수련 후 몸을 씻을 수 있는 욕탕(浴湯)이었다.

다섯 번째 공간은 네 곳에 비해 가장 좁았는데 그곳은 면벽과 참선을 위한 공간이었다.

참예당(參藝堂).

그런 글귀가 입구에 양각되어 있었다.

살인미소의 몸이 빠르게 참예당 안으로 들어갔다. 이때의 살인미소는 어떤 기대감으로 가득 차 있었다.

참예당은 석부 내부 중에서는 가장 작은 공간이었지만 원래 규모가 웅대했으므로 내부의 가로세로는 각각 십 장씩이나 되었다.

그곳에 연꽃 문양이 새겨진 석좌(石座) 하나가 있었으며 한 인물이 조용히 좌정하고 있었다.

나이는 그리 많아 보이지 않았다.

긴 수염이 배 아래까지 길게 늘어진 인물… 수염은 흑발이었다. 머리카락 역시 흑발이었으며 바닥에 끌릴 정도로 길었다.

인자한 인상에 잔잔한 미소가 새겨져 있는 인물……!

아아! 그는 환우제일검가의 가주 환우제일검 풍백이었다.

과거엔 전형적인 무인의 모습이었으나 지금은 일천 가지의 도를 깨우친 신선과 같은 단아한 모습이었다.

"아… 아… 버님……."

살인미소의 신형이 그 자리에서 허물어졌다. 살인미소는 어느새 무릎을 꿇고 있었다. 저절로 그렇게 되었다.

풍백은 말없이 살인미소를 바라보았다.

"……."

잔잔한 미소가 풍백의 안면으로 새겨졌다. 그 미소는 어딘지 살인미소와 닮아 있었으며 원조 격이라 말할 수 있었다.

살인미소가 고개를 들었다. 동공 가득 부친의 모습이 새겨졌다.

풍백이 처음으로 입술을 열었다.

"운아(雲兒)… 가까이 오너라……."

운아……! 도대체 얼마 만에 들어보는 아명(兒名)이란 말인가?

"아버지……!"

살인미소가 무릎걸음으로 달려갔다.

풍백은 두 팔을 벌렸다. 살인미소의 몸 전체가 풍백의 품 안으로 허물어졌다.

지금은 오히려 살인미소가 풍백을 안아주어야 할 만큼 기골이 더 장대했다.

풍백은 부정(父情)이라는 이름으로 살인미소를 품 안에 넣었다. 살인미소는 아들이라는 이름으로 그의 품 안으로 들어갔다.

"……."

"……."

잠시 두 사람은 말이 없었다. 할 말은 태산만큼이나 많았지만 그것이 쉽게 말이 되지 않았다.

그때 조용한 발걸음 소리가 들려왔다. 그 소리가 점점 더 커질 때 감 장로가 모습을 나타냈다.

이때의 감 장로는 친친 얼굴을 감았던 흰 천을 모조리 푼 상태였다.

감 장로는 풍가들만큼이나 예의를 중시하는 사람이다. 살인미소라면 몰라도 풍백 앞에서는 진면목을 드러내는 것이 예의라고 생각했기에 모조리 풀어버리고 나타난 것이다.

흰 천을 푼 감 장로의 안면은 심한 화상을 입은 사람처럼 이목구비가 선명하지 못했다. 콧구멍은 뻥 뚫려 있었으며 눈동자도 해골을 보는 것처럼 뻥 뚫려 있었다. 게다가 불에 그슬린 것처럼 피부 색도 새카만 상태였다.

감 장로가 조용한 음성으로 말했다. 음성은 몹시 떨리고 있었다.

"가주와 소가주를 함께 뵈오니… 이 몸은 당장 죽는다 하더라도 소원이 없습니다."

풍백이 살인미소를 품 안에서 내려놓았다.

풍백은 자부심의 사나이였다. 아들을 만난 감동이 아무리 크다 하여도 아들을 안고 있는 모습을 속하에게 보여주고 싶지 않았다.

감 장로가 빙긋 웃으며 말했지만 음성은 심하게 떨리고 있었다.

"오늘은 제가 꿩 두 마리를 잡아와 만두를 빚었습니다. 지금 벽곡실에는 만두 국이 끓고 있습니다."

풍백이 어이없다는 표정을 지었다.

"이곳에서는 벽곡단 이외에는 어떤 생식도 용납되지 않는다는 것을 감 장로는 잊고 있었소?"

감 장로가 천연덕스럽게 대답했다.

"잊을 리가 있겠습니까? 소인은 다만 옛 생각이 나 금기를 깼습니</p>

다. 소인의 허물이니 꾸짖어주십시오."

"……."

풍백은 꾸짖지 않았다. 그 대신 풍백의 눈동자가 축축해졌다. 옛날의 어떤 기억을 떠올리고 있음이 분명했다.

살인미소도 마찬가지였다.

그때가 언제였더라……?

살인미소가 환우제일검가에서 마냥 개구쟁이 노릇을 하던 그때가…….

그 시절 살인미소는 특별하게도 꿩 사냥에 일가견이 있었다.

사냥 방법은 주로 활을 사용했다. 활은 환우제일검가에서 병기로 인정하지 않는 하찮은 물건이었다.

그랬지만 살인미소는 대나무를 휘어 나름대로 활 비슷한 것을 만들었다. 순전히 꿩을 잡기 위해서였다. 화살 또한 대나무를 다듬어 사용했다.

환우제일검가는 청성산 자락에 위치해 있다.

지천으로 널려 있는 것이 꿩이었다. 살인미소는 툭하면 마평과 두 사촌 등생을 데리고 나가 꿩 사냥을 했다.

살인미소의 화살은 빗나가는 적이 없었다. 덕분에 마평과 두 사촌 동생은 언제나 사냥개처럼 바닥에 떨어진 꿩을 찾아 들고 와야 했다.

어떤 때는 하루에 다섯 마리를 잡기도 했다. 보통은 두 마리 정도를 잡았다.

예나 지금이나 살인미소는 먹는 것이라면 거의 환장하는 수준이었다. 살인미소가 잡아온 꿩은 대부분 탕이 되었지만 어떤 날은 만두소가 되어 만두 국이 되었다.

만두 국이 끓여지는 날… 그날은 특별한 날이었다.

당시, 칠기파파가 가뭄에 콩 나듯 한 번씩 환우제일검가에 들르곤 했었다.

특히 그날에 맞춰 살인미소는 꿩을 무더기로 잡아왔던 것이다.

칠기파파가 꿩 고기를 만두소로 사용하여 만두를 빚고 만두 국을 끓였다.

풍백은 이상하게도 칠기파파가 끓여주는 꿩 만두 국을 좋아했다. 물론, 살인미소도 마찬가지였다.

그땐 감 장로도 반드시 참석했다. 감 장로도 꿩 만두 국을 좋아했다. 그 사실을 아는 칠기파파는 반드시 감 장로를 불러 합석시켰던 것이다.

사실로 말하자면 감 장로가 더 좋아하는 것은 꿩 만두 국과 함께 마시는 옥빙주(玉氷酒)라는 술이었다.

칠기파파는 요리 솜씨나 살림살이에 그리 뛰어난 여인은 아니었지만 특별한 맛과 향을 내어 옥빙주를 담그는 재주가 있었다.

옥빙주를 담가놓고 한동안 환우제일검가를 비웠다가 다시 돌아온 칠기파파는 반드시 풍백과 함께 옥빙주를 개봉했다.

그 자리에 반드시 참석하는 인물은 언제나 감 장로였다.

이때는 살인미소가 잡아온 꿩이 모조리 만두 국으로 변한 뒤였다.

꿩 고기를 만두소로 하여 만들어진 만두 국이 끓고 있었다.

만두는 칠기파파가 빚었을 때처럼 동글동글하고 정갈한 모습이 아니었다. 어떤 것은 불어 속이 다 터져 있었고 또 어떤 것은 채 익지도 않았다. 크기도 제각각이었다.

맛도 그때의 맛이 아니었다. 싱거운 것인지 짠 건지… 만두 죽 같았다.

그렇지만 감 장로가 빚고 끓인 만두 국엔 아련한 추억이 담겨 있었다. 그들의 과거가 모조리 담겨 있었다.

때문에 만두 국을 먹는 풍백과 감 장로는 눈물을 삼켜야만 했다.

살인미소는 눈물과 함께 만두 국을 먹었다. 물론 보이지 않는 눈물이었다.

만두 국이 완전히 바닥날 때까지 세 사람은 말없이 먹기만 했다.

말이라는 것은 이미 세 사람에게 필요없는 것인지도 몰랐다. 세 사람이 공유한 추억은 감상까지도 똑같은 것이었으므로… 그런 것이었다.

만두 국이 완전히 바닥을 보였을 때 풍백이 말했다.

"장인촌을 다녀와야겠군."

"……!"

살인미소와 감 장로는 대답하지 않았다. 풍백의 의중을 모르고 있기 때문이다.

풍백이 감 장로를 바라보며 말했다.

"내 자식을 이렇게 훌륭하게 키워준 세 분께 감사의 인사를 올려야겠네."

그때서야 살인미소는 아버지의 출강호(出江湖) 의사를 알아차렸다.

감 장로는 우직해도 너무나 우직했다.

"지금은 당시보다 세상이 더 어지럽습니다. 환상궁이 본격적으로 움직이기 시작했기 때문이지요. 위험합니다."

풍백이 단호하게 고개를 저었다. 이미 강호로 나서기로 작정했기에 그랬다.

"아닐세. 은혜를 모르는 사람을 어찌 인간이라 할 수 있겠는가? 또 나는 스스로를 지킬 만한 여력은 남아 있네. 그러니 그 점은 걱정하지 않아도 될 것일세."

이 말은 사실이었다.

풍백은 모든 내공을 잃은 것이 아니었다. 중독 전처럼 십성의 내력을 발휘할 순 없지만 어느 정도의 내공을 사용할 수 있었다.

더구나 환우석부에 거하는 동안 검예를 더욱더 연마한 풍백이었다. 비록 모든 내력을 검에 실을 순 없어도 검초만큼은 화려하게 구사할 수 있었다.

그 점은 확실했다.

과거, 감 장로가 살인미소를 데리고 장인촌으로 갈 때, 이미 중독 상태였던 풍백은 천리회유성(千里廻流聲)이라는 고도의 전음을 사용한 적이 있었다.

잠시 당시의 기억을 떠올려 본다면 풍백이 완전히 내력을 잃지 않았다는 사실이 증명된다.

감 장로는 천리회유성(千里廻流聲)이라는 상승의 전음을 시전하는 중이었다. 상대는 다름 아닌 풍운의 부친 풍백이었다.

풍백은 환우제일검가를 떠나며 제일 먼저 감 장로에게 동정호 상류에 위치한 비밀스러운 한 산장(山莊)에 은신하고 있겠다고 천리회유성으로 알려주었다. 그러면서 풍운의 안전을 부탁한다는 말을 몇 번이고 되풀이했었다.

풍운이 침묵을 지키자 감 장로는 다시 풍백과 천리회유성을 주고받왔다. 풍백의 힐책에 가까운 전음이 먼저 들려왔다.

"다시 말하게 되어 정말 미안한 일이네. 운아(雲兒)가 환상궁의 봉인을 무시하고 본가로 들어간 일은 대단한 실수였네."

"그 일은 정말 죄송합니다. 소가주께서 어찌나 빠르게 행동하셨는지 제가 말릴 여유가 조금도 없었습니다."

"아, 그 말은 그만 하도록 하세. 어차피 지난 일이니까. 현재 위치로 보아 장인촌(匠人村)까지는 얼마나 남은 것 같나?"

"아마도 이틀 후면 도착할 것입니다. 특별한 일만 없다면… 말입니다."

풍백의 긴 한숨. 그리고 전음.

"내가 원망스럽네. '일단 장인촌에 들어간 자는 지금까지 살아서 나온 자가 없다'는 것을 뻔히 알면서도 운아를 장인촌에 들여보낼 생각을 한 내가……."

그때, 풍백의 마지막 전음이 들려왔다.

"지금까지 반혜요에 대해서는 한마디도 언급하지 않았네만 내 성격이 모질지 못하여 그 아이를 살려주었네. 따지고 보면 그 아이가 무슨 죄가 있겠나?'

풍백의 전음이 스르르 유성의 꼬리처럼 사라질 때 감 장로는 끌끌 혀를 찼다.

그 당시 풍백은 분명 고도의 전음인 천리회유성을 사용했다.

그런데… 분명 반혜요의 사이한 무영지독에 중독된 풍백은 어떻게 완전히 내력을 잃지 않았던 것일까?

이 또한 과거지사를 들춰보면 분명히 알 수 있는 일이다.

풍백은 당시 반혜요를 데리고 연등 행사에 참석했었다. 그때 많은 양의 술을 마셨었다.

반혜요는 당시, 아주 야릇한 미소를 지으며 풍백에게 이렇게 말했었다.

"죄를 지었군요. 풍백님을 파멸시키고 환우제일검가를 멸문시키는 아주 큰 죄를……. 제 말을 의심한다면 단전에 기(氣)를 모아보세요. 분명 기가 모아지지 않음을 느끼게 될 거예요. 마교의 독에 중독되면 평상시에는 중독되었다는 사실조차도 전혀 깨닫지 못하다가 술을 마시게 되면 확실하게 중독되었다는 사실을 깨닫게 되죠. 풍백님은 지금부터 영원히 진기를 모을 수 없을 거예요. 취중에 기를 운영했으므로 이제는 전신으로 독이 퍼지고 말았을 거예요."

풍백이 중독될 당시의 상황은 그랬다.

풍백은 그 말을 듣고도 여유롭게 술잔을 기울였었다.

당시의 풍백은 당금 제일의 영웅답게 안색의 변화를 조금도 나타내지 않았다. 어투도 평소와 다름없었다.

풍백… 그는 어떤 사람이던가?

반혜요가 '단전에 기(氣)를 모아보세요. 분명 기가 모아지지 않음을 느끼게 될 거예요' 라고 말했다고 즉시 단전에 기를 모을 사람이 아니었다.

반혜요가 당시, '풍백님은 지금부터 영원히 진기를 모을 수 없을 거예요. 취중에 기를 운영했으므로 이제는 전신으로 독이 퍼지고 말았을 거예요' 라고 자신있게 말했지만 풍백은 이미 반혜요의 말을 무시하고 있었다.

　풍백은 많은 술을 마셨지만 기를 모으지 않았으므로 완전히 내력을 잃는 것을 면할 수 있었다.

　그로써 반혜요의 마지막 말은 공염불이 되었던 것이다.

제83장

모략(謀略)

모략(謀略)

천하제일루 밀실에 비밀리에 설치되어 있는 경종이 은은한 소리를 내며 세 번 울렸다.

때애앵— 땡— 땡—

이 경종은 천하제일루가 생긴 이래, 처음으로 울렸다.

경종이 울렸다는 것… 그것은 천하제일루가 대단히 위급한 상황임을 의미했다. 경종은 그런 목적으로 설치되어 있는 것이다.

마돈나를 포함한 모든 사람이 마치 용수철이 튕기듯이 일어나 밀실 창을 통해 밖을 살폈다.

일단의 검은 그림자들이 천하제일루를 향해 섬전처럼 쏘아져 오고 있었다. 어둠은 쏘아져 오고 있는 자들의 정체를 철저하게 가려주었다.

숫자 또한 알 수 없었다. 확실하게 알 수 있는 것은 침입자들의 손에는 이미 살벌한 병장기가 잡혀 있다는 점이었다.

병장기가 침입자 손에 들려 있다는 것은 가로막는 자들을 가차없이 베겠다는 뜻이다.

때는 아직 새벽이 밝아오기 전이었다. 보통 사람들이라면 곤한 잠에 빠져 있을 시각이었다.

침입자들은 원단원일(元旦元日)의 첫 새벽을 택일한 것이다.

정체를 알 수 없는 인물의 수는 점점 늘어갔다.

일부는 이미 천하제일루를 집어삼킬 듯이 빙 둘러쌌고 일부는 과감하게 전문을 통과하고 있었다.

"누구냐?"

쩌렁한 호통 소리.

그러나 살벌한 음성과 함께 허공을 가르는 날카로운 파공음이 고막을 찢었다.

치이이잇―

"잔챙이들은 비켜라!"

"으아아악!!"

"가로막는 자들은 모조리 죽인다. 우리는 이미 천하제일루의 루주 천하제일미 마돈나에게 통보했다. 앞을 막지 마라!"

"멈춰! 아아악!!"

"서랏! 누구도 루주의 허락 없이 한 발자국도 들어설 수 없… 아아악!"

천하제일루의 전문을 사수하던 자들이 맥없이 허공을 움켜잡으며 엎어졌다.

피를 토하며 엎어지는 자들은 연휴를 맞아서도 고향에 갈 수 없는 천하제일루의 요원(要員)이었다.

침입자들의 쩌렁한 음성이 또다시 터졌다.

"가소롭구나! 비켜라!!"

"거추장스러운 것들을 모조리 찍어버려라!"

천하제일루의 전문이 순식간에 깊은 혈무 속으로 침잠되었다.

어느새 침입자들은 이층을 향해 난입하기 시작했다. 그들은 눈에 띄는 생명체들을 모조리 찍어댔다.

"으아악!!"

"아아악!!"

천하제일루의 이층은 찬관을 겸한 주루였다.

이층을 사수하는 인원은 이십여 명 정도였지만 삽시간에 무간 지옥으로 변했다.

선두에서 전체를 진두지휘하는 인물은 허연 수염을 휘날리는 노인이었다.

시뻘건 혈검이 된 보검을 들고 천하제일루 요원들을 찍어 넘기는 인물, 그는 현 곤륜파의 장문인 신룡무선(神龍武仙) 해청자(海靑子)였다.

그의 옆에 바짝 붙어서서 천하제일루의 요원들을 짓이기는 인물은 해청자의 친동생이자 수석 장로인 태허진선(太虛眞仙) 해연자(海淵子)였다.

신룡무선 해청자가 곤륜의 지존이라면 태허진선 해연자는 곤륜의 이인자다.

그들은 허옇게 세어버린 머리 아래에 긴 곤룡포를 걸치고 나찰악귀 같은 모습으로 천하제일루의 요원들을 찍어 넘겼다.

이들의 놀라운 검에 아래 천하제일루의 요원들은 속절없이 생을 마감했다.

"아아악!!"

"아아악!!"

이층도 삽시간에 피바다가 되었다.

두 사람의 뒤로 곤륜파의 일곱 장로와 열두 명의 원로, 오십여 수석 제자가 두 눈에 형형한 기운을 담고 살업을 감행했다.

이들 뒤에는 일백여 명의 곤륜 제자가 뒤따랐다.

도합 이백여 명이나 되는 곤륜파(崑崙派)의 인물들!

"우리는 분명 마돈나의 목을 원한다는 통보를 보냈다. 그러나 천하제일루는 본 곤륜을 철저하게 외면했다. 아니, 무시했다. 이제 우리는 행동으로 백 마디의 말을 대신하겠다."

"우와아~ 천하제일루를 파괴시켜라!!"

"와아~ 천하제일미 마돈나의 목을 쳐라!!"

곤륜파의 운룡대팔식(雲龍大八式)과 용봉대구식(龍鳳大九式)은 아직까지 패배를 모르는 절정 무학이며 이미 강호상에 일절을 이룬 지 오래였다.

그토록 고강한 무공이 펼쳐지자 최소한의 요원만 지키고 있는 천하제일루는 일순간에 삼층까지 함락되었다.

"천하제일루를 완전히 점령하라."

"요물(妖物) 천하제일미 마돈나가 주인으로 있는 천하제일루는 이 세상에서 사라져야 한다. 쳐랏!"

그들은 터진 둑의 흙탕물처럼 사층으로 몰려들었다.

사층은 찬관이었다. 찬관을 사수하는 수호 요원은 이십여 명에 불과

했다. 그들도 순식간에 피범벅이 되어 피보라 속에서 생을 다하게 되었다.

"으아악!!"

곤륜파의 인물들은 오층을 향해 난입했다. 오층부터는 객점이었다.

곤륜파 인물들의 사기는 충천했다. 있는 대로 고함을 질러대며 서로를 독려하면서 오층을 거쳐 육층으로 난입했다.

"모조리 죽여라! 우리의 목적은 천하제일미 마돈나에 의해 억울하게 돌아가신 차기문주와 차차기문주에 대한 원수를 갚는 일이다!"

"마돈나의 목을 우리 손으로 베지 않는 이상 우리의 원한은 풀리지 않을 것이다!"

"우와아아~ 모조리 쓸어버려라!!"

천하제일루의 밀실.

곤륜파 인물들이 내지르는 고함 소리가 이곳까지 메아리치고 있었다.

그리고 천하제일루 요원들이 생을 분리시켜 가며 내지르는 비명성도 끔찍하게 들려왔다.

단상이 입술을 지그시 깨물었다. 그의 손아귀 안으로 철검 한 자루가 힘있게 잡혀졌다.

"이건 너무하는군. 나는 베겠소, 곤륜의 장문인을……!"

절정문의 사대장로들도 각자의 신병이기를 꺼내 들었다.

"곤륜의 핵심들을 베지 않고서는 천하제일루를 지킬 수 없소."

그러나 마돈나는 분명하게 고개를 저었다.

"그들을 베면 곤륜은 멸문합니다. 곤륜을 멸문시키면… 천하제일루는 무림의 공적이 됩니다.”

단상이 차갑게 웃었다.

“그럼 저들에게 우리의 목을 내맡겨야 합니까?”

칠기파파가 입을 열었다.

“나도 저놈들의 목을 모조리 쳐버리고 싶다. 하지만, 하지만…….”

“……!”

모두가 숨을 죽였다. 칠기파파가 이어 말했다.

“천하의 명문 곤륜파를 우리 손으로 멸문시킬 수는… 없다.”

“……!”

단상이 고개를 저었다.

“지금 우리의 선택은 한 가지뿐입니다. 우리 모두의 목을 저들에게 내주든지… 아니면 저들을 모조리 죽이고 우리의 머리를 어깨 위에 붙이고 다니든지…….”

칠기파파가 곤혹스러운 표정으로 말했다.

“단상!”

“네.”

“자네가 선두에서 길을 뚫게. 그러나 곤륜의 주요 인사들은 절대로 베어선 안 된다.”

단상이 고개를 저었다.

“길은… 계단뿐입니다. 아래로 향하는… 유일한 통로! 길을 내자면 저들을 모조리 죽여야 합니다.”

“저들을 죽이지 않고 길을 내게.”

“저는 그러고 싶지만 이 철검은 그 일을 못합니다.”

칠기파파가 혀를 찼다.

“그럼 자네는 뒤를 맡게.”

단상이 툴툴거렸다.

“차라리 잘됐군요. 뒤를 쫓는 자들이 있다면 모조리 베어버릴 수 있으니까요.”

칠기파파가 한 번 혀를 차더니 사대장로에게 시선을 주었다.

“사대장로!”

“네.”

“그대들이 아래로 향하는 길을 뚫게. 하지만 곤륜의 주요 인물들을 상하게 해선 절대로 안 되네.”

사대장로가 곤란한 표정을 지었다. 옥개혈이 난감한 표정을 지으며 말했다.

“그러니까… 파파님의 말씀은… 우리가 죽을지언정… 저들은 죽이지 말라는 것… 아닙니까?”

칠기파파가 단호하게 말했다.

“자네들이라면 죽지도 않을뿐더러 저들을 죽이지 않아도 길을 열 수 있을 것일세.”

이번어는 천태모가 두 팔을 쭉 벌렸다.

“그것참… 실로 어려운 말을 쉽게 말씀하시는군요. 저는 지금까지 살아오면서 그런 애매한 명령을 받아본 적이 없어 어떻게 실행해야 할지 정말로 난감합니다.”

칠기파파는 원래 한성질 하는 사람이다. 그녀가 밀실의 문을 박차며 튀어 나갔다.

“그렇다면 내가 길을 뚫겠다!”

그렇게 되자 사대장로가 먼저 칠기파파 앞으로 몸을 날리며 전면으로 나설 수밖에 별 도리가 없었다.

"잘될지 안 될지 그건 모르겠지만 우리가 앞장서 뚫겠습니다. 파파 께서는 루주(樓主)를 보호하며 뒤따르시기 바랍니다."

휙— 휙— 휙—

사대장로가 아래를 향해 몸을 날렸지만 단상은 움직이지 않았다. 그 는 칠기파파를 향해 고함을 질렀다.

"나는 지금까지 이기지 않는 싸움을 해본 적이 없는 사람이오! 이런 싸움은 정말 난감하기 짝이 없소. 어쨌든 나는 내 목숨이 위태롭다면 어떤 놈의 목이든 가차없이 베어버리고 말겠소."

단상은 어느새 마돈나 옆에 바짝 붙어 서고 있었다. 그는 이 사태에 서 가장 중요한 일이 마돈나의 보호라는 것을 직감적으로 알고 있었다.

단상의 그런 모습을 본 칠기파파가 사대장로에 이어 아래로 향하자 마돈나와 마평도 그 뒤를 따랐다.

단상은 마돈나를 바짝 따라가며 투덜거렸다.

"어째서 천하제일루의 총관인 내가 내총관인 칠기 어르신의 명령대 로 따라야 하는 것일까?"

목소리가 너무 컸나 보다. 칠기파파가 뒤를 바라보며 빽 고함을 질 렀다.

"단(單)가야, 그게 억울하면 백 년 전에 태어나지 그랬냐?"

단상이 빙긋 웃었다.

"큰일날 말씀. 그 나이면 세상 다 산 나이인데 칠기 어르신께선 정 말 끔찍한 말씀을 하시는군."

그는 아직 철검을 뽑지 않았다.

하지만 뽑은 것보다 더 위험한 사나이가 단상이었다. 특히 마돈나를 보호하기로 마음먹었기에 천하에서 가장 위험한 사나이였다.

아래로 향하는 계단은 그리 넓지 않았다.

곤륜 장문인 신룡무선 해청자와 수석 장로 태허진선 해연자… 그들은 사대장로가 한 덩어리가 되어 계단 아래로 쏟아져 내려오는 것을 발견했다.

신룡무선 태청자의 허연 수염이 올올이 곤두섰다.

"누구든 가리지 말고 가차없이 베어랏!"

"넷!"

태허진선 해연자와 일곱 장로, 열두 명의 원로가 일제히 계단을 봉쇄하며 사대장로를 가로막았다.

그때, 절정문의 제일장로 철풍선은 허공에서 약 여덟 자 정도 뜬 상태에서 천하신병(天下神兵) 천풍폐문철선(天風閉門鐵扇)을 뽑아 들었다.

천풍폐문철선에서 발출된 열두 줄기의 위맹한 경기가 굉음을 터뜨리며 곤륜 장문 신룡무선 해청자의 가슴을 향해 날아갔다.

피이잇—

"앗!"

신룡무선 해청자가 경악을 하면서 몸을 뒤틀며 머리를 숙였다.

그 순간, 절정문의 제이장로 누죽호의 기병기 누죽호필(淚竹毫筆)도 굉렬한 굉음을 토하며 곤륜의 일곱 장로를 향해 긴 호선을 그었다.

치이잇—

곤륜의 일곱 장로가 자라처럼 목을 움츠렸다.

그 순간, 마돈나와 마평, 단상의 신형이 열 자가량 뜬 상태로 이들

머리 위로 날아 밖으로 쏘아졌다.

휙휙휙—

신룡무선 해청자의 입에서 탄식이 터졌다.

“아… 속았다……!”

철풍선과 누죽호의 연단 공격은 마돈나와 마평, 단상을 도주시키기 위한 허초(虛招)였던 것이다.

마돈나의 신형은 긴 곡선을 그리며 아래로 날아갔다. 마평과 단상이 그 뒤를 따랐다.

어느새 그들은 천하제일루 전문 앞 정원(庭園)에 당도해 있었다.

하지만 절정문의 사대장로와 칠기파파는 쉽게 빠져나오지 못했다.

그들은 좁은 통로에서 곤륜파의 일곱 장로와 열두 명의 원로, 오십여 명의 수석 제자에게 철통같이 에워싸이고 만 것이다.

신룡무선 해청자의 쉬어 터진 음성이 터졌다.

“우선 이것들부터 피 곤죽으로 만들어 버려라.”

사대장로와 칠기파파는 이내 곤란한 처지에 빠지게 되었다.

통로가 넓지 않아 운신의 폭이 좁은 데다 상대의 숫자는 침통 속에 들어 있는 침(針)만큼이나 많았다. 그들이 꾸역꾸역 위로 몰려들었다.

곤륜의 모든 무학이 이들에게 집중되었다.

고오오오—

요란한 검성이 일어나며 살벌 무비한 검기가 해일처럼 역류했다.

곤륜의 검법(劍法)으로는 다섯 종의 진산이 있다.

태허도룡검법(太虛屠龍劍法), 태청검법(太淸劍法), 소청검법(小淸劍法), 분광뇌풍검법(分光雷風劍法), 칠보유홍분심검법(七步流紅分心劍法).

아울러 태청진기(太淸眞氣)와 미타금강기(彌陀金罡氣)도 지금까지 패배를 모르는 무적의 신강(神罡)이었다.

섬뜩한 기류들이 칠기파파와 사대장로를 향해 덮쳐 오자 더 이상 전진을 할 수 없게 되었다.

칠기파파가 이를 득득 갈아붙이며 외쳤다.

"뒤로 물러서시오!"

등을 보이지 않기로 유명한 칠기파파였지만 지금은 어쩔 수 없었다.

사대장로들이 내려올 때보다 열 배는 더 빠르게 밀실을 향해 다시 몸을 날렸다.

천태모는 칠기파파까지 밀실로 후퇴하는 것을 확인했다. 독문 병기 천뢰태허박명쌍모(天賴太虛博命雙矛)로 밀실의 두꺼운 창문을 박살 냈다.

와장창!!

"우라질… 뒤통수가 근질근질하구나."

산산조각으로 부서진 창문으로 사대장로와 칠기파파가 몸을 날렸다.

휘익―

정원으로 가볍게 내려서며 옥개혈이 한숨을 내쉬었다.

"염병! 이런 싸움이 세상에 어디 있단 말인가? 오로지 도주하기 위해 전력을 기울여야 하다니……."

그러나 천하제일루의 정원도 안전한 곳이 못되었다.

벌써 곤륜 제자들에 의해 점령되어 있는 것이다. 칠기파파와 사대장로는 오히려 저들의 포위망 속에 갇힌 꼴이 되고 말았다.

조금 전, 먼저 몸을 피신했던 마돈나와 마평, 단상도 마찬가지 신세였다. 그들도 더 이상 도주하지 못하고 백여 명이나 되는 인의 장막에

간혀 있었다.

하지만 곤륜의 제자들은 감히 검을 날리지 못했다. 다만 둥그렇게 포위한 상태로 마돈나 일행을 철저하게 에워쌌다.

곤륜의 장문인 신룡무선 해청자가 태허진선 해연자와 함께 마돈나 앞으로 나섰다.

"천하의 악적(惡賊) 천하제일미 마돈나! 정녕 뻔뻔스럽기 짝이 없구나. 너는 본 문의 차기문주 신룡무궁 해탄자를 그토록 처참하게 죽이고도 감히 낯짝을 들고 내 앞에 뻣뻣이 서 있을 수 있단 말인가?"

마돈나는 연신 마른침만 삼켜대야 했다.

"……."

이제 와서 자세한 설명은 필요없었다. 자신이 아닌, 추란이라는 홍의 여인의 간계(奸計)였다는 설명은 구차한 변명이 될 뿐이었다.

궁색하기는 칠기파파도 마찬가지였다. 도대체 어떻게 그 일들을 한마디로 설명해 줄 수 있단 말인가?

신룡무선 해청자가 싸늘하게 외쳤다.

"본 곤륜은 이미 마돈나의 목을 얻기 위해 이곳까지 왔다. 헛걸음이란 있을 수 없다. 우리는 너희 모두의 목을 원한다."

그의 음성이 너무나 싸늘했기에 무르익은 살기가 주변에서 진동했다.

철검을 움켜쥔 단상의 손목에서 경련이 일어났다. 그는 검을 뽑고 싶어 환장한 사람이었다.

"어째서, 어째서, 이런 개 같은 모욕을 감내해야 한단 말인가?"

그의 음성은 우렛소리만큼이나 컸기에 정원이 쩌렁쩌렁하게 울렸다.

그런데 그때였다. 어디선가 조용한 음성이 들려왔다.

"단상, 모욕을 참는다는 것은 사나이가 할 짓이 못된다네."

귀에 익은 음성이었다. 음성의 주인이 표표히 허공에서 떨어지고 있었다. 그는 매화신검 육우당이었다.

육우당은 칠기파파 옆으로 조용히 쏘아져 왔다.

슷—

칠기파파가 육우당을 바라보며 통을 놓았다.

"육 선생은 어째서 젊은 사람을 충동시키는 것입니까?"

육우당이 미소를 지으며 말했다.

"도대체 누가 곤륜의 장문인이며 도대체 누가 곤륜의 인물들이란 말입니까?"

칠기파파는 멍한 표정을 지어야만 했다.

"……?"

육우당이 먼저 검을 뽑았다.

채앵—

그의 검날이 눈부신 나신을 드러냈다.

"나는 조금 전까지 곤륜 장문인 신룡무선 해청자와 두 항아리나 되는 천일취(千日醉)를 마셨소. 당연히 태허진선 해연자도 그 자리에 있었소. 내가 그들을 만난 것은 추란이라는 계집이 천하제일미 마돈나를 사칭한 점을 일깨워 주기 위해서였소."

"뭐라고요?"

"그들은 사리분별이 뛰어난 사람들이오. 이런 사태를 일으킬 사람들이 절대로 아니라는 것을 짐작하지 못한단 말이오?"

그때서야 칠기파파는 깨달아지는 점이 있었다. 그녀가 탄식처럼 말했다.

"육 선생의 말이 옳군요. 곤륜 장문 신룡무선 해청자는 일의 진위도 파악하지 않고 쉽게 전 문인들을 동원시킬 멍청한 바보가 절대로 아니지요."

육우당이 고개를 끄덕거렸다.

"마침, 신룡무선 해청자의 명의로 우리에게 보낸 첩지를 내가 지니고 있었기에 그 첩지를 그에게 보여주었소. 첩지가 가짜였다는 것이 대번에 밝혀졌소."

칠기파파의 안면으로 짙은 노기가 새겨졌다.

"그렇다면 저놈들은… 저놈들은……!"

육우당이 잘라 말했다.

"저놈들도 가짜요."

그런데 그 말에 이의를 제기한 사람은 사대장로 중의 일인인 옥개혈이었다.

"저들은 분명 곤륜의 절예를 사용하는 자들입니다. 곤륜의 인물들이 아니라면 어떻게 한결같이 곤륜의 절예들을 사용할 수 있겠습니까?"

육우당은 고개를 흔들었다.

"그 점은 나도 설명할 길이 없소."

그때였다.

신룡무선 해청자의 노기등등한 안면이 상하로 쩌억 갈라지더니 진면목(眞面目)이 드러나기 시작했다.

"크흑… 육우당이 이미 그 사실을 알았다면 가면(假面)은 필요없겠군."

신룡무선 해청자 노릇을 했던 인물은 곧 역용(易容)의 모습을 버리고 본래의 모습으로 돌아왔다.

그는 전(前) 천신마왕전의 전주(殿主) 천마혼이었다.

삼 년 전, 무결존자 탄사혼과 주형광에게 패해 빙곡에서 지금까지 무공을 연성해야 했던 바로 그자였다.

천마혼은 며칠 전, 휘하 이백의 마두를 거느리고 중원으로 돌아왔다.

그들은 주형광에게 특별한 주문을 받고 곧 역용을 했다. 옷도 곤륜인들을 흉내 냈다.

천마혼이 진면목을 드러내자 곤륜의 장로들과 제자들도 일제히 역용을 풀고 자신들의 본 모습을 드러냈다.

그들은 모두 천마혼의 부하로 삼 년 전 주형광의 명령에 의해 빙곡으로 사라졌던 마두들이었다.

육우당이 가벼운 미소를 지었다.

"저 물건들이 곤륜의 무공을 자유자재로 사용했던 이유를 이제야 알겠군. 홀연히 빙곡으로 사라진 이후 혹독하게 정파(正派)의 무공을 연성한 것이었어……."

육우당의 짐작대로였다.

천마혼을 비롯한 이백의 수하는 빙곡에서 삼 년간이나 정파의 무공만 연성했다. 지금처럼 정파를 가장하여 중원의 세력들을 기습하기 위해서였다.

정파인들이 정파를 공격하거나, 중원의 세력들을 공격하기 시작하면 천하는 엄청난 혼란에 빠지게 된다.

정파인들끼리도 서로를 못 믿게 되고 좋내는 백도라는 거대한 뿌리가 몇 갈래로 갈라질 수도 있다.

무결존자 탄사혼과 주형광은 바로 그 점을 염두에 두고 천신마왕전 인물들을 빙곡으로 보내 정파의 무공을 연성하게 한 것이었다.

단상이 툴툴거리며 웃었다. 즉시 철검을 뽑았다.

채애앵—

"후훗… 이 순간을 얼마나 기다렸단 말인가?"

사대장로들도 일제히 신병이기를 움켜잡았다.

"그렇소. 우리는 잔치를 벌여야 하오. 피의 잔치를!"

평소 냉정하기로 정평이 나 있는 단상이었지만 제일 먼저 천마혼을 향해 몸을 날렸다.

휘익—

"육 선생님, 루주를 부탁드리겠습니다."

만일 육우당이 나타나지 않았다면 단상은 절대로 먼저 행동하지 않았을 것이다. 육우당이 있었기에 단상은 안심하고 가장 먼저 행동을 개시한 것이다.

육우당은 어이없다는 표정을 지었다.

"어허… 저 친구의 성미가 저토록 급한 줄은 예전엔 미처 몰랐네그려."

육우당은 함부로 행동하지 못했다. 마돈나 옆으로 바짝 붙어서야 했기 때문이다.

그때부터 대혼전이 시작되었다.

제84장

천우삼십육검법(寰宇三十六劍法)

 천우삼십육검법(寰宇三十六劍法)

칠기파파의 박도는 인정을 모르기로 유명했다.

그 점은 풍가답지 않았다. 그녀의 박도가 번쩍일 때마다 반드시 몇 몇이 시체가 되어 나뒹굴었다.

"으아악!!"

그녀가 해일처럼 몰려드는 마인들을 향해 고삐 풀린 망아지처럼 뛰어들며 외쳤다.

"죽기 싫으면 등을 보여라. 그런 자는 베지 않겠다."

그녀의 박도는 검자루까지 합쳐 길이가 겨우 세 자에 불과했다.

도검의 무서움은 길이에 비례하는 것이 아니다. 칠기파파의 박도를 보면 여실하게 증명된다.

번쩍—

그녀의 박도가 허공을 가를 때마다 상대는 공포와 전율에 몸을 떨어야 했다. 그 다음에 찾아오는 것은 죽음이었다.

그녀의 박도는 도무지 인정을 베풀 줄 몰랐다.

그녀가 움직이는 곳엔 반드시 혈무가 피어올랐다. 그리고 처참한 비명성이 진동했다.

"으아아악!!"

제일장로 철풍선의 천풍폐문철선이 웅휘로운 자태를 드러냈다.

천풍삼십육강기(天風三十六罡氣)와 폐문역류혈강기(閉門逆流血罡氣)가 뿌옇게 밝아오는 새벽 하늘에 마른번개를 일으켰다.

번쩍─ 번쩍─

"한꺼번에 덤빌수록 일처리가 간편해지지. 떼거지로 오너라."

천풍폐문철선이 허공을 그을 때마다 시뻘건 기류가 메마른 나무줄기처럼 터졌다.

고오오─

새파란 불꽃이 섬전처럼 일어났다. 그런 빛줄기가 눈을 멀게 만들며 사위로 작렬했다. 그 빛을 본 자는 이미 죽음을 맞았다.

"으아아악!!"

"아아악!!"

진한 피보라를 일으키며 철풍선 주변으로 비릿한 피비린내가 진동했다.

대량 학살에는 무차별적인 강기 발출이 효과적이다.

철풍선이 움직일 때마다 시체가 한 무더기씩 쌓여졌다.

제이장로 누죽호의 누죽호필(淚竹毫筆)도 생사의 선을 확실하게 그어댔다.

누죽호필의 끝 부분에서 시뻘건 기운이 사위로 뻗어 나갔다.

피이이잇—

그것은 핏물보다 더 짙은 열두 줄기나 되는 붉은 기류였다. 기류 끝에는 어김없이 비명이 터지고 죽음이 도래했다.

그도 철풍선에 뒤질세라 시체의 산을 여기저기에 만들어놓았다. 그는 그만한 능력을 충분히 지닌 사람이었다.

"훗, 하마터면 깜빡 속아 이런 재미도 느끼지 못하고 등을 보일 뻔했군그려."

제삼장로 천태모의 천뢰태허박명쌍모가 화려하게 쌍무(雙舞)를 추기 시작했다.

죽음의 춤이었다.

퍽! 퍽! 퍽! 퍽!

자단목으로 만들어진 천뢰박명모(天賴博命矛)와 태허박명모(太虛博命矛)가 쉬지 않고 인간의 살과 혼을 허공으로 날려 버렸다.

"오너라. 계속 무더기로! 불을 본 부나비처럼 달려들거라!"

위이잉—

끔찍한 파공음이 터지며 죽음의 행진이 이어졌다. 그래도 마인들은 그의 주변으로 꾸역꾸역 몰려들었다.

"으아악!!"

"아아악!!"

이때의 마인들은 자신의 의지보다도 떠밀려 천태모 앞으로 나서는 형국이었다. 그렇지만 그들은 차례차례 죽어갔다.

제사장로 옥개혈의 옥루개산취부 한 쌍도 연달아 호곡성(號哭聲)을 터뜨렸다.

그의 얼굴이 옥(玉)처럼 푸르스름하게 변했다. 옥루개산취부에서도 새파란 기류가 노도처럼 사방으로 번져 나갔다.

번쩍! 번쩍! 번쩍!

힘으로 도끼질을 하는 것은 삼류가 할 일이다. 그것은 초부(樵夫)의 만용이며 백정의 우매함이다.

그는 기(氣)와 강(罡)을 적절하게 구사하며 도살했다.

"으아악!!"

"아아악!!"

예술이었다. 조화로움이었으며 기(技)의 결정판이었다.

"어째서 너희는 스스로 도살장의 돼지가 되어야 한단 말인가?"

인간을 쪼개면서… 도무지 인간 대접을 해주지 않는 옥개혈이었다.

육우당은 애석하게도 화려한 검예를 사용할 수 없었다. 그는 마돈나와 마평의 안위에 온 신경을 집중해야 했다.

"다가오면 베어줄 뿐!"

그는 가끔씩 도살했다.

"으아악!!"

육우당과 마돈나, 마평은 품(品) 자 형태로 서로의 등을 기대고 있었다.

이들을 공격하는 마인(魔人)들은 모두 마돈나만 노렸다. 그러나 그들은 마돈나의 오 보(五步) 앞에 당도하기만 하면 피보라를 뒤집어쓰며 쪼개졌다.

"으아아악!!"

육우당은 선택적인 살인을 했다. 마돈나에게 검을 겨누는 자들만 쪼갰다.

마돈나는 그것이 불만이었다.

‘내 능력으로도 충분한데……’

그것은 마돈나의 생각이었다. 육우당의 염려가 더 먼저였다.

번쩍—

그의 검날은 또다시 마돈나를 향해 다가오는 두 마물의 정수리를 두 쪽으로 갈라놓았다.

“으아악!!”

단상.

이 사나이의 철검은 교활했으며 때론 무식했다. 단상이라는 사나이의 인간성과 전혀 다른 면모를 보이는 것이 그의 강력한 철검이었다.

“……!”

일단 철검을 잡으면 단상은 극히 말을 아꼈다. 그는 검만이 진실을 말하는 것이라고 굳게 믿는 사나이였다.

단상은 이미 삼십여 명이나 주살했다.

지금 그의 철검과 마주 검을 섞는 자는 천마혼이었다.

까아앙— 깡—

두 검날이 부딪칠 때마다 시퍼런 불꽃이 일어났다. 고막을 터뜨릴 것 같은 철성도 함께 일어났다.

천마혼은 조금 전부터 후회를 하고 있었다.

‘나는 좋은 끝을 볼 수 없을 것이다!’

천마혼이 주형광의 밀명을 받은 것은 일주일 전이었다. 그때의 주형광은 천마혼에게 이렇게 말했다.

“곤륜의 인물들로 역용을 하고 천하제일루를 멸절시키시오. 특히 마돈나의 수급을 반드시 가져와야 할 것이오. 당연히 곤륜인 흉내를 내야 하오. 곤류의 무공을 반드시 사용해야 한다는 점 잊지 마시오."

그때만 해도 천마혼은 과일을 따러 과수원으로 가는 기분이었다.

중원으로 들어설 때까지만 해도 그 기분은 그대로 유지되었다. 아니, 천하제일루를 기습할 때만 해도 그런 기분이었다.

그런데… 칠기파파와 사대장로, 육우당을 마주하게 되자 참담한 심정으로 바뀌었다. 장대를 들고 달을 따러가는 사람처럼 불가능을 이루려는 심정이 되었다.

'우라질!'

단상과 검을 섞게 되자 이번에는 놀란 토끼 가슴이 되었다.

'무명(無名)의 인물 중에 이런 사람도 있었던가?'

단상은 크게 알려진 사람이 아니다. 삼 년 전, 자신이 얻었던 마명(魔名)에 비한다면 달과 반딧불의 차이였다.

그러나 막상 검을 섞게 되었을 때 단상은 일검(一劍)부터 완연한 우위를 점하며 막강한 공격력을 과시하는 것이었다.

천마혼은 식은땀을 뻘뻘 흘려내야 했다.

'빌어먹을… 주형광 그놈에게 속았다!'

천마혼은 수세에 수세를 거듭하며 계속해서 뒷걸음질쳐야 했다.

천마혼은 죽음을 예감했다.

'나는 바보였다. 주형광이 이백이나 되는 나의 수하 전부를 이끌고 천하제일루를 멸절시키라는 명령을 내렸을 때 천하제일루의 능력이 어느 정도인지 충분히 짐작했어야 했다.'

천마혼은 이를 갈았다.

'주형광은 너무나 큰짐이었기에 나에게 처리를 맡겼던 것이다.'

검을 잡은 자, 검식에만 모든 신경을 집중해야 한다.

그런 점을 모를 리 없었지만 그는 벌써 패하고 있었다. 심령적으로 지고 있었다.

퍼억—

단상의 철검이 천마혼의 오른팔을 끊었다.

"끄응……."

천마혼은 더 이상 뒷걸음질칠 수가 없었다. 단상의 검기가 이미 그의 사위를 차단하고 있었기 때문이다.

천마혼은 죽음이 아주 가까이 다가와 있음을 직감했다.

'나는 나잇값도 못하고 주형광에게 이용당하다니…….'

피이잇—

서슬 퍼런 단상의 검날이 천마혼의 목을 노리고 있었다.

'틀렸다…….'

자포자기였다. 달리 방법도 없었다.

단상의 검날은 천하에서 가장 악랄한 마검보다도 최소한 열 배 이상이나 더 악독했다.

'어째서 천하에 이런 인물이 존재하고 있었단 말인가?'

천마혼의 생각은 거기까지였다.

퍼억—

천마혼은 자신의 목이 분리되는 소리를 들었다. 모든 기억이 아스라이 멀어졌다.

쿵—

그의 몸뚱어리가 썩은 고목처럼 요란한 소리를 내며 엎어졌다. 하지만 그의 고막은 그 소리조차도 들을 수 없었다.

　　　　　*　　　　　　*　　　　　　*

같은 시각.

새벽이 채 밝지 않은 그 시각에 풍백은 환우석부를 벗어나고 있었다. 감 장로와 함께였다. 그로써 감 장로는 또다시 한 보따리나 되는 걱정거리를 홀로 짊어지고 가야 했다.

'도대체 가주께서는 어느 정도의 내력이 남아 있을까?'

그 점이 감 장로를 더욱더 근심스럽게 만드는 요인이었다.

'한 가지 다행스러운 점은 누구도 가주를 쉽게 알아보지 못할 것이라는 것이지만……'

풍백의 지금 모습은 누구라도 쉽게 알아볼 수 없다.

가슴 아래까지 흘러내린 긴 수염과 등 뒤까지 찰랑찰랑하게 늘어진 흑발… 꽤 오랜 시간 동안 햇빛과 격리된 피부는 탈속한 선인(仙人) 같은 모습이었다.

하지만 감 장로는 긴장의 끈을 놓을 수 없었다. 환상궁에는 눈 밝은 자가 부지기수일 것이다.

'가주의 출강호에 대해 그들은 온 신경을 집중시킬 텐데……'

그것이 감 장로의 가장 무거운 걱정거리였다.

그런데 풍백은 장인촌을 향해 방향을 잡지 않고 반대 방향을 택했다.

"……?"

그 점이 이상했지만 감 장로는 질문하지 않았다.

'주군(主君)께서는 생각이 깊은 분이시지……'

감 장로는 말없이 풍백을 따라갔다.

풍백은 주로 산로(山路)를 택했다. 완전히 산로에 접어들자 풍백은 어영부영보법을 시전했다.

휘익—

풍백의 신형이 돛을 단 배처럼 가볍게 나아갔다. 감 장로가 고개를 끄덕였다.

'역시… 진기가 완전히 고갈되신 건 아니다.'

감 장로는 풍백을 바짝 뒤쫓았다. 두 사람은 놀라운 속도로 산등성이를 넘었다.

붉은 태양이 그때서야 머리를 내밀고 있었다.

풍백의 걸음걸이로 보아 저 태양이 지기 전까지는 멈출 것 같지 않았다. 분명 하루 꼬박 날 듯할 것이다.

비단 가죽신을 꽉 졸라맨 각반(脚絆)이 그 점을 증명했다.

풍백은 먼 길을 갈 땐 각반을 꽉 졸라매는 버릇이 있다. 원래가 깔끔한 성격이라 도중에 신발 끈이 풀어지는 것을 몹시 싫어했다.

감 장로는 허리띠를 꽉 졸라맸다.

'먼 길을 가려면 배가 쉽게 꺼져선 안 되지……'

감 장로의 생각을 아는지 모르는지 풍백은 앞만 보고 일직선을 이루었다.

*　　　*　　　*

눈이 그쳐서일 것이다.

허공에 박힌 달이 처량해 보였다.

암공이랄 순 없을 것이다. 달빛은 너무나도 화려했고 신비로웠다.

월광이 파장(波長)처럼 사위에 수놓아지는 그 시간 열 명의 인물이 환상대로(幻想大路)를 따라 조심스럽게 걸음을 옮기고 있었다.

이곳은 환상궁 내부였다.

선두의 인물은 주형광이었다.

그의 좌우와 뒤로 아홉 명의 인물이 한일 자로 굳게 입을 다물고 뒤따르고 있었다.

주형광을 비롯한 그들은 모두 해검(解劍) 상태였다. 손에도 무기가 없었으며 등에도 무기가 매어져 있지 않았다.

아홉 인물의 나이는 모두 주형광과 엇비슷해 보였다.

명월이 박힌 호심처럼 잔잔해 보이는 눈빛… 모든 기운은 눈동자 안에 갈무리되어 있었다. 그런 점을 보더라도 이들의 내력이 결코 범상치 않다는 점이 증명되었다.

비룡구검(飛龍九劍)!

이들 아홉 인물의 총칭으로 비룡구검은 주형광의 분신(分身)들이었다.

주형광은 환상궁 서열 오위의 위에 올랐다. 그 위치가 되면 아홉 명의 수호 호법(護法)을 공식적으로 거느릴 수 있다.

연회(宴會) 장소나 심지어 잠자리까지 이들의 수행이 허락되어 있다. 비룡구검은 주형광의 신체 일부나 다름이 없었다.

월파가 고운 만큼 적요(寂寥)함은 비례되었다.

저벅, 저벅, 저벅.

매우 가벼운 걸음걸이였으나 묵직한 짐을 실은 마차 바퀴처럼 발자국 소리가 요란스럽게 울렸다.

주형광의 입술이 열렸다.

음성은 들리지 않았다. 입술만 움직이고 음성이 들리지 않는 것은 혜광심어(慧光心語)를 사용하고 있기 때문이다.

특별한 무리끼리만 마음과 마음으로 주고받을 수 있다는 고도의 전음, 혜광심어.

주형광의 전음은 비룡구검 외에는 아무도 들어서는 안 되는 것이기에 그런 상승의 전음을 사용하는 것이리라.

"목격자는 반드시 참(斬)하라!"

주형광이 혜광심어로 내린 명령이었다.

비룡구검의 입술도 그 순간 달싹거려졌다.

"넷!"

비룡구검의 음성도 들리지 않았다.

주형광과 비룡구검은 환상대로를 지나 환상정(幻想庭)을 향해 걸어 갔다.

환상정의 정주(庭主)는 무결존자 탄사혼이다. 환상정주라는 위치는 환상궁에서 서열 제삼위의 좌(座)다.

주형광에 비해 불과 두 서열 위였지만 차이는 하늘과 땅만큼이었다.

서열 제삼위의 위(位)는 서열 제오위의 위(位)까지 생살여탈권을 쥐고 있는 것이다.

이들이 걸음을 옮길 때마다 가공할 살기가 뿜어져 나왔다. 주위는 살기로 인해 모조리 얼어붙는 것 같았다.

환상정(幻想庭).

순수한 빛의 백석(白石)으로 지어진 삼층의 화려한 거각(巨閣)이다.

이곳이 바로 환상궁 서열 제삼위의 거인(巨人)이 기거하는 곳이었다.

무결존자 탄사흔은 여섯 인물과 함께 술잔을 기울이고 있었다.

이 여섯 인물은 환상정에 소속된 집사(執事)들이다.

한결같이 허연 백발을 이고 있는 인물들. 하지만 말이 좋아 집사지 이들 개개인의 무공은 천하를 뒤덮고도 남음이 있는 자들이었다.

환상궁의 서열 제삼위에 오르면 공식적으로 열두 명의 수호 호법을 거느릴 수 있다.

그렇지만 무결존자 탄사흔은 수호 호법을 대동하는 일이 거의 없다. 그의 자부심이 그렇게 만들었다.

"내 목을 벨 수 있는 분은 오직 존자뿐이시지……."

간혹 무결존자 탄사흔은 취중에 그런 말을 내뱉곤 했다.

무결존자 탄사흔과 함께 술잔을 기울이는 인물들의 직책인 집사는 사실, 함께 탁자에 앉을 수 없을 정도로 하찮은 신분이다. 호위 무사 직책을 맡고 있는 자보다 몇 등급이나 아래였다.

하지만 이들 여섯 집사는 탄사흔이 선택한 인물들로 과거의 오랜 지기(知己)이기도 했다. 단순히 환상정의 집사들이라고 간단하게 말할 순 없었다.

술잔은 들고 있지만 무결존자 탄사흔의 표정은 어두웠다.

'……'

탄사흔이 술잔을 비우자 집사 하나가 잔을 채웠다.

다시 잔을 잡는 탄사흔의 표정은 좀처럼 밝아지지 않았다. 밝지 않은 표정으로 탄사흔은 또 한 잔을 비웠다.

그때, 환상정의 전문이 조용히 열렸다.

탄사흔과 여섯 집사의 시선이 일제히 전문으로 쏠렸다. 주형광이 들어서고 있었다. 단신이었다.

주형광을 뒤따랐던 비룡구검은 전문 뒤에 장승처럼 서 있을 것이다.

무결존자 탄사혼은 일각 전부터 주형광을 기다리고 있었다.

주형광을 대하는 순간 무결존자 탄사혼의 검미가 흐려졌다. 여섯 집사의 검미도 흐려졌다.

잠시 암울한 침묵이 흘렀다.

주형광은 번들번들하게 식은땀을 흘리고 있었다. 그것이 방울져 안면을 타고 길게 흘러내렸다.

무결존자 탄사혼의 표정이 흔들렸다.

그러나 그뿐, 또다시 긴 침묵이 이어졌다.

조용한 음성이 탄사혼의 입에서 흘러나왔다.

"앉게."

주형광은 고개를 저었다.

"감히… 앉을 수 없습니다."

"으흠."

"죄를 지었기 때문입니다."

탄사혼의 고개가 상하로 끄덕여졌다.

"대죄(大罪)지…….."

"……."

주형광의 검미가 꿈틀거렸다. 식은땀이 폭우처럼 떨어졌다. 벌써 흥건하게 안면을 적시고 있었다.

탄사혼은 고뇌에 찬 표정을 지으며 말했다.

"자네는 평가 절하되었네."

"……."

“본 궁 서열 십위에 드는 자에게 용납되지 않는 것이 실수일세.”

주형광의 등으로 땀방울이 폭포처럼 쏟아졌다.

“……”

“자네는 대단한 인적 자원의 손실을 가져왔네. 어째서 빙곡에서 삼 년간이나 무공을 연성시킨 이백의 인물을 한꺼번에 잃었단 말인가?”

“천하제일루를 과소평가한 점… 시인합니다.”

탄사흔이 고개를 저었다.

“한 번 실수한 자는 두 번도 실수한다.”

“때문에… 실수를 지우기 위해 제가 온 것입니다.”

탄사흔이 혀 차는 소리를 냈다.

“궤변이로군. 실수는 각인과 같은 것이어서 영원히 지워지지 않는 것이다.”

비로소 주형광이 미소를 지었다.

“정주(庭主)께서 모든 실수를 짊어지고 사라지신다면 제 실수는 영원히 지워질 수 있을 것입니다.”

탄사흔과 여섯 집사가 벌떡 일어섰다. 그들이 어찌 주형광의 말뜻을 깨닫지 못하겠는가.

탄사흔은 재빨리 벽에 걸린 검을 잡았다.

“반검(反劍)인가?”

여섯 집사도 각각 벽에 걸린 검을 움켜잡았다.

“으음, 엉뚱한 놈. 자신의 죄를 정주께 뒤집어씌울 생각을 하다니!”

돌연 주형광의 대소가 터졌다.

“그 일은 처음부터 정주의 계산이었소. 어찌하여 내가 모조리 뒤집어써야 한단 말이오?”

그때였다. 허공이 무수한 검광(劍光)에 의해 도륙되었다.

치이이잇―

탄사흔과 여섯 집사가 내뿜은 검광이 아니었다. 그들은 검을 잡았을 뿐 아직 뽑지 않았다.

전문 밖에 서 있던 비룡구검이 어느새 내부에 현신해 있었다.

원래 환상대로를 들어설 때는 누구나 해검을 해야 한다. 주형광도 비룡구검도 그곳에서 모조리 해검을 했었다.

비룡구검은 한결같이 철사처럼 가느다란 연검(軟劍)을 움켜쥐고 있었다. 허리띠로 위장된 연검이었다.

치이이잇―

비룡구검의 연검에서 소나기처럼 검기가 쏟아졌다.

탄사흔이 나지막하게 신음을 뱉으며 무수하게 회오리치는 검기의 폭풍을 걷어냈다.

"내가… 범을 키웠구나."

채앵― 챙챙챙―

내부는 온통 새파란 검화가 파도를 이루었다.

여섯 집사 중 두 집사가 검기를 막아내지 못하고 즉사했다.

"으이아악!!"

그들의 몸에서 엄청난 양의 핏물이 뿜어졌다. 내부가 시뻘건 혈무 속에 잠겼다.

비룡구검은 이미 철저한 예행 연습을 한 것 같았다. 뱀의 몸통이 부드럽게 움직이듯 그들의 움직임은 가히 기계적이었다.

휘익― 휙휙휙―

그때였다. 비룡구검은 일제히 십육 방위를 점하며 무수한 암기를 소나기처럼 뿜어냈다.

피피피핏!

검공에 이은 암공(暗功)!

이것은 검가(劍家)라면 수치로 아는 행위다.

그러나 주형광은 이미 막다른 골목에 몰려 있었다. 수치를 자각할 만큼 그의 양심은 한가롭지 않았다.

생존해 있던 네 집사의 동작이 급격히 둔화되었다.

퍼퍼퍼퍽—

그들의 전신은 이미 은빛 고슴도치가 되어 있었다.

"으으음……."

그들이 비틀거렸다.

탄사흔의 몸에도 백여 개의 은침이 박혀 있었다.

주형광의 안색이 조금 밝아졌다.

'성공이다.'

비룡구검이 연검을 굳게 움켜쥐고 네 집사를 향해 스르르 다가갔다.

아홉 자루의 연검은 가공할 살검이 되었다.

"미안하오. 웃으며 죽어주시오."

퍽— 퍽— 퍽—

비룡구검과 집사들은 몇 년간이나 정분을 쌓아온 사람들이었다. 주형광이 서열 제오위에 오르기 전에는 한솥밥을 먹기도 했었다.

목숨을 건 도박 앞에서는 친분 따위는 무거운 짐이 된다. 생존의 조건은 언제나 간단한 논리로 완성된다.

생(生)은 웃으며 상대의 가슴에 검을 박아 넣는 자의 몫이기에…….

"우욱……."

“우우욱……”

네 집사가 맥없이 엎어졌다.

쿵… 쿵…….

주형광이 천천히 탄사흔 앞으로 걸어갔다.

이상하게도 탄사흔은 미동도 하지 않았다. 형형하게 타오르는 눈빛으로 주형광을 노려보기만 했다.

주형광이 그의 눈빛을 보며 비릿하게 웃었다.

“지금… 정주의 혈관 속으로 백여 개에 이르는 무영탈혼침(無影奪魂針)이 흘러다니고 있을 것이오.”

“……”

“더구나 무영탈혼침에는 단장혈색지독(斷腸血索之毒)이 묻어 있으니 더 이상 생의 미련을 갖지 않는 것이 현명하오. 아! 물론 정주의 몸에 박혀 있는 백여 개의 은침은 순전히 장식용이었소.”

탄사흔의 손에 잡혀 있던 검이 힘없이 바닥으로 떨어졌다.

쨍그랑—

그래도 탄사흔은 입을 열지 못했다.

“……”

주형광의 말은 사실이었다.

탄사흔은 벌써 아혈(啞穴)까지 봉쇄되어 있었다. 아혈이 순간적으로 봉쇄되었다면 내부에는 이미 백 군데 이상의 단장(斷腸) 증세가 일어났을 것이다.

탄사흔이 힘없이 고개를 끄덕였다.

‘이자는 나보다 최소한 열 배는 더 교활한 자다.’

탄사흔의 안색이 시커멓게 죽어갔다. 전신으로 경련이 찾아왔다.

탄사흔은 대단한 실수를 한 것이다.

불시에 검공을 받으며 암공까지 받게 되었을 때 탄사흔은 그런 연단 공격이 이어지리라는 것을 충분히 예상했었다.

은침이 눈부시게 쏘아져 왔을 때 탄사흔은 피하지 않았다.

수백 개의 은침이 그의 몸에 박힌다 해도 피부는 은침들을 대번에 녹여 버릴 수 있었다. 실제로도 은침들은 그의 피부에서 몇 방울의 은으로 화해 녹아내리고 있었다.

하지만… 화사한 은빛을 발하며 날아온 은침은 위장이었다. 탄사흔의 시선을 뺏은 것이다. 화사한 은빛 속에 수천 개의 무영탈혼침이 숨겨져 있었을 줄이야……

탄사흔은 눈앞이 흐려지는 것을 느꼈다.

주형광의 손이 번쩍였다. 연검의 날카로운 날이 탄사흔의 심장을 향해 날아갔다.

퍽—!

"……"

아혈이 봉쇄된 탄사흔은 비명조차 지를 수 없었다.

탄사흔의 몸은 맥없이 주형광 앞으로 엎어졌다.

쿵—!

＊　　　　＊　　　　＊

환우석부(寰宇石府).

살인미소가 해야 할 일은 단 한 가지였다. 환우삼십육검법을 최후 단계까지 완성하는 일이었다.

아버지 풍백이 환우석부를 비운 이유 중에 하나는 살인미소에게 완전한 연성의 시간을 주기 위함이 분명했다.

무공 연성은 관찰자가 있으면 방해된다. 관찰자의 호흡조차도 연성자에게 방해된다. 그만큼 예민한 일이 무공 연성이다.

환우삼십육검법의 구결 모두를 암기하고 있는 살인미소였다.

살인미소가 지금부터 연성해야 하는 것은 검식(劍式)과 초식, 그리고 변환이었다.

제이십식(第二十式)까지의 검식은 환우제일검가 시절에 이미 터득하고 있었기에 제이십일식(第二十一式)부터 익혀야 했다.

제이십일식(第二十一式) 환우파천섬(寰宇破天閃).

천하에서 가장 빠른 검초로 완벽한 빠름이었다.

천하에 존재하고 있는 일천여 종의 쾌마절예(快魔絶藝)를 빠름 위주로 하여 전문적으로 파괴하는 검초다.

제이십이식은 환우파천결(寰宇破天訣). 제이십삼식은 환우파천파(寰宇破天破)로, 검결은 환우파천섬의 변환 초식이었다.

제이십사식 환우혜성결(寰宇彗星訣).

환우삼십육검식의 기초를 익히지 않은 사람이 환우혜성결을 깨우치려면 족히 일 년여가 걸릴 것이다. 그만큼 복잡한 변초(變招)로 이루어져 있었다.

이기어검술(以氣御劍術) 최절정 비기(秘技)가 환우혜성결이다. 특히 이기어검술로 사용할 땐 검에 환우혜성강(寰宇彗星罡)이 스스로 발출되어 주변의 모든 것을 파괴해 버린다.

원태 검으로 시전할 수 있는 어검술 중에는 어검비기(御劍飛氣)나 만

리비검(萬里飛劍)이 가장 위력이 있다고 알려져 있다.

환우혜성결의 위력은 그런 절예들보다 최소한 열 배 이상이나 강한 위력을 지니고 있었다. 그럼에도 그런 사실은 천하에 전혀 알려져 있지 않았다.

제이십오식은 환우혜성섬(寰宇彗星閃)으로 환우혜성결의 변초였다.

제이십육식 환우폭뢰강(寰宇爆雷罡).

주로 강기를 파괴하는 검강이다.

이 검강을 시전할 땐 반드시 허공으로 몸을 치솟아야 한다. 이때는 열 개 이상의 분신(分身)으로 화할 수 있으며 동시에 백 줄기 이상의 검기를 폭사시킬 수 있다.

주변 오십여 장의 모든 생명체를 한순간에 멸절시킬 수 있는 가공스러운 초유의 검강이었다.

제이십칠식은 환우폭뢰결(寰宇爆雷訣)로 강기를 사용하지 않고 순순한 검결로만 사용한다.

제이십팔식 환우일월해(寰宇日月解).

글자 그대로 해를 쪼개고 달을 가른다는 검해(劍解)다.

환우제일검가의 십오대조(十五代祖) 일월신검(日月神劍) 풍결(風潔)이 수면(水面)에 비친 달 그림자를 베고 얻은 검해라고 했다.

일단 펼쳐지면 백 장 안에 있는 무영(無影)의 모든 기운까지도 해체시켜 버리고 만다. 너무나 가공스러워 지금까지 단 한 번도 펼쳐진 적이 없었다.

제이십구식은 환우일월멸(寰宇日月滅)이었다. 환우일월해의 변환 검초다.

제삼십식 환우무종광진섬(寰宇無宗光盡閃).

지극한 경신술이 뒷받침되어야 얻을 수 있는 검예다.

천하에서 가장 빨리 움직이며 뇌섬의 줄기보다 더 현란한 검예를 펼칠 수 있다. 가장 빨리 움직이며 가장 빠르게 검예를 펼친다면 필승은 불문가지다.

그런 간단한 원리를 지니고 있는 환우무종광진섬이었지만 위력은 여타의 초식보다 수백 배나 강하다.

일단 펼쳐지면 시전자는 한줄기의 은영(銀影)으로 화한다.

환우무종광진섬은 환우제일검가의 환우십이영(寰宇十二影)이 주로 사용한다.

환우십이영이 나타날 때 열두 줄기의 은빛 기류로 화해 나타나는데, 그것은 바로 환우무종광진섬을 사용하기 때문이었다.

제삼십일식은 환우무종광진파(寰宇無宗光盡破)이며 역시 환우십이영이 주로 사용하는 절예다. 환우무종광진섬의 변초였다.

제삼십이식 환우천묘천비결(寰宇千妙天飛訣).

이 초식이 완성되기 위해 일천 종의 정도지학(正道之學)이 정화되었다. 일천 가지의 정종(正宗) 비학(秘學)이 이 한 검식에 융화되어 있는 것이다.

따라서 한 번 시전되면 일천 종의 절학이 한꺼번에 쏟아지며 일천 가지의 변화를 한꺼번에 나타낼 수 있다.

제삼십삼식 환우만신형(寰宇萬身形).

일시에 허영(虛影)을 일만 개까지 만들 수 있으며 한 사람이 일만 명으로 화해 상대를 공격할 수 있다.

하지단 사공(邪功)의 기운이 짙으므로 존재는 하되 단 한 번도 시전된 적이 없었다.

제삼십사식 환우독패절(寰宇獨覇切).

더 이상의 검예지학은 없다고 알려져 있다.

여타의 무공 진산들을 가치없게 만들어 버리는 독패의 검식이었다.

쾌(快)를 갖추었으며 동시에 정(靜)을 갖추었고, 살(殺)의 초미를 이루었는가 하면 생(生)의 정화를 이루고 있었다.

시전자는 이미 상대의 목숨을 쥐고 있는 것이나 마찬가지였으므로 검예의 맨 꼭대기에 위치해 있다 해도 과언이 아닐 것이다.

제삼십오식은 환우독패해(寰宇獨覇解)로 환우독패절의 미비점을 보완해 백 년 전에 완성된 것이다.

제삼십육식 환우단류파(寰宇斷流破).

무(霧)로서 무(無)를 이루고 무(舞)로서 삼라만상을 멸절시키는 초극의 검초다.

신형을 안개로 만든 다음 상대의 눈을 완전히 현혹시킬 수 있다면 인간의 무공이라 말할 수 없을 것이다.

환우단류파는 그런 무학이었다. 일단 시전되면 시전자는 안개로 화해 사라져 버리는 것이다. 상대는 그 순간 생을 마감해야 한다.

정녕코 환우의 검예였다.

살인미소는 초식들을 하나씩 완성해 가며 환우제일검가가 어째서 당대 제일의 검가(劍家)로 인정받는지에 대해 확실하게 깨달을 수 있었다.

환우삼십육검법!

당연히 환우에서 가장 심오한 최상승 검예지학이었다. 더 이상의 검예는 천하에 존재하지 않을 것이다.

그러나 환우제일검가의 인물들은 대대로 인정과 의기, 예의와 도리를 앞세우고 검을 잡았다. 결정적인 순간에도 상대에게 인정을 베풀곤 했는데 그것이 환우제일검가가 패왕지로(覇王之路)를 걸을 수 없었던 절대 요인(要人)이었다.

아버지 풍백만 하더라도 자신이 희생되며 일개 아녀자인 반혜요를 용서하지 않았던가?

한마디로 최고이면서도 마지막 순간에 양보와 겸양의 미덕으로 언제나 천하에 한 발 양보해 왔던 풍가들이었던 것이다.

하지만 살인미소는 근본적으로 다른 사람이었다.

콩 씨가 뿌려졌어도 그의 밭에서는 팥이 열릴 수 있었다. 반드시 눈에는 눈으로 갚고, 이에는 이로 갚는 살인미소인 것이다.

제85장

파천원(破天苑) 1

파천원(破天苑) 1

정월 대보름.

천하는 이상하리만큼 잠잠했다.

천하에는 근심이 될 만한 일이 전혀 존재하지 않는 것처럼 보였으며 앞으로도 어떠한 일도 일어나지 않을 것처럼 보였다.

정월 초하룻날 새벽에 천하제일루에 어떤 대단한 사건이 일어났다는 소문이 돌긴 돌았지만 단지 소문으로 그쳤다.

사람들이 다시 천하제일루를 찾았을 땐 평소와 똑같이 정상적인 영업을 하고 있었다. 항간에 떠돌던 소문은 그날로 신기루처럼 사라져 버렸다.

천하제일루는 오히려 그런 소문으로 인해 손님들이 더 많이 찾아왔다. 미리 예약을 하지 않으면 자리 잡기가 하늘의 별 따기처럼 어려워졌다.

대보름이 되는 날은 환우제일검 풍백과 감 장로가 환우석부를 벗어
난 지 꼭 보름째 되는 날이다.

그동안 풍백은 단 한 번도 환우석부로 돌아오지 않았고 연락조차 뚝
끊고 있었다.

이 무렵의 풍백은 감 장로와 함께 천하유람 중이었다.

천하의 명승 고적과 이름난 구릉과 산하(山河), 대건축물들과 명찰(名
刹), 천하명사들이 찾아와 탄성과 찬시(讚詩)를 남겼던 곳이면 어디든
찾아다녔다.

절강성 난주(蘭州)를 샅샅이 둘러보았다.

양귀비와 당태종의 사랑이 아직도 머물고 있는 듯 애잔한 감정의 도
시 항주의 서호(西湖)에서 하루를 머물렀다.

청해 파안합라(巴顔哈喇)에서 발원하여 대중원 십팔만 리를 두루두
루 감싸고 도는 양자강(陽子江)을 삼 일에 걸쳐 끼고 돌았다.

하북의 역수(易水)를 두루 둘러보았으며 천하절경 아미산의 아미팔
경도 풍백에게 눈도장이 찍혔다.

아직도 이태백이 쓴 현판이 걸려 있는 강주(江州)의 심양루(瀋陽樓).
풍백은 그곳에서 또 하루를 머물렀다.

다음날은 삼국 시대 조조의 백만 대군과 수천 척의 전함이 모조리
불덩어리로 변한 호북의 적벽(赤壁) 주변을 모조리 둘러보았다.

심지어 후한의 황위를 이은 유비의 생가(生家)인 하북의 탁현(違縣)
까지도 둘러보았다.

그 유명한 산서의 삼문협(三門峽)도 태평한 모습으로 유람했다.

항우에 의해 불타 버린 아방궁(阿房宮), 지금까지도 인간과 똑같은
모습으로 출토되는 토용(土俑)이 무수하게 매장되어 있는 진시황의 무

덤 여산릉(驪山陵)도 둘러보았다.

이로써 풍백의 족적은 천하 명소라면 어디든 가리지 않고 모조리 새겨졌다.

긴 수염과 긴 장발. 이미 신선의 풍모가 여실한 풍백은 천하 어디를 가나 그곳과 딱 어울리는 사람이었다.

그러나 풍백은 호북의 제일명소 황학루(黃鶴樓)에 머물면서도 술 한 잔을 입에 대지 않았다.

살인미소는 아버지 풍백의 성격을 잘 알고 있었다.

'급변(急變)이 일어나지 않는 한 사사로운 연락을 주고받으실 분이 절대로 아니시지……'

풍백이 어디를 가든 그건 반드시 어떤 깊은 뜻이 있어서일 것이다.

'아버지의 내심은 감 장로라 하여도 결코 파악할 수 없지……'

살인미소는 환우삼십육검법 연성에만 매달렸다. 잠은 거의 자지 않았다. 먹는 것은 벽곡단으로 해결했다.

지금은 오직 한 가지 일에만 몰두해야 할 때였다.

마돈나 생각이 나긴 났다. 그때마다 그 생각을 얼른 지워 버렸다.

사실대로 말하자면 마돈나 생각을 접고 무공 연성에만 몰두할 수 있도록 해놓은 살인미소였다.

자신의 일신상에 어떤 변고가 생긴다 하더라도 마돈나의 안위에 대해서만큼은 철저하게 안배를 해놓았다. 그것은 육우당과 칠기파파, 단상을 천하제일루와 직접적으로 연계시켜 둔 것이다.

'그들이 있는 한 마돈나의 안전은 묵직한 암반 위에 지어놓은 대전(大殿)만큼이나 안전할 것이다.'

그날 밤, 그때는 꽤나 야심한 시간이었다. 불쑥 감 장로가 찾아왔다. 감 장로는 흰 천으로 얼굴을 친친 감고 있는 상태였다.

"가주께서 찾으십니다."

감 장로는 다만 그렇게 말했다.

살인미소는 아버지가 자신을 찾는 이유를 묻지 않았다.

감 장로도 왜 갑자기 풍백이 살인미소를 부르는 것인지 정확히 알지 못할 것이다.

"아마도 오늘이 정월 대보름인 것 같소만……."

살인미소는 그렇게 말하고 즉시 감 장로를 따라 환우석부를 나섰다.

천하의 정세가 어떻게 돌아가든 일반인들은 별 관심이 없다.

그들이 관심을 가진다면 오늘이 바로 정월 대보름이라는 사실이었다.

펑― 펑― 펑―

무수한 폭죽이 하늘을 향해 쏘아졌다.

번쩍― 번쩍― 번쩍―

화려한 불꽃이 유성우(流星雨)처럼 허공에서 빛을 발했다.

"우와아!"

"와아!"

불꽃이 폭발할 때마다 바라보는 이들은 탄성을 내질렀다.

그들의 주머니에는 잣과 호두, 밤과 같은 견과류들이 듬뿍듬뿍 담겨 있었다. 오늘은 그런 날이었다.

화려하게 폭발하는 불꽃을 바라보며… 견과류를 깨물며… 만월을 향해 한 해 소원을 비는 그런 날이었다.

진회하(秦淮河).

살인미소와 감 장로가 밤새도록 달려 도착한 곳은 강소 땅 남경(南京)에 위치한 진회하였다.

원래의 이름은 회하(淮河)다. 진(秦) 시대에 시황(始皇)의 명에 의해 운하(運河)로 만들어졌기에 지금까지 진회하로 불린다.

진회하 주변은 천하에서 가장 유명한 홍등가(紅燈街)다. 규모 면에서 천하 으뜸이다.

그중 동소원(董小苑)은 진회하 최고의 유곽이며 홍등선(紅燈船)은 진회하 최대의 유객선(遊客船)이다.

홍등선은 화방(畵舫)이라 부르기도 하는데 지붕이 씌워져 있는 거대한 유람선이다.

홍등선은 유객(遊客)만 싣는 배였다. 당연히 화방 안에는 기녀와 유녀(遊女)들이 미리 태워져 있었다.

그러나 근래 들어 진회하에서 가장 유명해진 것은 동소원도, 홍등선도 아니다. 파천원(破天苑)이라는 천하 최대 규모 유흥업소였다.

파천원(破天苑)!

전체 넓이가 무려 천만 평에 달한다.

일천 명에 이르는 천하제일의 기녀와 일천 명에 이르는 유녀가 파천원에 기거한다고 알려져 있다. 그 정도의 숫자가 상존(常存)해 있으려면 점소이들과 그 외의 요원들 또한 그만한 숫자가 상존해 있어야 한다.

때문에 파천원은 오만 명의 손님이 한꺼번에 몰려와도 일시에 수용할 수 있다.

파천원은 일견에도 충분히 그럴 만한 곳으로 보였다.

십여 층에 이르는 전각(殿閣)이 무려 일천여 채나 되었다.

전각들은 각각 찬관과 기루, 주점과 객잔, 도박장과 유흥장으로 구분되어 있었다.

파천원 내부는 워낙 방대한 규모여서 전체를 모조리 둘러본 사람은 아직 없다.

상중하(上中下) 등급으로 구분된 찬관, 기루, 객점, 객잔, 도박장과 유흥장, 그리고 유곽으로 향하는 각각의 길[道]을 인식하는 데에만 무려 한 달이라는 세월을 꼬박 허비해야 한다.

손님들이 주로 머무는 곳은 입구에 위치해 있는, 오로지 유흥을 위한 편의 시설이 완비된 전각들이었다.

그곳을 지나면 울울창창한 수림이 길게 뒤덮여 있는 파천원의 중심부가 나온다.

만일 내부로 들어섰다가 길을 잃게 되면 호호백발이 될 동안 내내 입구만 찾아야 할 것이다.

깊은 수림군(樹林群)을 지나면 또다시 오백여 채에 이르는 전각군(殿閣群)이 나타난다.

얼핏 본다면 자신이 들어섰던 입구인 듯 여겨지지만 사실은 그곳이 진짜 파천원의 내부였다. 각각 관주(館主), 루주(樓主), 객주(客主), 잔주(棧主), 장주(場主)들의 처소(處所)이며 일만 호위 무사의 거처였다.

그곳엔 오십여 곳이나 되는 가산(假山)과 역시 오십여 곳이나 되는 인공 연못으로 이루어져 있다.

그만 해도 가없이 느껴질 것인데 바다처럼 넓은 두 개의 인공 호수를 좌우로 하여 오백여 채의 전각이 절묘하게 축조되어 있는 것이다.

파라전(破羅殿).

파천원의 모든 전각 중 가장 운치있게 축조된 십층 주루(酒樓)다.

파라전은 십층 전체에서 각종의 최고급 술을 팔았다. 천하명주가 이곳에 다 모여 있다. 열두 곳이나 되는 파천원의 주루 중 최상급의 주루가 파라전이었다.

살인미소와 감 장로가 밤새도록 달려 도착한 곳은 파라전이었다.

파라전 앞에 이르자 감 장로가 말했다.

"가주께서는 파라전 십 층에서 기다리고 계실 것입니다."

"감 장로께서는 달리 가실 곳이 있나요?"

감 장로가 고개를 끄덕였다.

"소가주를 안내하고 곧바로 귀주의 매화선생 육우당님에게 가라는 말씀이 계셨습니다."

그랬다면 아버지 풍백은 육우당에게 전할 한 통의 서찰을 이미 써 감 장로에게 주었을 것이다.

"먼 길을 가야겠군요."

감 장로가 빙그레 웃었다. 그만한 일은 일도 아니라는 듯…….

감 장로가 떠나자 살인미소는 곧바로 파라전의 십층으로 갔다. 풍백이 그곳에서 살인미소를 기다리고 있었다.

*　　　　*　　　　*

환상궁 깊숙한 내부.

도도한 음성이 장강을 흐르는 물처럼 잔잔하게 흘렀다.

"본좌(本座)는 언제 죽일 것인가?"

환상궁주의 음성이었다. 용봉이 수놓아진 비단 금의를 걸치고 오만한 자서로 교의에 깊숙하게 몸을 묻고 있는 그.

주형광은 경직된 몸으로 환상궁주 앞에 꼿꼿하게 서 있었다.

"……."

주형광은 쉽게 입을 열 수 없었다.

도대체 이런 질문이란…….

환상궁주의 눈에서 기묘한 빛이 흘러나왔다.

그 빛은 주형광의 마음과 심령까지도 제압하고 있었다.

"자네는 자연스럽게 서열이 한 단계 승급되었군."

"……."

"아냐, 자연스러운 것이 아니지. 자네 스스로 노력한 것이지."

조롱일까, 아니면 힐책일까?

조롱이라면 이런 조롱도 달리 없을 것이고 힐책이라면 이런 준엄한 힐책이 달리 없을 것이다.

주형광은 시간이 흐름에 따라 점점 위축되고 있었다.

'초라하다… 나는… 초라하다……. 왜 나는 존자 앞에만 서면 한없이 작아지는 것이란 말인가?'

주형광은 막다른 골목에 서 있음을 느꼈다.

무결존자 탄사혼을 살해한 과정을 아직 설명하지 못한 주형광이었다. 변명거리를 잔뜩 준비해 놓고 있었지만 환상궁주는 물을 생각을 하지 않았다.

주형광이 먼저 변명을 늘어놓는다 해도 듣지 않을 환상궁주였다. '너의 변명은 들을 필요도 없다' 라는 표정을 지을 것이다.

주형광은 많은 생각을 일시에 해야 했다.

'처벌을 감수해야 한다.'

주형광의 생각은 그랬다. 그랬는데… 환상궁주는 주형광의 위신을 대번에 원래의 위치로 끌어올려 놓았다.

"본 궁에서 상위자(上位者)를 도모하는 일은 이미 허락된 일이다. 상위자가 하위자에게 죽었다면 평소 자신의 안위를 게을리 했기 때문이지. 주의력을 기울이는 일에 나태했다는 반증인 것이다."

주형광의 얼굴 위로 폭포처럼 식은땀이 떨어지기 시작했다. 그러나 주형광은 땀이 흐르고 있다는 사실조차도 인식하지 못했다.

'어지럽다……'

환상궁주는 억양의 고저가 전혀 없는 음성으로 말했다.

"자네는 차후… 누구에게든 암살당하지 않도록 부단히 노력해야 할 것이다."

"……!"

환상궁주는 주형광을 처벌할 생각이 없는 듯했다.

처음부터 지금까지 주형광은 입을 열 틈조차 없었다. 존자는 깊은 사고(思考)의 틈조차도 주지 않는 것이다.

환상궁주가 한결 부드러워진 음성으로 말했다.

"자네의 계획서를 보고받고 면밀하게 검토해 보았네."

"……"

"각각 조금씩 결점이 있긴 하지만 궁내(宮內)의 인물들 중 그만한 보고서를 작성할 수 있는 사람은 아마도 자네뿐일 것일세."

처음으로 주형광이 입을 열었다.

"감사합니다."

환상궁주가 고개를 끄덕였다.

"본좌는 자네의 보고서를 조금 보완하여 천하를 접수할 생각이네."

"……"

"자네는 본궁 서열 제오위자(第五位者)까지 참석하는 긴급 회의에 참석하도록 하게. 회의 시간은 일각 후일세."

"넷!"

주형광은 오체투지를 올렸다.

그로써 환상궁주 앞을 물러나게 된 주형광이었다.

하지만 일각 후에는 다시 존자의 얼굴을 마주해야 한다. 긴급 회의가 그를 기다리고 있다.

환상궁 서열 제오위까지의 인물… 그들 중 주형광이 알고 있는 사람은 아마 없을 것이다.

환상궁은 바로 위의 상위자 얼굴조차도 알 수 없는 곳이었다. 그만큼 철저하게 보안을 유지하고 있는 곳이었다.

'긴급 회의는… 나에게는 첫 번째 기회이자 마지막 기회가 될 것이다……'

무슨 의미일까?

존자의 면전을 벗어나며 주형광은 다만 굳게 입술을 깨물고 있었다. 그렇지만 그는 참으로 많은 생각을 그 순간에 하고 있었다.

*　　　　　*　　　　　*

"여기가 너무 좋구나. 당분간 돌아가지 않겠다."

풍백의 음성이었다. 파천원(破天苑)의 파라전(破羅殿) 내부에서였다.

"……."

살인미소는 입을 열지 않았다. 풍백의 내심을 짐작할 수 없기 때문이다.

"천하 유람도 당분간 그만두겠다. 잠은 파환전(破寰殿)에서 잘 것이다."

파환전은 파천원의 스무 곳 침전(寢殿) 중에서도 가장 비싼 초특급 침전(寢殿)이었다.

하루 숙박비만 금자 열 낭을 내야 한다. 그만한 돈이면 웬만한 정자(亭子) 하나를 짓고도 남는다.

살인미소가 고개를 끄덕였다.

"아버님의 마음에 드신다면 그렇게 하셔야지요."

풍백이 고개를 저었다.

"아니다. 가장 마음에 들지 않아 그런다."

"……"

"나는 지금까지 하고픈 것이라면 무엇이든 해온 사람이다. 하지만 이제는 하고 싶지 않은 일도 해보아야겠다."

선문답(禪問答) 같았다. 살인미소가 상큼한 미소를 지었다.

"덕분에 저도 가장 마음에 들지 않는 곳에서 자게 되었습니다."

풍백도 따라 웃었다.

"분명히 말해 두지만 파환전은 환우석부의 딱딱한 돌 바닥보다 훨씬 지내기가 불편할 것이다."

살인미소는 그때서야 풍백의 내심을 어느 정도 짐작했다.

풍백은 파천원을 의심하고 있는 것이었다. 살인미소도 그랬다.

'냄새가 나……'

파천원.

분명 예사로운 곳은 아닐 것이다.

의심이 가는 곳을 지나쳐 가면 문제의 핵심을 비켜가는 것이다.

의심스럽다면 가장 가까이 접근하여 정확하게 파악해 내야 한다. 그 방법 중 가장 좋은 것은 며칠이고 머물며 관찰하는 방법이다.

파천원 중에서도 가장 비싼 주루인 파라전에서 먹고 마시는 일, 가장 비싼 침실인 파환전에서 자는 일, 그것이 파천원이 지닌 비밀에 가장 가깝게 접근하는 방법이 될 것이다.

＊　　　＊　　　＊

귀주(貴州) 매화서원(梅花書院).

육우당은 귀주에서는 매화선생이라 불린다. 오래전부터 서원의 훈장 노릇을 해왔기 때문이다.

감 장로는 육유당 앞에 편안하게 앉아 있었다.

감 장로는 방금 이곳에 도착했다. 도착하자마자 풍백의 서찰을 육우당에게 건넸다.

서찰은 큼직한 봉투에 넣어져 있었는데 꽤나 두툼했다.

육우당은 붉은색이 감도는 적단책상(赤檀冊床) 앞에 조용히 앉아 서찰을 꺼내 읽었다.

서찰의 내용은 길었다.

“…….”

육우당은 꽤 오랜 시간에 걸쳐 서찰을 읽고 또 읽었다. 육우당의 표정은 심각했다.

육우당이 앉아 있는 적단 책상 위에는 문방사우가 가지런히 놓여져 있었다. 그 옆에는 용추란(龍秋蘭) 한 송이가 화분 위에 다소곳이 머리를 내밀고 있었다.

용추란은 한 번 피면 백 일간이나 향기를 잃지 않는다는 희귀한 난초다. 감 장로는 난향을 즐기며 뜨거운 찻잔을 입에 대었다.

이윽고 서찰 읽기를 마친 육우당이 감 장로를 바라보았다.

"보름간이나 가주와 함께 천하 유람을 함께하셨다니 몹시 피곤하시겠습니다."

감 장로는 고개를 저었다.

"가주를 모시고 하는 천하 유람보다 더 즐거운 일이 또 어디 있겠습니까?"

"그건 그렇군요."

"……."

"두 분께서는 장인촌에도 들르셨군요."

"그렇습니다. 가주께서 반드시 들르시겠다고 해서……."

"음……."

"가주께서는 장인촌의 세 분을 찾아뵙고 소가주의 지난 잘못에 대한 사과 말씀을 하셨습니다."

"단지 그 일 때문이었습니까?"

감 장로가 의미있는 미소를 지었다.

"아주 좋은 일이 있었지요."

육우당이 껄껄 웃었다.

"나도 풍백 그 친구에게 한 번쯤 장인촌을 찾아가 보라는 말을 하려던 참이었습니다. 왜냐하면 그 친구의 중독은 아마도… 당금 천하에서 생선 어르신만이 치료할 수 있을 것이기 때문입니다."

감 장로가 고개를 끄덕였다.

"바로 그 일이 아주 좋은 일이었습니다."

"다행입니다. 정말 다행입니다. 그런데 감 장로께서는 이 서찰의 내용을 알고 계십니까?"

감 장로가 고개를 저었다.

"가주께서 아무런 언질도 주시지 않아 모르겠습니다."

육우당이 감 장로에게 서찰을 내밀었다.

"그렇다면 읽어보십시오."

감 장로가 펄쩍 뛰었다.

"제가 감히 친구 분들끼리 주고받는 서찰을 어찌 함부로 읽을 수 있겠습니까?"

육우당이 고개를 저었다.

"저는 지금부터 서찰의 내용을 낱낱이 말씀드리고 몇 가지 계획을 함께 의논해야 합니다. 차라리 감 장로님께서 한 번 읽어보면 의논할 핵심을 더 빨리 파악하시리라 생각됩니다."

"그, 그런가요?"

"때문에 읽어보시라는 말씀을 드린 것입니다."

감 장로가 육우당에게서 서찰을 받았다.

서찰에는 깨알처럼 작은 글씨가 무려 여섯 장에 걸쳐 빽빽하게 쓰여져 있었다.

"……."

이각여에 걸쳐 읽기를 마친 감 장로가 빠르게 말했다.

"역시 가주께서는 앉아서 구만 리(九萬里)를 내다보고 계셨군요."

육우당이 천천히 일어났다.

"서둘러야 합니다. 지금부터 천하제일루로 가려면……."

감 장로도 따라 일어섰다.

"먼저 전서구를 날리겠습니다. 그래야 지체없이 모든 분이 집결할
테니까요."

*　　　　　*　　　　　*

대보름이 지난 지 불과 이틀이 지났다.

오늘도 달빛은 여전히 청명했다.

일단의 무리가 야음(夜陰)을 이용해 빠르게 움직이고 있었다.

상당히 많은 인원이었다. 흑의인들이었다.

이들이 한결같이 흑의를 걸치고 있는 이유는 쉽게 세인들의 이목에
발견되지 않기 위해서였다.

흑의인들 개개인의 눈에서 쏟아지는 흉광은 광포하기 이를 데 없었
다. 피에 굶주린 살귀들의 눈을 하고 있었다.

이들의 숫자는 줄잡아도 오천 명은 될 것 같았다.

획— 획— 획—

이들은 아예 허공을 가르며 날고 있었다.

흑의인들의 몸에서는 짙은 살기가 뭉클거리며 흘러나왔다. 바라보
고 있자던 숨이 다 멈출 정도였다.

각각 지독한 사공(邪功)을 익혔으며 극악한 마공(魔功)을 연성한 자
들이 틀림없었다.

이곳은 산서와 섬서의 경계 지점인 용문산(龍門山) 기슭이었다.

문득 선두의 흑의인이 멈추었다.

오천 명이나 되는 흑의인도 일제히 멈추었다. 혹독한 훈련을 거친
자들인 듯 기계적인 움직임이었다.

선두 흑의인은 검은 두건으로 눈만 내놓고 안면을 가리고 있었다.

그의 음성이 쩌렁하게 터졌다.

"지금부터 분열(分裂)을 명한다!"

"명!"

"제일대(第一隊) 일천(一千)은 호북의 천하제일루를 통째로 날려 버려라. 우리는 한 번 실패한 경험이 있다. 전철을 밟지 않아야 한다."

"명!"

"천하제일루는 환우제일검가를 부흥시키기 위한 자금원이라는 점을 잊지 말도록 하라! 기습 시간은 지금부터 이십사 시진 후다! 정확한 시간에 맞춰 일제히 공격하여 흔적도 남기지 말아라!"

"명!"

"떠나라!"

"명을 받습니다!"

우렁찬 대답 소리가 터지는 순간, 일천 명이나 되는 흑의인이 일제히 암공으로 날아올랐다.

휙휙휙휙—

마치 까마귀 떼가 날아오르는 것 같았다.

그들이 허공에서 천하제일루를 향해 방향을 잡았다.

두건으로 얼굴을 가린 흑의인의 음성이 또다시 쩌렁하게 터졌다.

"제이대(第二隊) 이천(二千)은 아미산에 위치한 달사신궁(韃斯神宮)을 초토화시켜라. 달사신궁은 환우제일검가의 위장 문파다. 기습 시간은 정확하게 이십사 시진 후다!"

"명!"

"달사신궁은 세 명의 공동 장문인이 있는 바, 그들의 목을 반드시 들고 와야 한다!"

"명을 받습니다!"

제이대 이천 명의 흑의인이 비조(飛鳥)처럼 일제히 천공으로 치솟았다.

휘휘훗 휘휙―

천공이 새카맣게 가려졌다. 이천 명… 가공스러운 숫자였다.

그들이 잡은 방향은 달사신궁이 위치한 아미산 쪽이었다.

흑의인의 음성이 또다시 터졌다.

"제삼대(第三隊) 이천(二千)은 나와 함께 과부산(화산)의 마문(魔門)을 초토화시킨다. 마문 또한 환우제일검가를 부활시키기 위한 비밀 문파다. 하지만 이 일이 가장 어려운 임무가 될 것이다. 왜냐하면 마문은 한결같이 전대의 거마두들로 구성되어 있기 때문이다."

"명!"

"가자! 전대의 거마들을 영원히 흙으로 돌려보내리!"

"명을 받습니다!"

우렁찬 대답 소리였다.

순간 제삼대 이천 흑의인이 일제히 사라지기 시작했다.

일부는 허공으로, 일부는 산기슭을 타고 바람처럼 흔적을 감췄다.

휘휙휘휙―

불과 반 각이 지날 무렵. 용문산 기슭을 빽빽하게 채웠던 흑의인들은 단 한 명도 눈에 띄지 않았다.

흑의인들의 집결은 마치 한 마당의 꿈이었던 듯 어느새 그곳은 텅 빈 공간으로 존재했다.

제86장
움직이는 천하(天下) 1

한심스러운 부자(父子)였다.

신선의 풍모가 여실해 보이는 아버지는 포장만 신선이었다. 풍백은 누구에게나 호호선인(好好仙人)으로 불리고 있었다.

호호(好好)란 '무엇이든 좋다'라는 뜻이다. 선인(仙人)이라는 말이 뒤에 붙은 건 그냥 나이 든 사람을 올려 부르는 것에 불과했다.

파천원(破天苑)에서 생활한 지 불과 며칠, 환우제일검 풍백은 무골호인(無骨好人)이 되었다.

과연 풍백은 그런 별호를 얻을 만했다.

잠은 파천원 최고의 침전인 파환전(破寰殿)에서만 잤다. 하루 잠을 자기 위해선 금 열 냥을 지불해야 하는 곳이다.

호호선인은 천하에서 가장 아껴 써야 하는 것이 돈인 줄을 도무지 모르는 사람 같았다.

침전 청소를 하는 중년 여인에게도 커다란 금덩어리 하나를 안겨주었다. 유흥장 안내를 하는 안내인에게도 커다란 금덩어리 하나를 덥석 집어 주었다. 파환전을 경비하는 수호자에게도 큼직한 금덩어리 하나를 불쑥 내밀었다.

그뿐만이 아니었다.

먹고 마시는 것은 파천원의 찬관 중에서 최상급으로 분류되어 있는 파라전(破羅殿)만 이용했다.

매끼마다 산해진미를 차려놓고 먹었다. 한 끼 식사 비용은 금 한 냥 정도가 들었다. 보통의 식사 비용에 비해 사십 배나 비싼 금액이었다.

차려진 음식은 반도 먹지 않았다. 반 이상이 쓰레기통으로 직행했다. 그것이 호호선인의 식습관이었다.

도박은 왜 그리도 즐기는지…….

최소한 황금 이십 냥 이상이 있어야만 드나들 수 있는 최상의 도박장을 하루에도 몇 번씩이나 쥐새끼 쥐구멍 들락거리듯 드나들었다.

아무도 호호선인이 돈 따는 것을 보지 못했다. 언제나 장강에 돌 던져 넣기였다. 풍덩풍덩 잃는 것이다.

그로써 호호선인은 불과 며칠 만에 도박장 최고의 객이 되었다.

누구나 호호선인과 도박을 하려고 했다. 결과는 이미 제시되어 있었다. 호호선인의 주머니 안에 들어 있던 황금 스무 냥은 벌써 상대의 주머니 속에 들어 있는 것이다.

호호선인은 그래도 웃었다.

"허허, 오늘은 그대의 운수가 나보다 조금 더 좋았던 것 같구려."

상대 또한 웃으며 대답했다.

"그런 것 같습니다."

하지만 상대의 그림자는 박장대소를 하고 있었다.

'매일 이런 작자만 만난다면 나는 한 달이 안 되어 갑부가 될 것이다.'

호호선인은 금 스무 냥 정도는 아무것도 아니라는 듯 양손을 탁탁 털고 도박장을 빠져나갔다.

그 다음에 가는 곳은 최고급 기루(妓樓) 파화전(破花殿)이었다.

파화전은 십오층이나 되는 거루고각(巨樓高閣)이다. 전체가 기루이며 이백여 개나 되는 기방(妓房)이 있다.

호호선인은 전문에서부터 거의 고함 수준으로 외쳐 댔다.

"취선(翠鮮)아! 월향(月香)아! 단매(端梅)야! 노부 호호(好好)가 왔노라!"

호명된 기녀들이 맨발로 튀어나왔다. 왜냐하면 호호선인은 언제나 큼직한 금덩어리들만 들고 다니기 때문이다.

호호선인은 언제나 세 명의 기녀를 데리고 기방으로 들어갔다.

술상이 거하게 차려져 있었다.

술상에는 천하의 명주효(名酒肴)가 화방(畵房)의 그림처럼 전시되었지만 그런 것들은 쳐다보지도 않았다.

"으흘. 파라전에서 백양회춘주(白陽廻春酒)를 두 병 마시고 천지유불탕(天地乳佛湯)을 두 그릇이나 먹었더니 더 이상 먹고 싶은 생각이 없구나."

천하 명주효는 고스란히 세 기녀 차지가 되었다.

호호선인은 어느새 큼직한 금덩어리 하나씩을 세 기녀의 볼록한 가슴속으로 밀어 넣고 있었다.

"갖거라. 오늘따라 크기가 좀 작구나."

세 기녀는 꺾여지도록 나긋나긋한 허리를 숙였다.

"감사하옵니다."

그녀들은 알고 있었다.

호호선인은 언제나 기녀 셋을 한꺼번에 부른다는 것을……

호호선인은 벙글벙글 웃으며 또 세 개의 금덩어리를 꺼냈다.

"기녀란 비단 외모가 아름다워야 할 뿐만 아니라 가무음곡에도 일가견이 있어야 하는 법이다. 너희들은 어떤 재주로 노부를 즐겁게 해주겠느냐?"

세 기녀는 그때부터 거문고를 타고 비파를 퉁겼다.

또 한 기녀는 구성지게 창(唱)을 뽑았다. 덩실덩실 춤도 추었다. 온몸을 이리저리 꼬기도 하고 흔들어대기도 했다.

정사 장면을 표현하는 격정적인 춤이었다.

"어허, 좋구나. 이젠 되었다. 애들아, 재미있는 만담(漫談)거리는 준비되어 있지 않느냐?"

기녀들은 다투어 만담을 늘어놓기 시작했다.

호호선인은 병풍 앞에 팔베개를 하고 비스듬히 누워 눈을 반쯤 감고 들었다.

기녀들의 입담이 재미있으면 또 금덩어리를 꺼내 던져 주었다. 시답잖다고 생각되면 드륵드륵 코를 골며 잤다.

대충 이 정도가 호호선인의 하루 일과였다.

호호선인의 아들 또한 아버지 못지않았다.

아들은 화화공자(花花公子)라는 별호로 불려졌다. 늘 헤실헤실 웃어서 그런 별호를 얻은 것이 아니다.

화화(花花)란 파락호나 호색한에게 붙여지는 별호다. 공자(公子)는 제법 돈푼깨나 뿌릴 줄 알기에 체면상 뒤에 붙여진 것이다.

화화공자는 하루 종일 파천원의 여인들과 어울려 다녔다.

아버지 호호선인은 주로 기녀들과 어울렸지만 화화공자는 각 관(館)의 책임자 급 이상의 여인들과 하루 종일 놀아났다.

"흐음. 파효관주(破酵館主)의 허리는 한 줌도 안 되겠구나. 이리 오너라. 한 번 만져 보자."

수십 개나 되는 인공 연못 주변에서였다.

파효관주는 술안주를 전문으로 요리하는 파효관(破酵館)의 책임자다. 그녀는 자신의 나이가 스무 살이라고 했다.

그녀는 자석에 이끌리는 쇳조각처럼 화화공자에게 이끌려 갔다.

어제의 화화공자는 파효관주와 적대 관계에 있는 파유관주(破遊館主)와 질펀하게 놀아났다. 파유관주는 파천원 유곽 책임자다.

그 사실을 잘 알고 있는 파효관주였지만 그녀는 화화공자의 품 안으로 냉큼 뛰어들었다

'이런 화사한 미소를 지닌 사람이 늘 내 곁에 머문다면…….'

그녀의 생각은 그랬지만 화화공자는 한 시진이 못되어 다른 볼일이 있다며 파효관주를 등졌다.

파풍관(破風館).

최고급 국수 요리를 전문으로 파는 곳이다.

화호공자가 파풍관에 들어섰다.

그는 다섯 종류나 되는 국수 요리를 한꺼번에 시켰다. 화화공자는 두 번 젓가락질을 하더니 탁 소리를 내며 젓가락을 내려놓았다.

“국물 맛이 이상하군.”

점소이는 대번에 책임자에게 달려갔다. 그로써 파풍관주가 호출되었다.

파풍관주는 스무 살이 채 될까 말까 한 여인이었다. 갸름하고 동그란 두 눈을 지닌 그녀는 나이보다도 두어 살쯤 더 어려 보였다.

“무엇이 잘못되었는지요.”

파풍관주는 화화공자의 얼굴을 보는 순간 넋이 반쯤 나가 있었다. 자신이 무엇 때문에 오게 되었는지 까맣게 잊어먹었다.

‘이런 사람도 있었다니…….’

파풍관주는 갑자기 감전 상태가 되었다. 전율이 온몸을 타고 돌아다녔다.

머리 속에는 그 순간 화려한 침실의 비단 침상을 떠올렸다. 그녀는 자신이 근무자라는 사실조차도 까맣게 잊게 되었다.

그때 화화공자가 파풍관주를 바라보며 한쪽 눈을 살짝 찡그렸다.

“으음… 국물이 약간 상한 듯하구나.”

“네? 아… 그렇습니까?”

파풍관주는 그때서야 자신이 왜 여기에 와 서 있게 되었는지를 깨달았다.

“당장 새로 만들어 올리겠습니다.”

화화공자가 신묘하게 웃었다.

“하지만 말이야, 미인 앞에서 화를 낸다면 그건 대장부가 아니지.”

“……!”

그 순간 파풍관주의 안면이 붉게 타올랐다. 방심(芳心)이 파도처럼 요동쳤다. 이런 일은 단 한 번도 없던 일이었다.

　화화공자가 파풍관주의 두 눈을 똑바로 바라보며 말했다.

　"본 공자가 새로 국수 요리를 시킨다면 그대는 대단히 번거로울 게 아닌가?"

　이번에는 파풍관주의 머리 속이 하얗게 비게 되었다. 무슨 말을 들었는지조차 알 수 없었다.

　파풍관주가 간신히 정신을 수습하며 말했다.

　"아, 아닙니다. 그런 일은 가끔 있는 일입니다."

　화화공자가 고개를 저었다.

　"흐음… 깨알같이 많은 것이 시간이긴 하지. 하지만 겨우 국수가 다시 만들어지길 기다리며 시간을 허비한다는 것은 시간에 대한 예의가 아니지."

　무슨 소리인지, 이때는 정말 헷갈렸다.

　"……?"

　화화공자가 말머리를 돌렸다.

　"파풍관주는 언제가 교대 시간인가?"

　"바, 반 시진 후입니다."

　"그런가?"

　화화공자는 다만 그렇게 말하며 일어섰다.

　파풍관주는 까닭없이 당황했다.

　"그, 그냥… 가시겠습니까?"

　화화공자는 문을 향해 걸어갔다.

　"본 공자는 지금… 파풍관 앞에 있는 인공 연못에서 풍광을 감상하고 싶을 뿐이네."

　화화공자는 그렇게 파풍관을 등졌다.

반 시진 후였다.

화화공자 앞으로 파풍관주가 다가왔다. 인공 연못 앞이었다.

파풍관주는 조금 전과는 달리 새하얀 지분을 덧바른 상태였다. 무슨 향수를 뿌렸는지 일 장 밖에서도 향긋한 체향이 났다.

입가에는 요염한 미소 한줄기가 걸려 있었다.

"어머… 공자께서는 아직도 여기에 계셨군요."

화화공자가 파풍관주를 향해 큼직하게 웃었다.

"허어. 경관이 정말 수려하여 쉽게 발걸음이 떼어지지 않네."

그 말은 사실이었다. 유흥지의 인공 연못이란 최상의 아름다움을 고려해 만들어진 것이다.

"호호호. 때문에 밤이면 이곳을 찾는 선남선녀들의 발걸음이 끊이질 않는답니다."

"흐음. 그렇다면 지금부터 우리도 그들과 같은 선남선녀가 되어볼까?"

우리! 화화공자는 '나'라는 단수가 아니라 '우리'라는 복수를 썼다.

파풍관주는 대답을 하지 못했다. 다만 잘 익은 사과처럼 얼굴을 붉게 물들였다.

"……"

그렇지만 파풍관주는 죽었다 깨어나도 한 가지 사실을 깨달을 수 없을 것이다.

조금 전의 화화공자는 똑같은 방법으로 파만관(破饅館) 관주를 꼬여내 두 시진 동안을 함께 지냈다는 사실을……

파만관이란 만두를 전문으로 요리하여 파는 곳이다.

파만관주도 이십 대 초반의 빼어난 미인이었는데 그녀도 화화공자가 한쪽 눈을 찡긋하자 제정신을 차리지 못했었다.

화화공자와 파풍관주는 연못 주변을 걸었다.
지금은 한밤중이었다. 달빛만 주위에 교교했다.
화화공자의 음성이 조용하게 달빛을 갈랐다.
"흐음‥ 파풍관주의 침소(寢所)는 파천원(破天苑) 내부에 있단 말이지?"
"이곳에서 오백여 장이나 떨어진 곳이지요."
"오가는 데 많은 시간이 허비되겠군."
"호호호, 저희 관주급 이상은 약간의 무공을 익히지요. 오고 가는 데 경신술을 사용한답니다."
화화공자는 이때 별로 특별할 것 같지 않은 특별한 사실 한 가지를 알아냈다. 파천원에 소속된 인물들은 관주급 이상만 되면 무공을 연성한다는 사실이었다.
화화공자는 별로 시답잖은 질문으로 대화를 이끌어갔다. 어느새 그의 손은 쥐면 한 줌이나 될까 말까 한 파풍관주의 허리에 놓여 있었다.
"그렇다면 연무장도 이곳 내부에 있겠군."
"연무장은 파향각(破香閣)이라는 관주들의 침전 옆에 있습니다. 만 평이나 되는 규모여서 한꺼번에 오백 명씩 무공 연성을 하지요."
화화공자의 손길이 풍관주의 허리에서 부드럽게 상하로 움직였다. 위로는 겨드랑이까지였고 아래로는 엉덩이까지였다.
"허어… 그렇소? 도대체 어떤 무공을 주로 연성하오?"
파풍관주는 약간 망설였다. 하지만 이왕 말이 나온 김이라는 표정을 지으며 말했다.

"검공(劍功)으로는 파천색혼십팔식(破天索魂十八式), 도공(刀功)으로는 홍백잔혼도식(紅白殘魂刀式), 장법(掌法)은 파천단맥멸혼장(破天斷脈滅魂掌), 암기공(暗器功)은 주로 파천절혼마혼수(破天絶魂魔魂手)를 보법은 미리홀대경공보(彌璃惚帶輕功步)를 연성한답니다."

파풍관주가 나열한 무공들은 한결같이 세외변황의 마공(魔功)이었다.

파천원에서 중원의 무공이 아닌 세외의 마공을 책임자급 이상에게 연성시키고 있다는 것은 시사하는 바가 크다. 파천원은 중원의 세력이 아님을 의미한다.

화화공자가 알고 싶은 것은 그러한 사실들이었다.

파풍관주의 말을 듣는 것인지 마는 것인지… 화화공자의 손은 놀라운 속도로 부지런하게 움직였다.

화화공자는 지금까지 다른 일은 단 한 번도 해본 적이 없고 오로지 손놀리는 일에만 전념해 온 사람 같았다.

파풍관주의 허리에서 상하로 움직이던 화화공자의 손이 그녀의 허벅지로 옮겨졌다가 잽싸게 불룩하게 튀어나온 가슴 앞으로 직행했다.

이번에는 그녀의 젖무덤 부근에서 화화공자의 손가락이 이리저리 널뛰었다.

파풍관주는 화화공자의 손길을 마다하지 않았다. 오히려 작은 한숨을 폭폭 쉬어가며 안타까워했다.

화화공자가 시큰둥하게 말했다.

"그럼 파풍관주도 고수 반열에 이르렀겠군."

"아직 변변치 못합니다."

말은 그랬지만 자신이 무슨 말을 했는지조차도 모르는 파풍관주였다.

화화공자의 화려한 손놀림은 어느새 파풍관주의 가슴 안으로 파고 들어 와 젖무덤 주변을 살며시 어루만지고 있었다.

파풍관주가 파르르 몸을 떨며 바짝 몸을 붙여왔다.

"바람이 좀 차가운 듯합니다."

"그런가?"

화화공자는 파풍관주를 안 듯이 끌어당겼다. 그녀의 가냘픈 체구가 낚싯줄에 걸린 고기처럼 끌려왔다.

콧속을 깊숙하게 자극하는 그녀의 상큼한 체취…….

화화공자가 속삭이듯 조그맣게 말했다.

"좋은 다관(茶館)은 어디에 있는가? 고급 차를 마시고 싶네. 본 공자는 이곳 지리에 익숙하지 못하니 파풍관주가 안내해 주게."

파풍관주는 하마터면 소리 내어 만세를 부를 뻔했다.

"저, 저를 따라오세요."

파풍관주는 파천원의 열두 곳이나 되는 다관 중 가장 어두운 다관인 향정다관(香精茶館)을 떠올렸다.

향정다관 내부는 각각 칸막이가 되어 있다. 연인들끼리 은밀한 시간을 지내기엔 딱 알맞은 곳이었다.

파풍관주는 꿈을 꾸는 것처럼 황홀한 표정으로 걷기 시작했다 그녀의 엉덩이가 요염하게 흔들렸다. 가슴도 덩달아 덩실덩실 춤을 추었다.

그녀의 머리 속에는 그녀만의 황홀한 몽상이 아련하게 피어올랐다.

'그곳 분위기를 한 번 접하게 되면 분명 화화공자는 내일도 다시 오

자고 할 것이다. 그곳은 두 사람만을 위한 밀실과 같은 곳이니까……'

파풍관주는 화화공자가 어제도 향정다관에서 두 시진을 보냈다는 사실을 알 리 없었다. 두 시진 동안 화화공자는 파만관주라는 여인에게 파천원에 대한 궁금증을 집중적으로 질문했었다.

당연히 파천원 이급비밀에 속하는 기밀들이 고스란히 화화공자의 귓속으로 들어왔다. 그것이 화화공자의 목적이었다.

파풍관주는 당장 까무러칠 것만 같은 망상만이 머리 속에 가득했다.

'이런 남자에게 진한 애무를 받는다면… 아아… 나는 얼마나 행복할 것이란 말인가?'

공연히… 혼자 볼을 붉히는 파풍관주였다.

'어쩌면 나는 공자에게 침전으로 가자는 말을 할지도 모른다……'

*   *   *

지독한 어둠 속이었다.

아미산 전체에는 낮은 구름이 깔려 있어 달빛이 완전히 차단되어 있었다.

자욱한 운무군(雲霧群). 그 속을 뚫고 한 떼의 인마(人馬)가 소리없이 산을 내려오고 있었다.

산을 내려오는 자들은 반 시진 전부터 계속하여 산을 내려왔다.

조금 더 지나면 더 많은 인마가 산을 내려올 것이다. 그들은 결국 아미산 전체를 점점으로 수놓은 백여 채의 전각이 모조리 빌 때까지 계속해서 산을 내려올 것이다.

그들은 중원인들이 아니었다. 마술(馬術)이 중원인들과 판이하게 달

랐다. 절묘하게 말을 몰아 험악한 산등성이를 광야처럼 치달려 내려왔
다.

절정의 기마술(騎馬術)을 구사하는 그들은 달단(韃靼)의 인물들이었
다.

선두 오추마(烏騅馬)에 몸을 실은 인물은 구 척 거한(巨漢)의 노인이
었다.

수염이 가슴까지 늘어져 마침 마주 불어오는 바람결에 아름답게 휘
날렸다. 수염은 분명 미염공(美髥公)이라 불려도 조금도 손색이 없을
터였다.

그렇지만 정녕 추물(醜物)의 노인이었다.

마상에서 쓴웃음을 짓고 있는 이 노인은 귀검면옹 철옹성이었다. 그
가 아니라면 이토록 못생긴 귀신 상판대기를 양 어깨 위에 달고 있을
리 없을 것이다.

그가 달단에서 중원으로 진출한 모든 인물들을 이끌고 산을 내려오
고 있었다. 그의 긴 수염이 모처럼 받쳐 입은 금의 앞에서 아름답게 휘
날렸다.

달사신궁의 인물들 중, 이들이 가장 먼저 아미산을 내려왔다.

한 무리의 여인들도 산을 내려오고 있었다.

개개인의 미모가 더없이 뛰어난 여인들이었다. 여인들의 수는 한눈
으로 파악할 수 없을 정도로 많았다.

산 중상부터 산 아래까지 길게 선을 이루며 하산하는 여인들은 선계
에서 인세로 내려오는 선녀들 같기도 했고 달 속에서 거하다 유람할
산을 찾아 아미산으로 내려오는 것 같기도 했다.

산 전체가 갑자기 선녀들의 놀이터로 변한 것 같았다.

여인들의 살결은 우유처럼 새하얗고 머리카락은 삼단처럼 검고 윤이 났다. 눈동자조차 왜 이리도 아름답게 반짝거리며 빛나고 있단 말인가?

그녀들은 한결같이 눈처럼 하얀 백의를 입고 있었다.

한밤중에 아미산을 오르는 사람들이 호강을 했다. 몇몇은 눈을 깜박거리는 것조차 아쉬워했다.

그들의 입이 저절로 벌어졌다. 게거품이 거기에 고였다. 그것이 주르르 흘러내리며 옷을 적셨다.

그렇지만 그들은 그런 사실조차 몰랐다.

'어쩌면 선녀탕이 이 주변에 있을지도 모른다.'

그녀들을 바라보는 인물들은 아예 자지러지고 있었다.

그녀들 앞에서 진두지휘하는 여인은 반명화랑 화류였다.

'시작인가? 이로써 환상궁은 꽤나 골치를 썩어야 할 것이다.'

이 여인들은 북해 사라빙궁의 여인들이었다. 일찌감치 중원에 터를 잡고 있던 달사신궁의 여인들이었다.

갑자기 반명화랑 화류의 두 뺨이 단풍잎처럼 붉게 물들었다. 그녀는 한 사람의 얼굴을 떠올렸다.

벙글벙글. 그녀의 기억 속에 나타난 사람은 그렇게 웃고 있었다.

'아직… 비무를 못했어… 일이 너무 급박하게 돌아가고 있었으니까……. 하지만 시간이라는 것은 언제나 널널한 것 아닌가?'

여인들은 산 아래에서 갑자기 사라졌다. 안개가 걷히듯 돌연한 증발(蒸發)이었다.

또 다른 부류의 인물들이 산을 내려오고 있었다.

중원인들은 특별한 경우가 아니라면 검을 손에 쥐고 다닌다. 이들은 예외없이 검을 등에 메고 있었다.

이들은 모든 면에서 중원인들과 달랐다.

흑의인 아니면 청의인이었다. 발목에는 검은색의 널찍한 각반(脚絆)을 친친 감고 있었다.

이런 각반은 닌자들이 주로 사용한다.

바지 밑단과 발목 사이를 묶으면 걸을 때 바지 끌리는 소리가 나지 않는다. 은잠술을 주로 사용하는 자들에겐 각반이 필수적인 것이다. 신체 어느 곳에서도 소리가 나선 안 되기 때문이다.

강호 상식이 풍부한 사람들이라면 이들이 부상신풍가의 사람들이라는 것을 대번에 알아차릴 것이다.

절정의 무사 집단이자 절대 상인 집단이었던 부상신풍가 인물들도 정연한 모습으로 아미산을 내려왔다.

선두어서 진두지휘하는 인물은 혼해마물 혈전노였다. 낙양 삼대명물 시절엔 천하제일의 구두쇠 노릇을 했던 인물.

그가 산 아래를 굽어보며 미소 지었다.

'마쓰다 히데오(松田英雄)여, 드디어 천하를 위해 길을 나서게 되었구나.'

부상신풍가에서 사용하는 이름보다 혼해마물 혈전노라는 이름을 더 사랑하는 노인.

'드넓은 대륙이 더 맘에 들어. 섬나라는 내 구미에 맞지 않아, 그곳은 너무 좁은 구석이야.'

달사신궁 전체가 일제히 야심한 밤을 이용해 움직이고 있었다.

*   *   *

마문(魔門)!

마도(魔道)를 따르겠다는 무리들의 집합체이다.

마문은 워낙 중원 활동을 하지 않아 곧 현판을 내리고 중원에서 이내 사라질 문파로 보였다. 처음 개산(開山)할 문인(門人)들은 백한 명뿐이었다.

하지만 마문은 아무도 모르게 내실(內實)에 온 힘을 쏟아 붓고 있었다.

천하에 흩어져 있는 마인(魔人)들을 하나둘 불러 모아 이제는 일천 명이 훨씬 넘는 거대한 문파로 성장했다.

세력이 확장된다는 것. 마문의 문이 닫히는 것이 아니라 날마다 융성하고 있음을 웅변한다.

이들 중 가장 하급의 위치를 차지한 마두의 명호만 거론되어도 천하는 당장 놀라 자빠질 정도로 절대적 악명의 마두들이었다.

마문의 문주는 천마제(天魔帝)라고 알려져 있었다.

천마제를 제외한 나머지 여섯 대마두가 마문의 장로 직을 맡고 있다는 사실은 중원에 제대로 알려져 있지 않았다.

그런데 온통 자욱한 운무에 가려 빛이라곤 조금도 찾을 수 없는 오늘 밤 그들이 일제히 산을 내려왔다.

그로써 마문도 텅 비게 되었다. 짙은 운무만이 마문의 빈 전각들 이리저리를 휩쓸고 지나갔다.

*　　　　　*　　　　　*

천하제일루.

오늘도 변함없이 환하게 불이 켜져 있었다.

정각 자정.

뿌우우—

야음을 타고 어디선가 둔중한 호각(號角) 소리가 들려왔다. 물소 뿔을 잘라 만든 호각의 우렁찬 울림이었다.

휙휙휙휙휙—

동시에 일천 명이나 되는 흑의인이 일제히 모습을 나타냈다.

그들은 나타나자마자 조금도 주저하지 않고 천하제일루를 향해 밀물처럼 길려갔다.

이들은 조그만 두건으로 얼굴을 가리고 있었고 입에는 한 자루씩의 비도(飛刀)가 물려져 있었다.

선두의 흑의인이 외쳤다.

"우리는 천신마왕전의 복수를 겸해야 한다는 점을 잊지 마라."

일천 명이나 되는 흑의인이 일제히 대답했다.

"명!"

"천마혼은 정녕코 아까운 인재였다. 하지만 그의 넋은 이제 원한이 풀릴 것이다. 우리가 그를 대신해 복수해 줄 것이므로!"

살벌한 살기가 흑의인들의 전신에서 뻗치기 시작했다.

흑의인들의 눈빛은 한밤중이면 오히려 눈빛이 더 밝아지는 미친 고양이처럼 섬뜩하게 번쩍거렸다.

휙휙휙휙휙—

일천 명이나 되는 흑의인은 아예 천하제일루 전체를 몸으로 밀어버릴 듯 가공할 기세로 몰려들었다.

그런데!

제일 먼저 천하제일루 전문에 당도한 선두 흑의인이 비명에 가까운 소리를 내질렀다.

"아, 아! 천하제일루가 텅 비어 있다!"

모든 흑의인들이 일제히 멈춰 섰다.

"무슨 맥 빠지는 소리인가?"

"다시 확인해!"

하지만 그들 모두가 천하제일루 전문을 확인했을 때 전체가 모조리 비어 있다는 믿지 못할 사실을 현실로 받아들여야만 했다.

천하제일루 전문에는 붉은 글씨로 다음과 같은 글귀가 선명하게 써져 있었다.

결례(缺禮). 내부 수리 중(內部修理中).

이로써 흑의인들은 대혼란에 빠져들었다.

"으으음. 이렇게 허망할 수가!"

"아아, 이틀간이나 밤을 낮 삼아 달려왔는데 말짱 헛일이 되었단 말인가?"

선두의 흑의인, 그는 이 무리를 이끄는 대주(隊主)였다.

그는 이런 상황에 대한 대처 방법에 대해 조금도 인지받지 못한 것 같았다. 그가 먼저 허둥거렸다.

"우라질. 이 노릇을 어쩌란 말이냐?"

그 소리를 듣고 몇몇 흑의인들이 털퍽털퍽 땅바닥에 주저앉았다.

"수천 리 길을 마다 않고 달려왔건만……."

흑의인들의 전체 대오가 표류하는 돛단배처럼 흩어지기 시작했다.

"아아, 이런 허무는 정녕… 처음이다……."

일그러진 달이 서천을 향해 비스듬히 기울고 있었다.

달도 흑의인들을 비웃는 것 같았다. 드넓은 동정호에 또 하나의 달을 투영시키며 달은 허허롭게 흑의인들의 머리 위를 스쳐 지나가고 있었다.

조금 전, 이 일은 흑의인들이 천하제일루에 당도하기 세 시진 전의 일이었다.

그때는 마악 황혼이 붉게 물들어가는 시간이었다. 육우당과 감 장로가 천하제일루로 들어섰다.

두 사람은 누구의 안내도 받지 않고 곧바로 밀실로 향했다.

그로부터 일각 후, 육우당과 감 장로가 조용히 천하제일루를 빠져나왔다.

육우당은 일필휘지를 휘날려 쓴, 다음과 같은 큼직한 글귀를 들고 나왔다.

결례(缺禮). 내부 수리 중(內部修理中).

글귀는 천하제일루 전문에 떡하니 붙어 있게 되었다.

육우당과 감 장로는 천하제일루를 등지고 어디론가 사라졌다.

그때부터 천하제일루를 찾은 손님들이 하나둘 빠져나와 그곳을 찾아오는 손님들은 하릴없이 발길을 돌려야 했다.

이후로 반 시진이 지나지 않아 천하제일루 내부에는 단 한 명의 손님도 남아 있지 않게 되었다.

그 다음에 천하제일루를 빠져나온 사람들은 백여 명이나 되는 기녀였다.

그녀들은 화장을 모조리 지운 맨 얼굴에 가벼운 경장 차림이었다. 더구나 손에는 병장기까지 쥐어져 있었다.

그녀들은 긴 행렬을 이루며 빠져나오자마자 어딘가를 향해 몸을 날렸다.

휙휙휙휙―

매우 신속한 동작이었다. 이런 점으로 보자면 그녀들을 기녀라고 여길 사람은 아무도 없을 것이다.

뒤이어 점소이들과 직원들, 그리고 요원(要員)들과 수위 무사들이 천하제일루를 빠져나왔다. 그들도 경장 차림이었다. 손에는 각자가 평생의 전력을 기울여 온 각종의 병장기가 들려져 있었다.

휘휙휙휙―

이들도 천하제일루를 빠져나오자마자 어디론가 급하게 몸을 날렸다.

그들이 썰물처럼 사라진 지 불과 일각 후, 루주인 마돈나와 총관인 단상, 그리고 내총관인 칠기파파도 천하제일루를 빠져나왔다.

그로써 천하제일루는 텅텅 비게 되었다.

마돈나 일행은 동정호 상류를 향해 방향을 잡았다. 이들은 동정호 유람을 가는 것이 아니었다.

이들 일행은 육우당이 들렀을 때 간단한 회의를 했었다. 이들은 회의 결과에 따라 모처로 이동하는 것이었다. 이미 작정된 장소가 있었다.

그리고 두 시진이 지난 자정.

흑의인 일천 명이 천하제일루를 덮쳤다. 하지만 흑의인들은 천하제일루가 어떻게 생겨먹었는지 감상만 하게 되었다.

흑의인들의 목표와 목적은 그렇게 깡그리 무산되었다.

제87장

파천원(破天苑) 2

파천원(破天苑) 2

흑의인 무리가 낭패를 보기는 아미산과 과부산을 찾았을 때에도 마찬가지였다.

이천 명이나 되는 흑의인은 정각 자정에 맞춰 살벌한 신색으로 달사신궁을 기습했다.

이때의 흑의인들은 신중에 신중을 기했다.

뿌우우우—

물소 뿔로 만든 호각이 아미산을 진동하는 그 순간, 흑의인들은 태산이 무너져 내리는 것과 같은 기세로 달사신궁을 덮쳤다.

하지만 달사신궁 내부에선 개미새끼 한 마리도 찾아낼 수 없었다.

"아……."

흑의인들은 탄식과 함께 깊은 신음을 흘렸다.

"이런 허탈감이란……."

“이젠 어떻게 해야 한단 말인가?”

이천 명이나 되는 흑의인이었다.

흑의인들이 탄식처럼 외쳤지만 대주(隊主)는 명쾌한 해답을 제시하지 못했다.

“……!”

대주는 허공으로 흐르는 달을 바라보며 누구보다도 긴 한숨을 토했다.

대주가 받은 명령은 달사신궁을 초토화시키고 세 공동 장문인의 목을 들고 가야 하는 것이다.

그러나 달사신궁은 텅 비어 있었다. 이럴 경우 어떻게 해야 하는지… 별도로 받은 명령이 없었다.

그는 기계처럼 명령에 의해 움직이고 명령에 의해 모든 일을 처리해 온 자였다. 그랬기에 이런 경우에는 어떻게 대처해야 할지 판단을 내리지 못했다.

대주가 먼저 털썩, 엉덩이를 바닥에 깔았다.

“빌어먹을… 나도 모르겠다.”

그가 먼저 퍼져 버리고 말았으므로 이천 명이나 되는 흑의인도 바닥에 엉덩이를 깔았다.

“난들 뭘 알겠나?”

그들은 이십사 시진 동안 전력을 다해 이곳까지 오른 자들이었다. 허탈감이 주는 피로감은 극심했다.

그들은 제멋대로 누워 흐르는 달을 바라보았다.

그들은 곧 잠이 들 것 같았다. 달빛은 그만큼 포근했다.

과부산의 마문을 찾은 흑의인들도 허탕을 치기는 마찬가지였다.

뿌우우—

정각 자정에 웅장한 음향을 터뜨리며 호각이 울었다.

"와아!!"

"와!!"

이천 명의 흑의인이 일제히 마문을 향해 몸을 날렸다. 마른하늘에서 돌연히 거대한 우박덩어리들이 쏟아지는 것 같았다.

흑의인들의 기세는 엄청났다. 대번에 금군 팔십만 대군이라도 전멸시킬 것 같았다.

그런데 마문!

이 빌어먹을 놈의 거대한 전각들이 텅텅 비어 있는 것이다.

"……!"

대주는 넋을 잃었다. 마문의 거마들이 기르던 몇 마리의 똥개들만이 컹컹거리며 이들을 맞았다.

"……?"

흑의인들은 자신들의 눈을 의심했다.

"모조리 하늘로 솟은 것이란 말인가, 아니면 땅으로 꺼졌단 말인가."

그렇지만 그들은 경계를 늦추지 않은 채 돌연한 기습에 대비했다.

그러길 반 시진여. 그들은 제풀에 지쳐 땅바닥에 주저앉고 말았다.

"참으로 염병할 일이다……."

정말로 그랬다. 그들은 허기를 느꼈고, 극도의 피로를 느꼈다.

그래도 제법 머리를 쓰는 몇 명의 흑의인은 몇 마리나 되는 똥개들을 잡아 생살을 뜯었다.

대주는 매우 현명한 척했다.

"하루 정도 지나면 본궁(本宮)에서 달리 명령을 하달할 것이다. 그때까지 기다리도록 하자."

그로써 흑의인들은 큰대 자로 사지를 누였다.

오늘따라 눕는다는 것이 왜 이리도 편안한지… 그들 중에 일부는 벌써 코를 골고 있었다.

＊　　　　＊　　　　＊

필설로 이루 설명할 수 없을 만큼 광활한 파천원(破天苑).

일단 들어섰지만 시작이 어디인지, 끝이 어디인지… 감을 잡기가 힘들었다.

그렇지만 일단의 무리는 마치 제집 안마당을 드나드는 것처럼 파천원 내부의 요소요소로 잠입했다.

이들은 분명 처음으로 파천원을 방문하는 자들이었다.

방문. 이런 한밤중의 방문이 좋은 일이라고 말할 수 없을 것이다. 그랬다. 그들은 죽음의 사신들이었다.

달빛은 교교했지만 이들의 움직임은 세찬 피의 회오리바람이었다. 이들이 일으키는 폭풍에는 진한 살기가 맺혀 있었다.

이들이 지나간 자리에는 생명체가 남아 있지 않았다.

"으아악!!"

"아아아악!!"

파천원이 죽음의 혈해에 잠기기 시작했다.

이곳은 같은 파천원 내부였지만 유곽과 유흥장, 도박장과 주루 주점이 있는 곳과 정반대 방향으로 수백 채의 전각군이 형성되어 있는 또 다른 세계였다.

번쩍! 번쩍!

살벌한 도기의 발광(發光)! 찬란한 검기의 형광(螢光)!

"으아아악!!"

"아아아악!!"

죽음이 이어졌다.

생명이라면 무엇이든 파괴해 버리는 피의 미치광이들. 그들이 나타난 것이다.

보이는 것은 모조리 핏빛이었다. 피에 굶주린 혈풍인(血風人)들은 모조리 악마의 눈이 되어 광기를 발산했다. 이들의 수는 일천여 명이나 되었다.

하늘까지도 발기발기 찢을 듯 끔찍한 비명성이 연이어 터졌다.

"으으아악!!"

"아아아악!!"

무정하게, 그리고 냉정하게 살인을 감행하는 인물들은 과부산 마문을 출발한 마문의 마인들이었다.

바람처럼 마문을 빠져나간 이들… 어느새 파천원 내부 깊숙한 곳을 관통 중이었다.

이들은 마문주 천마제의 직접적인 지시를 따르고 있었다.

천마제… 그의 얼굴은 이미 인간의 얼굴이 아니었다. 피를 볼수록 더욱더 환장하는 흡혈귀의 모습이었다.

"전면에 보이는 이십 채의 전각은 관주(館主)들의 침전(寢殿)이다. 멸절시켜라!"

마문주 천마제. 그는 이곳이 처음이었지만 파천원 내부를 손바닥 들여다보듯 훤하게 꿰고 있었다.

"명!"

휙휙휙휙—

지마제(地魔帝)가 휘하 마인 백여 명을 이끌고 번개처럼 튀어 나갔다.

천마제는 이곳에 도착한 이후 지금까지 끊임없이 천리회유성(千里廻流聲)에 귀를 기울이고 있었다.

"네 번째 가산(假山) 옆으로 첫 번째 인공 호수가 보일 것이오. 왼편에 보이는 이십 채의 전각은 관주들의 침전이오. 또한 오른편으로 보이는 이십 채의 전각은 루주(樓主)들의 침전이오."

천리회유성은 벌써 오래전부터 파천원에 머물고 있는 화화공자가 전하는 것이었다.

천마제가 또다시 명령을 하달했다.

"오른쪽 전각 이십 채는 혈마제(血魔帝)의 몫이다."

혈마제, 그가 허연 이를 드러내며 웃었다.

"천마제 형님, 이쪽에서는 지분 냄새와 향수 냄새가 진동하는데 아깝게 모조리 죽여야 합니까?"

천마제의 직책은 마문주였고 혈마제의 직책은 장로다. 하지만 그것은 최근의 직책이고 원래는 호형호제하는 사이였다.

천마제가 단호하게 말했다.

"지금은 전쟁 중이다."

혈마제가 입맛을 다셨다.

"이곳의 계집들은 한결같이 천하에서 둘째가라면 서러워할 계집들이라던데… 쯧쯧… 어쩔 수 없죠 뭐. 전쟁이란 언제나 비정한 것이니까……."

혈마제가 백여 명의 마인을 이끌고 오른쪽 전각들을 향해 사라졌다.

곧 그곳에서 여인들의 뾰족한 비명성이 처절하게 들려왔다.

"아아악!!"

"아아악!!"

한밤중이어서 그런 것일까? 여인들의 비명성이 더욱더 애절하게 울려 퍼졌다.

화화공자의 천리회유성은 수시로 들려왔다.

"파천원 인물들은 주로 세외변황의 무공을 사용하는 자들이오. 검공(劍功)으로는 파천색혼십팔식(破天索魂十八式), 도공(刀功)으로는 홍백잔혼도식(紅白殘魂刀式), 장법(掌法)은 파천단맥멸혼장(破天斷脈滅魂掌), 암기공(暗器功)은 주로 파천절혼마혼수(破天絶魂魔魂手)를 보법으로는 미리홀대경공보(彌璃惚帶輕功步)를 사용하는 인물들이오. 이 점을 유념한다면 더 좋은 결과를 얻을 수 있을 것이오."

천마제가 툴툴거리며 웃었다.

"정말이지… 자세히도 알아두었군."

천마제가 옆에서 바짝 따르던 독마제(毒魔帝) 괴벽을 바라보며 말했다.

"조금 더 가면 다섯 번째 가산이 나올 것이다. 그리고 열다섯 채의 전각이 그곳에 있을 것이다. 그곳이 어떤 놈들의 처소이든 상관하지 말고 독마인(毒魔人)들을 이끌고 모조리 궤멸시켜 버려라!"

독마제가 이상하다는 듯 고개를 꼬았다.

"거참… 천 형님은 이곳이 처음이면서 어떻게 내부 사정을 이리도 환히 꿰고 있단 말이오?"

천마제가 또 툴툴거리며 웃었다.

"난들 뭘 알겠냐? 그 헤실헤실거리는 분이 그렇게 말하니 그런 줄 알고 명령을 내릴 뿐이다. 그분은 요즘 화화공자가 되어 이 세상에 존재하는 모든 재미를 혼자 즐기는가 본데… 젠장! 나도 얼굴만 조금 뒷받침된다면 얼마나 좋았을 것이란 말인가?"

독마제는 벌써 백오십 명이나 되는 독마인을 간추린 후였다.

"나도 그 점이 유감스럽소. 어째서 조물주께서는 내 얼굴을 이렇게 찌그러뜨려 놓은 것인지……"

휙휙휙휙―

독마제를 따라 백오십 명이나 되는 독마인이 일제히 사라졌다.

천마제는 흐뭇한 미소를 짓고 있었다.

'흐음… 본 마문이 가장 먼저 파천원에 당도했으니 제일의 공로(功勞)는 분명 우리의 몫이 될 것이다.'

그는 다음 천리회유성을 기다리며 계속해서 전진했다. 그의 뒤로 아직도 수백 명이나 되는 마문의 마인이 여전히 짙은 살기를 내뿜으며 뒤따랐다.

천마제는 화화공자의 전음이 전해지지 않으면 소경이나 다름이 없었다. 그의 말대로 파천원의 내부에 대해 단 한 가지도 아는 것이 없었다.

*　　　　*　　　　*

객(客)을 위한 파천원의 침전 중 가장 비싼 침전인 파환전(破寰殿).

호호선인(好好仙人)이 긴 흑발을 단정하게 단장하고 있었다.

승(僧)들이 사용하는 계도(戒刀)가 그의 손에 들려 있었다. 어느새 긴 수염이 숙숙 잘려져 나갔다.

호호선인은 차츰차츰 왕년의 환우제일검 풍백의 모습으로 변모되었다.

그의 앞에는 화화공자가 여전히 헤실헤실한 웃음을 띠고 풍백을 바라보고 있었다.

"아버님께서는 어떻게 파천원이 환상궁의 총단이라는 사실을 아셨습니까?"

풍백은 긴 수염 자락을 싹뚝 잘라내며 말했다.

"천하를 이 잡듯 훑어본 결과였지."

풍백이 선인과 같은 모습으로 천하를 주유했었다. 아무도 그가 왕년의 환우제일검 풍백이라고 알아보지 못했다.

풍백이 이어 말했다.

"쉽게 발견할 순 없었지……."

"……."

"진희하에 이르러… 파천원을 대했을 때 이곳이 환상궁의 총단임을 알아보았다."

"……."

"파천원의 파천(破天)이라는 의미가 깨우쳐 준 것이다. 천(天)은 바로 환우(寰宇)이니… 파천이라는 의미는 당연히 본가인 환우 가문을 영원히 궤멸시키겠다는 의미가 아니겠느냐?"

"그렇군요."

"나는 이곳에 머물며 환상궁주의 내심을 자세히 읽게 되었다. 지금 우리가 머물고 있는 파환전(破寰殿) 또한 환우 가문을 멸절시키겠다는 의미가 되니까."

"옳게 보셨습니다."

"그뿐만이 아니다. 파라전(破羅殿) 또한 같은 의미이다. 삼라만상(森羅萬象)을 의미하는 라(羅) 자 역시 환우를 의미하는 것이다. 파라(破羅)이니 이 또한 환우 가문을 멸절시키겠다는 의미가 아니겠느냐?"

화화공자… 살인미소도 그렇게 생각한 지 오래였다. 하지만 지금까지 내색을 하지 않았을 뿐이다.

풍백이 지금까지 호호선인이 되어 무골호인 행세를 한 것은 파천원 내부를 샅샅이 파악하려는 의도였다.

그리하여 수를 헤아리기 어려울 정도로 많은 각 루(樓)와 전(殿), 각(閣)과 점(店), 유곽들과 유흥장, 심지어 기방의 위치와 그녀들의 침전까지도 이미 세밀하게 파악하고 있는 풍백이었다.

그의 머리 속에는 지도 한 장이 들어 있었다. 파천원 거의 전체가 그려진 지도였다.

그렇기는 살인미소도 마찬가지였다. 가산(假山)들과 인공 연못, 인공 호수와 각 전각들의 위치가 정확하게 살인미소의 뇌 속에 입력되어 있었다.

때문에 천마제에게 정확하게 천리회유성으로 알려줄 수 있었던 것이다.

화화공자, 살인미소는 지금까지 파천원의 여인들과 어울려 다녔다. 그것은 치밀한 계산에 의해서였다.

관주(館主)들의 침소(寢所)는 인공 호수 바로 옆에 있다는 사실과 관주급 이상의 인물들은 무공을 익혔으며 세외의 경신술을 사용한다는 사실, 파향각(破香閣)이라는 침전 옆에 있는 연무장에서 매시간마다 돌아가며 한꺼번에 오백 명씩이나 무공 연성을 한다는 사실.

그리고 결정적으로 파천원의 무공이 어떠한 류(流)라는 것을 알아냈다.

이 사실은 매우 중대한 것이었다. 다름 아닌 환상궁의 무공이 어떠한 것인지 뿌리를 알아낸 것이다.

지피지기면 백전백승이라하지 않았던가.

풍백의 손에서 계도가 날아갔다.

계도는 용도를 다했다. 풍백의 수염이 단정하게 정리되어 있었다. 장발도 단정하게 정리되어 있었다.

그로써 풍백은 중독 이전의 옛 모습으로 돌아왔다.

풍백은 백의로 갈아입었다. 그로써 호호선인은 사라졌다. 살인미소 앞에는 환우제일검 풍백이 서 있었다.

풍백은 침상 옆에 준비해 두었던 조그만 소반(小盤)을 가져오라고 했다. 소반 위에는 옥빙주(玉氷酒) 한 병과 잔 두 개가 놓여 있었다.

"술 마개를 따거라."

"……."

살인미소는 잠시 망설였다. 옥빙주는 참으로 많은 의미를 담고 있는 술이다. 과거, 칠기파파가 열심히도 담갔던 술이다.

살인미소의 어린 시절… 꿩을 잡아올 때마다 칠기파파는 꿩 고기를 만두소로 하여 꿩 만두 국을 끓이곤 하지 않았던가?

아버지 풍백은 칠기파파, 감 장로와 어울려 옥빙주를 마시곤 했었다. 물론 당시의 살인미소는 만두 국만 먹었다.

　살인미소가 잠시 망설인 이유는 ‘술을 마시면 중독이 심화되는 풍백의 상태’를 우려했기 때문이다.

　풍백이 잔잔하게 웃었다.

　“너는 조금도 걱정하지 말아라.”

　살인미소가 옥빙주의 마개를 열었다. 향긋한 주향이 번지며 코부터 자극되었다.

　살인미소는 풍백의 잔을 채웠다. 이번에는 풍백이 살인미소의 잔을 채워주었다.

　“처음이구나, 너와 대작(對酌)을 하는 것이…….”

　“네, 저도 아버님의 잔을 채우는 일이 처음인 듯하군요.”

　“나는… 늘 이런 생각을 해왔었다. 나는… 과연 내 아들과 대작을 하는 날을 맞을 수 있을까, 라는 생각 말이다.”

　“…….”

　“만일 그런 날이 온다면 그날이 환우제일검가의 부활을 목전에 두게 되는 날이라고 생각해 왔었는데 지금이 그 시점이 된 것 같구나.”

　“…….”

　“마시자. 내 아들과 술을 마시는 날은 내 생애에서 가장 특별한 날이 될 것이다.”

　풍백은 벌컥거리며 잔을 비웠다. 살인미소도 잔을 비웠다.

　살인미소가 풍백의 잔에 다시 술을 따랐다. 풍백도 아들의 잔을 채웠다. 하지만 살인미소의 눈빛은 불안으로 인해 약간씩 흔들리고 있었다.

　풍백이 호방하게 웃었다.

　“너는 조금도 내 염려를 하지 않아도 된다는 말을 잊었느냐?”

"잊지 않았습니다."

"으음. 내가 장인촌에 들러 생선 어르신을 만났다는 사실을 말하지 않은 것 같구나."

"……!"

살인미소의 눈빛이 대번에 환하게 밝아졌다.

풍백이 껄껄거리며 웃었다.

"생선 어르신이 그러시더구나, 말술을 마셔도 아무 상관이 없다고. 하지만 나는 지금까지 술을 마시지 않았다. 너와 첫 대작 이후 다시 말술을 마실 생각으로 그랬다."

"……!"

생선이 천하제일의 신의(神醫)라는 점을 의심해선 절대로 안 된다.

맥박이 끊어지고 호흡이 이미 멈춘 사람도 벌떡 일으켜 세우는 사람이 생선이다. 저승길을 질주하는 사람이라 할지라도 벌떡벌떡 일으켜 세우는 능력을 지닌 사람이 생선이다.

그가 극독에 중독된 사람을 회복시키는 일 정도는 그야말로 '해장거리'에 속하는 일이었다.

풍백은 자신의 해독을 구걸하러 장인촌을 찾은 것은 아니었다. 목에 칼이 들어온다 해도 그런 아쉬운 소리를 입 밖으로 낼 사람이 아니었다.

풍백은 정말로 아들의 구명지은에 대한 감사를 표하러 갔었다.

환상궁의 총단을 찾아내기 위해 감 장로와 함께 천하를 유랑하던 중 잠시 장인촌을 찾은 것이다.

장인촌을 찾으면 가장 먼저 야매의 주점을 발견하게 된다.

누구나 자연스럽게 야매의 주점부터 먼저 들르게 되겠지만 감 장로
는 아예 야매의 주점을 목적으로 장인촌을 찾았다.

그 시간에는 언제나 생선과 오독불, 야매가 함께 있는 시간이어서
그랬다.

마침 마평도 그 자리에 있었다.

풍백과 감 장로가 주점으로 들어섰다.

풍백은 세 사람을 향해 깊숙하게 허리를 숙였다.

"후배는 세 분께 진심으로 감사드리기 위해 찾아왔습니다."

풍백이 그토록 깊숙하게 허리를 숙인 사례는 태어난 이후 그때가 처
음일 것이다.

생선과 오독불, 야매는 그때 풍백의 전신에서 흘러나오는 고귀한 위
엄을 보았다. 단지 처음 보기만 했을 뿐인데 진정한 인간 하나를 만나
게 되었으며 진정한 영웅의 기품을 보게 되었다.

세 사람은 거의 똑같은 생각을 했다.

'인걸이로다⋯⋯.'

'용중지룡이다.'

'장인촌에 모처럼 봉황이 깃들었군.'

오독불의 입은 언제나 빠르다.

"그대가 풍모(風某)인가?"

예의하면 풍씨들의 성명절기다. 풍백의 예의는 언제나 고고함이 넘
치고 있었으며 허리를 숙였으되 조금도 비굴해 보이지 않는 기백이 넘
쳤다.

"네, 미천한 소생이 풍백이라 불리우는 하찮은 인생입니다."

세 사람은 또다시 탄식음을 내뱉었다.

'처음이다… 이런 사람도 천하에 존재하고 있었을 줄이야…….'

'그런데 이상하군. 이 사람은 이럴진대 어째서 살인미소 그놈은 천하의 개망나니였단 말인가?'

풍백의 음성조차도 완전 무결한 예의의 집합이었다.

"소생이 세 분을 찾아뵈옵는 것은 못난 제 자식이 두 번이나 생명의 구함을 얻었기 때문입니다. 마침 근방을 지나는 중이었습니다. 아비 되는 자로서 어찌 세 분의 은혜에 보답의 말씀을 올리지 않을 수 있겠습니까?"

세 사람은 비로소 천하의 예의가 어떠한 것인지를 견식하게 되었다.

그런데 그때였다. 생선이 풍백을 향해 술잔을 불쑥 내미는 것이었다.

"내 잔을 받게. 나는 자네와 한잔 술을 나누지 않으면 평생 후회하게 될 것 같네."

진심이었다. 생선은 인간이라 인정되지 않는 사람에게는 절대로 술잔을 내밀지 않는 사람이었다.

풍백은 냉큼 잔을 받았다. 생선은 잔을 가득 채웠다.

"감사합니다."

감 장로의 안색이 새하얗게 급변했다.

술! 풍백은 술을 마시면 그나마 남은 내력을 모조리 잃게 되는 사람이었다.

그런데도 풍백은 생선에게 받은 술을 벌컥벌컥 마셨다.

감 장로는 차마 만류하지 못했지만 하얗게 변한 안색은 이내 먹빛으로 변했다.

'아아… 어째서 가주께서는 거절을 하지 않으시고…….'

풍백이 맛있게 마신 후, 생선에게 잔을 주고 채워주었다. 이번에는 오독불이 풍백에게 술잔을 내밀었다.

"내 잔도 받게. 나도 자네와 한잔을 나누고 싶네."

"감사합니다. 저는 못된 주도(酒道)를 배워 주시는 술잔을 사양하지 못하는 것이 흠인 사람입니다. 그 점 양해 바랍니다."

"아니지… 권하는 술을 마다하는 주도야말로 맞아 죽어도 할 말이 없는 못된 주도일세. 자넨 제대로 배운 것이야."

풍백은 그 술잔도 단숨에 비운 뒤 오독불에게 잔을 권했다.

"주셨으니 드리겠습니다."

"흐음… 역시 주법에 어긋나지 않는 재빠른 행동일세."

그랬는데… 이번에는 야매가 풍백에게 술잔을 권했다.

"내 술잔이라고 설마 거절하지는 않겠지?"

풍백이 온화한 모습으로 웃었다.

"선배님께서 권하지 않으셨다면 저는 서운할 뻔했습니다. 왜냐하면 말학으로서 주제넘게 달라고 할 순 없기 때문이지요."

야매는 입을 딱 벌렸다. 이토록 시원시원한 사람은 정녕 오늘 처음 보았다.

'예의를 갖추고도 상대를 즐겁게 하는 기술이야말로 진정한 영웅의 재간이거늘……'

그녀는 문득 살인미소를 떠올렸다.

'그놈은 어째서 지 아비의 꼬랑지도 닮지 않은 것일까?'

풍백은 이번에도 야매가 따라주는 술을 받아 서슴없이 마셨다.

곧바로 야매의 잔이 풍백에 의해 채워졌다.

"제 잔을 받으십시오."

야매가 방실거리며 웃었다.

"나는 참으로 오랜만에 사람다운 사람에게 술을 받는구나."

그날 풍백은 세 사람에게 무려 여섯 순배나 돌아가며 술을 얻어 마셨다.

장인촌의 괴물들이 마시는 잔은 일반인들이 사용하는 째째한 잔이 아니었다. 그들에게 작은 잔은 오히려 감질만 날 뿐이다. 그들의 잔은 언제나 사발이나 다름없는 큰잔이었다.

결국 풍백은 한 항아리나 되는 술을 혼자 마신 셈이 되었다.

풍백은 취하게 되었다. 오랜만에 마시는 술이어서 그랬다. 그렇지만 터럭만큼도 예의를 잃지 않다.

오히려 세 마물들이 취해 헤롱거렸다. 그들 중 가장 많이 취한 사람은 오독불이었다.

"오늘은 참으로 기분이 좋은 날이다. 흐음… 이 좋은 기분 끝까지 유지해야겠구나. 여보 마누라, 이불을 펴라. 아니, 펴세요. 아니, 펴주십시오.'

야매가 오독불의 허리를 쿡쿡 찔렀다. 이때는 수저로 돼지고기가 익었는지를 확인하는 찬모(饌母)처럼 무식한 동작이었다.

"어째서 당신의 손은 술잔을 드는 데는 용감하면서 이불을 펴는 데는 무용지물이란 말인가요?'

"그, 그거야… 진화론의 법칙 때문이지. 당신은 쓰면 쓸수록 진화하고 쓰지 않으면 않을수록 퇴화한다는 용불용설(用不用說)에 대해 많은 공부를 해야 할 것 같구려. 나는 태어난 이후 지금까지 오로지 술잔을 드는 일에만 전념해 온 사람이기에 이불을 펴는 일 따위는 매우 서툴

다오."

이번에는 야매가 쇠 젓가락을 집어 들었다. 정말로 찌를 기세였다.

그런데 야매는 진화론에 관한 한 박사 수준이었다.

"그 말은 조금도 틀림이 없는 말이에요. 오 오라버니는 꽤나 오랜 기간 동안 홀아비로 지내며 한 부분을 제대로 사용하지 않아 믿을 수 없을 정도로 퇴화되어 있어요. 오 오라버니야말로 이왕에 결혼을 한 이상 용불용설에 의거해 한 부분을 집중적으로 진화시켜야 할 거예요. 오 오라버니는 내가 얼마나 인내하고 있는지 조금도 모를 거예요. 더구나 매일 새벽까지 기다려야 하는 내 입장에 대해서는 도대체 어떻게 생각하고 있는지요."

되로 주고 말로 받은 오독불이었다. 말문이 콱 막혔다.

"……!"

여자가 본격적으로 입을 열기 시작하면 누군가가 반드시 말려야 한다. 그 일을 게을리 했다간 밤새도록 여자의 입만 쳐다봐야 한다.

그런 진화(鎭火)는 생선이 전문이었다. 진화(進化)가 아닌 진화(鎭火)…….

생선은 오히려 야매보다 더 긴말을 함으로 여자의 입을 원천 봉쇄했다.

"으음… 야매의 그 말은 나로 하여금 극도의 수치심을 불러일으키게 하는구려. 나 역시 수십 년간이나 홀아비 생활을 해왔으니 가장 민감한 부분이 퇴화의 극치를 달리고 있음이 분명하겠구나. 하지만 실험 대상이라는 것은 쉽게 구할 수 있는 것도 아니고… 또 그럴 수도 없는 것이어서 막막하기 짝이 없으니… 도대체 내가 어떻게 그 점을 확인할 수 있으며 증명받을 수 있단 말인가? 또 장차 장가를 가게 되는 기회가 온다 해도 그 여자가 진화론을 알고 있으면 쉽게 시집을 올 마음이 생기지 않을 것이니 나는 종내 홀아비로 늙어 죽어야만 한단 말인가?'

대단한 진화술(鎭火術)이었다. 정말로 야매가 입을 다물어 버렸다. 그 점은 풍백을 위해서도 천만다행이었다.

더구나 오독불의 눈꺼풀이 반쯤이나 내리 덮이고 있었으므로 야매는 서둘러 신혼 방으로 직행해야 했다.

그날, 풍백과 감 장로는 생선의 골방을 얻어 자게 되었다. 살인미소가 참으로 긴 시간을 누워 있던 방이었다.

풍백은 눕자마자 시체처럼 늘어졌다.

감 장로는 안절부절… 마치 풍백의 초상을 치르는 사람 같았다.

'어쩌자고… 어쩌자고… 가주께서는 중독 상태라는 사실을 말씀하지 않으시고 그토록 많은 술을 받아 마시셨단 말인가?'

감 장로의 우려가 곧 현실로 나타났다.

풍백은 혼수상태에 빠져들었다. 호흡이 거칠어졌다.

"가, 가주!"

감 장로가 풍백의 얼굴을 흔들었다. 얼굴은 싸늘했다.

"아아……."

감 장로가 풍백의 손목을 잡았다. 맥박이 뛰지 않았다.

감 장로는 그야말로 세상의 생사화복에 달관한 사람이었다. 풍백이 위급한 상태라는 것을 대번에 알아보았다.

감 장로가 심폐술을 시전했다.

파파과팟—

감 장로의 손에서 발출된 경기가 풍백의 가슴에서 파란 불꽃을 일으켰다.

풍백은 요지부동이었다. 눈동자는 이미 흰자위를 드러내고 있었다. 이런 일은 사망 직후에 나타나는 현상이었다.

"아아… 가주!"

감 장로가 소리쳤다. 감 장로의 두 눈에서 닭똥만큼 커다란 눈물이 쏟아져 내렸다. 감 장로는 재빨리 생선을 떠올렸다.

'그 늙탱이가 어째서 사람의 상태를 알아보지도 않고 이 꼴로 만든 것이란 말인가?'

풍백에게 제일 먼저 잔을 권한 사람은 생선이었다. 그런 생각이 드는 것은 당연했다.

그때 생선의 음성이 들려왔다.

"시끄러워 못살겠구나. 너는 이 밤중에 자빠져 잠을 자지 않고 도대체 무슨 굿판을 벌이고 있는 것인가?"

"……!"

골방 문이 벌컥 열리며 생선이 들어왔다.

생선은 풍백 옆에 털썩 주저앉으며 말했다.

"흐음… 정말로 심경이 편한 사람이로구나. 감가 놈의 요란한 굿판에도 까딱없이 잠이 들어 있다니……."

"잠, 잠이 든 것이 아닙니다. 가주께서는 지금……."

"어허… 너는 도대체 어떤 잡배이기에 감히 노부의 말허리를 싹뚝 자르는 것이냐?"

"죄, 죄송합니다."

생선의 두 눈이 풍백의 안면을 훑어갔다.

"정말이지 감탄스러운 사람이로군. 사람이 잠을 자려면 이 정도로 깊게 자야 건강한 법이지."

감 장토의 귀에 그런 소리가 제대로 들려올 리 만무했다. 풍백은 깊이 잠이 든 것이 아니었다. 죽은 것이었다.

'감탄이고 뭐고 사람 잡아 놓고 그런 소리를 하면 더 얄밉게 보이는 법이거늘.'

생선, 이 사람의 됨됨이 또한 속되지 않은 사람이었다. 감 장로가 헤아릴 수 없는 깊은 심기를 숨기고 있는 사람이었다.

"이봐, 감가야."

"네."

"나는… 일부러 이 친구에게 술을 권했던 것이다."

"네?"

"만일 이 사람이 중독 상태라는 것을 내세워 잔을 받지 않았다면 노부는 소인으로 여겼을 것이다."

"저는 무슨 말씀이신지… 도무지 깨닫지 못하겠습니다."

"맞는 말이야. 네가 깨달을 수 있는 일은 언제나 한정되어 있지."

"……!"

"이 사람은 노부의 잔을 받음으로써 권하는 노부의 손을 부끄럽지 않게 만들었다."

"……!"

어느새 신의(神醫)의 손이 풍백의 손목을 움켜잡고 있었다.

"이 사람이 대단한 자존심을 지닌 사람이라는 것을 노부가 안다. 노부가 먼저 해독(解毒)시켜 주겠다는 말을 했으면 절대로 따르지 않았을 사람이지. 자식에 이어 자신까지 나에게 신세를 지고 싶지 않다는 생각이 대가리에 가득 찬 사람이란 말이다."

"아아……."

"나는 처음부터 이 사람이 극독에 중독되어 있다는 사실을 알고 있었다. 술을 마시면 남은 내력까지 모조리 상실하게 되는 것은 물론이고 더 많은 양의 술을 마시면 혼수상태에 빠지게 된다는 사실도 알고 있었다."

"……."

"때문에 퍼먹인 것이다."

감 장로는 멍청하지 않았다.

'아아… 그렇구나. 생선 어르신께선… 가주를 아예 혼절시킨 후에…….'

"나는… 지금부터 이 사람의 숙취를 치료할 것이다. 그런데 노부의 처방은 좀 독한 것이어서 어쩌면 체내에 쌓인 극독까지 깨끗하게 해독될지도 모르겠구나."

감 장로가 갑자기 두 손을 하늘 높이 번쩍 들었다.

"만쉐이!"

생선이 풍백에게 해독을 시켜주겠다고 말했을 때 풍백이 거부하면 다시는 해독시켜 주겠다 말할 수 없게 된다.

그때에는 제아무리 생선이라 할지라도 두 번 권유할 수 없게 되는 것이다. 풍백의 자존심을 건드리는 일이기 때문이다.

생선이 생각해 낸 기발한 생각은 연신 술잔을 권하는 일이었다.

과연 풍백은 대선배가 권하는 술잔을 마다하지 않았다. 자신의 몸에 치명적이 된다는 것을 알고 있으면서도 생선의 체면을 먼저 생각하고 마셔댄 것이다.

제88장
움직이는 천하(天下) 2

움직이는 천하(天下) 2

언제였던가?

은인(隱人) 광성자(廣成子), 깊고 깊은 산중에 터를 잡고 은인자적 홀로 도(道)를 즐겼던 그때가.

당시 천하에는 본격적으로 무(武)의 역사가 시작되고 있었다.

그 무렵이었다.

은인 광성자… 인세의 부귀와 속세의 명예, 그리고 자신의 과거지사를 모두 털어버리고 스스로 그런 이름을 가졌다.

광성(廣成). 널리 도를 이룬다는 의미다.

사천성(四川省) 공동산(崆峒山:공동산은 간혹 감숙성(甘肅省)에 있다고 표기하기도 한다. 공동산 자락이 사천성과 감숙성에 걸쳐 자리하고 있기 때문이다)에서였다.

길고 고된 좌정 수련이 계속되었다.

그러길 수십여 성상. 광성자는 도(道)를 깨우쳤다. 그것은 제마(除魔)였고 복마(伏魔)였다.

급기야 검(劍)의 도까지 깨우치며 복마검법(伏魔劍法)을 얻었다.

복마검법의 제일초식은 만마복수(萬魔伏首)로 만마(萬魔)의 머리를 조아리게 만든다는 의미다. 이유는 바로 제마와 복마의 도를 깨우쳤기에 제일초식을 그렇게 명명한 것이다.

이후, 광성자는 자신의 도를 터득한 그 자리에 도문(道門)을 열었다. 그리하여 공동파(崆峒派)의 시조(始祖)가 되었다.

당시 황국(黃國)의 제(帝)가 그를 찾아왔다. 제가 말했다.

"그대를 얻는다면 나는 천하를 얻을 수 있을 것이오."

광성자가 대답했다.

"나는 다만 은인(隱人)일 뿐이오."

황국의 제는 빈손으로 돌아갔다.

그 이후 광성자는 은자(隱者)라는 별호를 얻게 되었다.

현 공동파 장문인은 불과 사십 대의 나이로 장문의 좌에 오른 섬광자(閃廣子)라는 인물이다.

공동파가 존재한 이래, 시조 광성자 이후 최초로 복마검법을 십성까지 깨우쳤다. 때문에 섬광자는 지금까지 공동파에서 배출한 인물 중에 최고의 인물로 평가되었다.

그런데 얼마 전, 공동파는 천하사대기보(天下四大奇寶) 중에 하나인 혈잠미인도(血蠶美人圖)를 얻었다.

혈잠미인도란 길이 일 장 크기의 피처럼 붉은 비단 금의를 입고 있는 미인의 전신을 그린 그림을 말한다.

그림 속의 미인은 진(秦)나라 당시, 시황제의 여섯 번째 부인인 아랑한(阿瑯漢)이었다.

아랑한은 묘족(猫族) 출신의 여인으로 당태종이 사랑했던 양귀비만큼이나 빼어난 미모를 지닌 여인이었다.

진시황은 수많은 부인 중에 아랑한을 가장 총애했다고 한다.

원래 아랑한은 묘족장(猫族長)의 부인이었다.

그녀의 미모에 반해 버린 진시황이 묘족장을 살해해 그날부터 그녀는 진시황의 품에 안기게 되었다.

하지만 아랑한은 그로부터 불과 여섯 달 만에 생을 다하게 되었다. 이국(異國)이나 다름없는 중원에서 풍토병(風土病)을 앓았던 것이다.

아랑한의 장례를 치른 진시황은 그녀의 전신 그림을 그리게 하여 침전에 걸어놓았다.

그것이 혈잠미인도였다.

혈잠미인도는 어느 날 감쪽같이 사라져 버렸다. 혈잠미인도는 진시황의 다른 부인들의 질시를 받은 것이다.

수많은 부인 중에 누군가가 혈잠미인도를 없애 버렸다는 추측이 난무했지만 어쨌든 혈잠미인도는 찾을 길이 없었다.

단지 그런 그림일 뿐이었다. 그런데 언제부터인가 천하인들 사이에서 혈잠미인도가 천하사대기보 중 하나라는 소문이 전해지기 시작했다

소문은 사실이었다. 혈잠미인도는 천하제일의 장보도(藏寶圖)였다.

혈잠미인도는 아방궁(阿房宮) 깊숙한 곳에 위치했던 진시황의 보고(寶庫)를 표시한 지도였다. 진시황은 아방궁의 보고를 도면(圖面) 대신 교묘하게 혈잠미인도를 그려 그 위치를 표시한 것이다.

진시황의 보고… 도대체 얼마 만한 가치의 기진이보(奇珍異寶)들이

숨겨져 있을 것이란 말인가?

진시황의 보고를 찾기만 하면 당연히 당금 황제가 지닌 기진이보들보다도 수십 배나 더 진귀한 희대(稀代)의 보물들을 소유할 수 있을 것이고, 천하를 사고도 남을 만한 기진이보가 산처럼 쌓여 있을 것이기 때문이다.

섬광자가 혈잠미인도를 얻은 것은 한 달 전의 일이었다.

공동파가 위치한 내부엔 시조인 광성자의 무덤이 있다.

수백 년 전에 만들어진 무덤이었다. 세월은 광성자의 무덤을 매우 초라하게 만들었다.

대리석으로 만든 무덤의 기단석(起端石)들이 깨져 무너져 내렸다. 무덤 주변, 열두 개나 되는 돌탑도 모진 풍상을 겪으며 깨지거나 쓰러졌다. 나무의 뿌리들까지도 무덤 내부로 침범했다.

공동파는 시조 광성자의 무덤을 복원하기로 하여 무덤을 파헤치고 유골을 수습했다.

그런데 광성자의 유골 옆에는 순전히 황금으로 만들어진 항아리 형태의 황금 관 하나가 더 출토되었다.

문인들은 황금 관을 열었다.

아! 황금 관 속에 혈잠미인도가 들어 있었다. 진시황 시절에 사라졌다는 그 혈잠미인도가!

어떤 연유로 하여 혈잠미인도가 황금 관 속에 들어 있게 되었는지, 또 어떤 연유로 광성자와 함께 묻히게 되었는지는 알 수 없었다.

중요한 것은 혈잠미인도가 그곳에서 발견되었다는 사실이다.

섬광자는 오대(五大) 장로와 함께 공동산을 내려오고 있었다.

산을 내려오고 있는 이유는 사천당문(四川唐門)에서 전한 급보(急報)를 받았기 때문이다.

급보. 당문주(唐門主) 암연천왕(暗淵天王) 당문현(唐紋玄)이 고도의 암기술수(暗技術手)에 의해 피살당했다고 적혀 있었다.

공동 장문 섬광자는 누구보다도 먼저 당문을 찾아야 했다.

당문주 암연천왕 당문현이 피살당했다는 사실은 공동 장문 섬광자의 개인적인 신상과 무관하지 않기 때문이다.

당문주 당문현과 공동 장문 섬광자는 사돈지간이다. 섬광자의 금지옥엽이 당문으로 시집을 간 것이다.

인간 개인적인 영고성쇠(榮枯盛衰)를 논하자면 쇠(衰)는 죽음에 해당한다. 딸의 시아버지가 피살당한 사실은 자신의 영고성쇠 중 하나인 고난이 된다.

"허어, 세상일이란 참으로 이상한 것이로군. 암기지왕(暗技之王)이 암기술에 의해 죽음을 맞게 되다니……."

공동 장문 섬광자의 눈망울에 금지옥엽의 얼굴이 새겨졌다.

'그 아이가 얼마나 놀랐을까?

속마음을 말하자면 사돈 집안의 문상도 문상이거니와 딸의 놀란 가슴을 위로해 줄 마음이 먼저였다.

그의 발걸음이 저절로 빨라졌다. 오대장로 또한 급하게 발걸음을 재촉했다. 공동파나 당문이나 모두 사천성에 속해 있었다.

섬광자가 다른 문파의 조문객보다 먼저 당문에 도착해야 하는 이유도 거기에 있었다. 지척에 있는 사돈이 다른 조문객들보다 늦게 도착한다는 것은 도무지 체면이 서지 않는 일인 것이다.

그들은 삼협(三峽)의 한 지류(支流)에 이르렀다. 당문으로 가려면 삼협의 대협곡(大峽谷)을 건너야 한다.

마침 이들 앞으로 다가오는 배 한 척이 있었다. 협곡 이쪽에서 저쪽을 왕래하며 뱃삯을 받고 객을 실어 나르는 배였다.

배는 제법 컸다. 정원이 모두 차려면 사십 명쯤 타야 할 것 같았다.

배에는 이미 다섯 명의 손님이 타고 있었다. 그들은 무림인인 듯 죽립을 깊이 눌러쓰고 장검을 한 자루씩 품에 안고 있었다.

섬광자와 다섯 장로도 배에 올랐다.

사공은 삼십 대의 인물로 체격이 우락부락한 자였다. 오랜 노질로 인해 그런 근골을 얻은 자였다.

섬광자와 장로들의 마음은 급했지만 사공은 출발하지 않았다. 사공은 정원이 다 차야만 출발할 것이다.

제일장로인 해광자(海廣子)가 사공과 흥정을 하기 시작했다.

"지금 당장 출발한다면 삼십 명분의 뱃삯을 지불하겠소."

사공이 마다할 리 없는 일이다. 사공이 노를 잡으며 말했다.

"그렇다면 당장 출발하죠."

배가 삼협의 대협곡을 횡단하기 시작했다. 사공은 신이 나 마구 노를 저었다. 어느새 배는 대협곡 한가운데를 지나가고 있었다.

그때, 사공이 노질을 멈췄다. 배는 더 이상 나아가지 못하고 물살에 휩쓸리며 대협곡을 따라 아래로 떠내려가기 시작했다.

제일장로 해광자는 성미가 급한 사람이다.

"자네는 뱃삯이 부족하다고 생각하는 것 같군."

사공이 징그럽게 웃었다. 사공의 눈에는 지독한 살기가 맺혀 있었다.

"시체를 간편하게 처리하려면 대협곡을 건너선 곤란한 일이오. 왜냐하면 토막 난 시체를 대하(大河)에 처박는 일이 가장 완벽한 시체 처리법이기 때문이오."

해광자가 본능적으로 두 걸음을 물러섰다. 그는 복마검법을 팔성가량 깨우친 사람이다.

"나는 본시 목이 질기다고 정평이 나 있는 사람이다. 네 뜻대로 될 것 같은가?"

사공이 먼저 타고 있던 다섯 명의 죽립객을 가리켰다.

"저분들이라면 가능하지."

섬광자와 다섯 장로의 시선이 일제히 다섯 명의 죽립객에게로 쏠렸다. 그때 죽립객들이 일제히 죽립을 벗었다.

"사공은 정말 말을 잘하는군."

공동 장문 섬광자와 다섯 장로가 경악했다.

죽립객들은 다름 아닌 사천당문주인 암연천왕 당문현과 당문의 사대장로들이 아닌가?

공동 장문 섬광자가 소리쳤다.

"속았다! 급보는 가짜였어."

당문주 암연천왕 당문현이 비릿하게 웃었다.

"사돈, 가짜 급보에 속았다면 그 다음에는 어떤 일이 일어날 것 같은가?"

섬광자가 검자루에 손을 댔다.

"도대체 사돈은 무슨 음모를 꾸민 것이오?"

암연천왕 당문현이 말했다.

"나라면 질문보다 먼저 검을 뽑았을 것이다."

섬광자가 고개를 끄덕이며 검을 뽑았다.

“과연 그렇군…….”

암연천왕 당문현도 검을 뽑았다.

“흐흐흐… 오늘 삼협의 고기 떼들은 입이 호강하겠구나.”

섬광자는 매우 영리한 사람이었다.

암연천왕 당문현이 비록 검을 뽑았지만 검으로 해결하지 않을 것이라는 것을 알고 있었다.

‘암기술을 쓸 것이다.’

공동의 다섯 장로도 같은 생각을 했다.

‘검을 뽑은 것은 허례(虛禮)다. 암기술에 대비해야 한다.’

공동파는 검문(劍門)이다. 반면에 당문은 암기술수를 주로 사용하는 문파다. 암기를 주로 사용하는 자들이 검문을 상대로 검초를 사용할 리 없다.

그러나 영리한 사람이 자기 꾀에 빠지는 법이다.

번쩍!

암연천왕 당문현의 일초가 정확하게 섬광자의 가슴을 노리고 날아왔다.

채애앵—

섬광자는 부지불식간에 검으로 암연천왕 당문현의 검을 쳐냈다. 그런 외중이었지 암기술을 사용하는 것에 대한 대비를 단단히 했던 것이다.

첫 번째 계산은 빗나간 것 같았다.

사천당문의 네 장로까지 합세하여 일제히 섬광자를 향해 절묘한 검초를 펼치는 것이었다.

치리리릿—

섬광자는 한꺼번에 다섯 자루의 검을 모조리 쳐내야 했다.

무리한 일이었다. 더구나 섬광자는 언제 저들이 암기술을 사용할지 몰라 모든 공력을 검에 기울일 수 없었다.

그 순간, 한 자루의 검날이 섬광자의 복부를 깊숙하게 꿰뚫었다.

퍼억—

이어 암연천왕 당문현의 검날이 섬광자의 목을 그었다.

"으아악!"

섬광자의 목이 협곡을 향해 길게 피 무지개를 일으키며 날아갔다.

공동파의 다섯 장로가 경악하며 암연천왕 당문현을 향해 일제히 검날을 날렸다.

피이이잇—

그들도 모든 공력을 기울일 수 없었다. 어디서 날아올지 모르는 암기에 대한 대비를 해야 했기 때문이다.

그러나 암기는 날아오지 않았다. 자욱한 안개처럼 무수한 검기가 이들을 뒤덮었다.

퍽퍽퍽.

살과 뼈가 으스러지는 소리들이 연달아 들려왔다.

"으아악!"

"아아악!"

공동의 다섯 장로가 피보라를 일으키며 모조리 삼협의 시린 물속으로 떨어졌다.

피 묻은 장검을 검집에 채우며 암연천왕 당문현이 싸늘하게 외쳤다.

"너희들이 죽어야 하는 이유는… 내가 혈잠미인도를 원하기 때문이다!"

그랬을 것이다. 때문에 자신이 피살된 것으로 위장하고 공동파에 급
보를 보냈을 것이다.

섬광자를 포함한 여섯 구의 시신은 점점 더 검붉은 피를 쏟으며 삼
협의 깊은 물속으로 가라앉았다.

당문주 암연천왕 당문현과 네 명의 당문 장로를 태운 배가 대협곡
저편으로 사라졌다.

공동파의 제일장로 해광자(海廣子)…….

그는 죽지 않았다. 죽을 수가 없었다.

너무나 엄청난 일을 당했기에 이 사실을 공동파에 알리기 전까지는
죽을 수가 없었다.

암연천왕 당문현의 검날을 받는 순간 일부러 왼 어깨를 내밀었던 그
였다. 왼 어깨가 분리되었지만 그 대신 실낱같은 목숨을 얻었다.

그는 목이 그어진 것으로 위장을 하고 물속으로 뛰어들었다. 분수처
럼 뻗치는 피… 아무도 그의 죽음을 의심하지 않았다.

해광자는 곧 지혈대법을 사용했다.

피는 곧 멈췄지만 한 손으로만 헤엄쳐 거친 삼협의 물줄기를 거스르
고 물 밖으로 벗어나는 것이 문제였다.

하지만 반드시 삼협의 물줄기를 거스르고 물 밖으로 벗어나야 했다.
반드시 그 일을 해야만 했다.

해광자는 그로부터 꼬박 열 시진 후에 공동산으로 되돌아갈 수 있었
다.

"원로원(元老院)으로… 원로원으로… 나를……. 그리고 모든 원로

분들을 모셔라… 어서……. 장문인께서 암살당하셨다."

해광자는 공동파 전문 앞에서 엎어지며 그렇게 외쳤다.

전문 수위(守衛) 무사들이 깜짝 놀라며 해광자를 원로원으로 부축해 끌고 갔다.

해광자가 치료를 받는 동안 비보(悲報)를 접한 공동파의 삼십 명이 나 되는 수뇌(首腦)가 바람을 일으키며 몰려들었다.

해광자는 이때 초죽음 상태였다. 아예 눈을 감고 있었다. 하지만 입은 지금까지 있었던 일을 낱낱이 털어놓고 있었다.

해광자가 지금까지의 일을 하나도 빠짐없이 읊듯 나열하자 원로들은 가마솥 속의 콩처럼 튀어 올랐다.

"당장 사천당문과 생사결단을 지어야 할 것이오."

"으음… 우선 정백회에 이 사실부터 통보하여야 할 것이오."

"소용없는 일이오. 정백회는 정파 간의 싸움을 원치 않을 뿐만 아니라 싸움이 벌어지면 오히려 말리려 들 것이오."

제원로들 중 가장 연장자인 해성자(海成子)가 결론처럼 말했다.

"이렇게 결정합시다. 발 빠른 자를 골라 정백회에 이 사실을 알리는 것과 동시에 우리는 모든 문인들을 이끌고 사천당문으로 쳐들어갑시다. 정백회에서 말리고 자시고 할 여유를 주지 않으면 되는 것이오. 우리는 빠른 시간 내에 사천당문을 궤멸하고 문인들을 모조리 주살해야 할 것이오. 그래야 억울하게 돌아가신 장문인의 영혼이 위로될 것이오."

해성자의 의견에 반대하는 사람은 없었기에 즉시 그대로 시행되었다.

뎅뎅딩뎅!

공동파의 전 문인을 소집하는 비상종이 울렸다.

동시에 사자(使者) 한 사람은 사건의 개요가 적힌 문서 한 통을 지니고 공동파를 벗어났다.

하지만 사자는 정백회를 향하지 않고 소림사를 향해 전속력으로 내달렸다.

현 중원에서 소림사의 입김은 막강하다. 정백회주는 사실 정도인들의 대표자에 불과했다. 때문에 원로들은 정백회에 사자를 보낼 것이 아니라 소림사에 급보를 즉각 통보하자는 데에 의견을 모은 것이다.

공동파가 움직이기 시작했다.

전 문인의 수는 삼천 명가량이었다. 그들이 완전 무장을 한 채 사천 당문을 향해 내달렸다.

*　　　　*　　　　*

"아미타불……."

소림 장문인 혜허 선사(惠虛禪師)의 입에서 낮고 굵은 불호성(佛號聲)이 터졌다.

분노의 일갈이리라. 불호성에는 웅후한 내력이 깃들어 있었다. 어미(語尾)의 떨림은 계속하여 방장실(方丈室) 밖까지 묵직한 진동이 되어 퍼져 나갔다.

방장실 내부.

장문인 혜허 선사와 비룡신검 주형광, 그리고 소림사 최고 원로 지허 선사(智虛禪師)가 나란히 앉아 있었다.

맞은편에는 점창파 장문인 사일성검(射日聖劍) 현천자(玄天子)와 청성파 최고 원로 숭적하(崇積霞)가 오만상을 찌푸리고 앉아 있었다.

정좌를 하고 앉아 있는 혜허 선사는 소림의 정문지존다운 풍도(風度)를 여실히 드러내고 있었다.

이미 오래전부터 천하 제일의 선승 소리를 들어온 그였다. 흰색과 절묘한 조화를 이루고 있는 붉은색의 가사(袈裟)는 오직 혜허 선사만을 위해 존재하는 듯 일신상의 위신을 한층 빛나게 해주었다.

혜허 선사는 불수(佛壽)로 따져 올해로 꼭 백오십 해[歲]였다.

긴 수염은 배 아래까지 내려와 정좌한 무릎 위를 수북하게 덮고 있었고 두 눈과 입가에서는 감히 범접치 못할 고귀한 불성(佛性)이 은은하게 번져 나왔다.

"사천당문(唐門)의 당(唐) 시주가 그런 인면수심(人面獸心)의 마성(魔性)을 드러내다니……."

그의 수염까지 올올이 떨렸다.

점창파 장문인 사일성검 현천자는 올해로 팔십이 세로 푸른빛이 감도는 학창의를 단정하게 차려입고 있었다.

그가 턱 아래로 한 뼘쯤 늘어진 수염을 쓰다듬으며 말했다.

"당문현은 정백회의 일원으로서 위신을 땅바닥에 떨어뜨렸소. 정맥회의 명의로 그를 단죄해야 할 것이오."

청성파의 최고 원로 숭적하가 주형광을 바라보며 말했다.

"우리가 정백회주를 이 자리에 모신 것은 당문현의 처벌 수위를 논의하고자 함이었소."

주형광이 눈빛을 빛내며 말했다.

"당문은 공동파에는 물론이고, 천하를 상대로 사과해야 합니다. 정백회의 명의로 그 점을 반드시 지적하겠습니다. 또한 봉문을 선언해야 합니다. 역시 정백회의 명의로 그 점을 권고하겠습니다. 아울러 당문을 영구히 정백회에서 제적하겠습니다.”

혜허 선사가 고개를 끄덕였다.

“당연한 일이오. 아울러 당문은 공동파에 충분한 보상을 해야 할 것이오.”

점창 장문 사일성검 현천자와 청성파의 최고 원로 숭적도 혜허 선사의 말에 동의를 표시했다.

“그것이 순리입니다.”

혜허 선사가 염불을 외우는 것처럼 중얼거렸다.

“다만, 사천당문이 어떤 반응을 보일지 그것이 문제요. 그들은 쉽게 받아들이려 하지 않을 것이오.”

주형광이 자신에 찬 어조로 말했다.

“그럴 경우 각파(各派)에서 정예의 일급무사들을 차출하여 당문을 다스려야 할 것입니다. 얼마간의 인명 손실을 감수하더라도 제재는 필수입니다.”

주형광의 어조에는 예전과 다른 강력한 힘이 실려 있었다.

하지만 두 눈에서 용광로처럼 피어오르는 사이한 광채는 아무도 발견할 수 없었다.

그때, 소림의 장로승 한 사람이 조용히 방장실로 들어왔다. 범허(梵虛) 장로였다. 범허가 조용한 음성으로 말했다.

“공동파의 전 문인들이 당문을 향해 출발했습니다.”

혜허 선사를 비롯한 모든 사람들은 그 순간 아무 말도 하지 못했다.

일다경(一茶頃)이 지나자 혜허 선사가 침중하게 말했다.

“아미타불······. 이로써 강호의 백도계는 돌이킬 수 없는 길로 들어서고 말았구려."

　모든 인물들의 표정도 침중해졌다.

　주형광의 표정도 그랬다. 하지만 그의 내심은 박장대소를 하고 있었다.

　'이제 겨우 시작일 뿐이다!'

＊　　　　＊　　　　＊

　마문(魔門)이 일으키는 피의 행렬은 시간이 지날수록 더 가공스러워졌다.

　마문의 마인들은 걷다시피 하여 일각에 오 리(五里)씩 환상궁의 심장부를 향해 접근했다.

　일천여 명의 전대 마인… 숫자는 겨우 그 정도였지만 가히 악마의 군단이라는 표현이 어울렸다.

　보보(步步)는 피의 행로였다.

　벌써 환상궁의 십전십각십루(十殿十閣十樓)가 통째로 날아갔다. 백 명이 넘는 관주급 이상의 인물과 삼천 명에 달하는 환상궁의 정예 요원이 맥없이 허공을 움켜잡으며 생(生)과의 이별을 고했다.

　마문의 마인들은 인정을 모르기로 유명한 자들이다. 그들의 가슴속에 인정이라는 것이 존재하고 있었다면 처음부터 마도를 걷지 않았을 것이다.

　터벅. 터벅. 터벅.

　그들은 나그네처럼 걸었다.

　그냥 아무 일도 없는 것처럼, 유유히 흐르는 달빛을 따라 한가롭게

산책을 나온 사람처럼 걸었다.

그러나 그들은 눈에 띄는 생명체에 대해선 어떠한 것이든 용서하지 않았다.

마문의 인물들이야말로 도대체 어떠한 인물들이던가?

광천칠마제를 포함한 마인들은 오로지 피에 미친 악귀들이다.

고오오…….

살벌한 철성이 허공을 가르는 순간.

"으아아아!!"

그들의 앞을 가로막는 환상궁의 인물들은 속절없이 피를 토하고 엎어져야만 했다.

파심전(破心殿), 파령전(破靈殿), 파왕각(破王閣), 파마각(破魔閣), 파혈루(破血樓), 파사루(破邪樓).

환상궁의 총단으로 들어가기 전 울타리처럼 존재하고 있는 파천원의 수십 개 고루거각이었다.

각각 일백 명씩의 절대 무사가 잠들어 있었지만 순식간에 날벼락을 맞았다.

그들은 파천원과 환상궁의 각 단주(團主)와 림주(林主)들, 그리고 정예 대원들로, 개개인이 지닌 무공은 개세(蓋世)를 이루었다고 말할 순 없지만 파천(破天)의 능력은 충분한 자들이었다.

"으아아악!!"

"아아아악!!"

마문의 인물들이 들이닥치자 그들의 생명은 한낱 파리 목숨에 불과했다.

그들도 최선을 다해 마문의 인물들과 대적했지만 밀려오는 피의 노도를 감당하지 못했다. 마문의 인물들은 한결같이 전대를 떨어 울리게 했던 패도의 극치를 이루던 인물들이었다. 계란으로 바위를 깨부술 순 없는 것이다.

마문의 인물들은 또다시 앞을 향해 전진했다. 그들은 환상궁의 총단과 점점 더 가까워지고 있었다.

"으흐흐흐… 이상한 일이다. 우리가 어째서 천하 백도를 위해 환상궁의 잡귀(雜鬼)들을 모조리 도륙해야 한단 말인가?"

"우리는 다만 천마제 형님의 명령을 따를 뿐."

이들의 앞에 또다시 이십전(二十殿)으로 이루어진 전각군이 거대한 위용을 자랑하며 건축되어 있었다.

그때, 일진광풍이 일어나며 일천 명에 달하는 환상궁의 정예가 나타나 이들을 가로막았다.

하지만 마문의 인물들은 멈출 수 없는 피의 태풍이었다.

저벅. 저벅. 저벅.

마문의 인물들은 태평하게 걸어 전진했다. 거의 무조건적인 일정한 속도의 전진이었다.

번쩍!

"으아아악!!"

이들 앞에선 계속하여 혈풍이 일어났다. 일천 명이나 되는 환상궁의 정예가 속절없이 무너진 것이다.

혈풍은 환상궁의 총단을 향해 계속하여 휘몰아쳤다. 가공할 피의 회오리……. 환상궁 외곽 전체가 비릿한 피비린내 속에 깊숙하게 가라앉았다.

마문의 인물들은 문주 천마제의 엄격한 통제와 지시를 받고 움직였다. 하지만 천마제는 오로지 살인미소의 지시에 의해서만 움직였다.

"절대로 행보를 멈추지 마시오. 지금의 속도로 나아간다면 새벽이 밝기 전에 환상궁 총단 정문에서 만나게 될 것이오."

반 각마다 어김없이 들려오는 살인미소의 천리회유성.

천마제는 소리없이 살소를 새겼다.

'물론이지요.'

시간은 어김없이 계속 흘렀다. 일방적인 살인이 끝없이 이어졌다. 지금은 이경이 훨씬 지난 시각으로 이때는 환상궁의 외곽 지역 한곳을 완전히 점령한 후다.

지금까지는 마문 인물들의 일방적인 살행(殺行)이었다. 죽은 자들은 자신들의 위치를 사수하려다 죽게 된 것이다. 그러나 아직까지 환상궁은 대대적인 반격을 감행해 오지 않았다.

'모종의 꿍꿍이가 숨어 있을 것이다……'

사실, 환상궁의 정예 선발대인 오천 살귀는 각각 마문과 달사신궁, 그리고 천하제일루를 급습하기 위해 자리를 비우고 있었다.

마문으로 본다면 그 점이 다행스러운 일이었다.

'그분은 이틈을 정확하게 노린 것이다.'

그렇게 생각하며 천마제는 살인미소의 벙글거리는 얼굴을 떠올렸다.

'정말로 영리한 사람이다.'

계속 시간이 흘렀다. 이들이 계속 전진하는 것과 맞물려 환상궁의 총단은 중심부까지 거세게 조여지고 있었다.

하늘이 먹빛이다. 시야는 영원히 확보되지 않을 것 같았다.

자욱한 안개가 귀기(鬼氣)처럼 이리저리 흐르는 곳… 죽음만큼이나 가혹한 한기(寒氣)가 뼛속까지 깊숙하게 스며드는 그곳…….

귀무(鬼霧)는 시야를 원천적으로 봉쇄하고 있었다. 그곳에는 오직 고요와 정적만이 차고 넘쳤다.

대지(大地)에는 벌써 무서리가 내렸나 보다. 백설이 뿌려진 것만큼이나 새하얀 백색의 세계를 이루고 있었다.

희미한 귀무 속에 가려진 곳. 거대한 전각 백여 채가 잿빛 하늘을 꿰뚫고 찬연하게 솟아 있었다.

돌연. 일진광풍이 휘몰아치며 말발굽 소리가 천지를 진동시켰다.

우두두두…….

말발굽 아래 눈부신 설원천하가 무참하게 짓이겨졌다.

일대(一隊)의 기마인(騎馬人)들이 때를 만난 메뚜기처럼 새카맣게 설원천하를 뒤덮었다.

와두두두두…….

기마인들은 중원인이 아니었다. 마술(馬術)이 중원인들과 판이하게 달랐다.

그들은 고삐를 잡지 않고도 쾌속 질주하는 마상에서 몸을 자유자재로 움직였다. 어떤 자는 말 옆에 붙어 서서 말을 모는가 하면, 또 어떤 자는 말 위에 아예 올라선 채 검을 빼 들고 말을 몰았다.

그들은 달사신궁의 일원을 이룬 대달단일천기마대(大韃靼一千騎馬隊)였다.

선두 오추마(烏騅馬)에 몸을 실은 인물은 구 척 거한으로 수염을 가슴까지 길게 늘어뜨린 귀검면웅 철웅성이었다.

그가 선두에서 급격하게 오추마를 몰다 갑자기 쓴웃음을 지었다.

안면 한가운데에 삐딱하게 붙어 있는 코가 실룩여지며 콧구멍이 새
둥지만큼이나 크게 벌어졌다.

"달사신궁이 존재한 이유는 바로 오늘을 위해서였군."

자신들뿐만 아니었다. 달사신궁 전체가 총출동한 것이다.

그가 또다시 커다란 콧구멍을 벌름거렸다.

"오늘은 천지개벽의 날이 될 것이다!"

정면에서 거센 바람이 불어왔다. 평원을 휘몰아치는 바람은 언제나
거세다. 그의 긴 수염이 가슴 앞에서 광풍을 만난 깃발처럼 휘날렸다.

무인지경으로 말을 모는 귀검면옹 철웅성… 그리고 전속력으로 뒤
따르는 대달단일천기마대.

그들의 앞을 가로막는 환상궁의 인물들은 없었다. 대달단일천기마
대는 무저항 속에 백여 채나 되는 전각군 앞까지 무사히 당도했다.

우두두두둑…….

그때, 살인미소의 천리회유성이 귀검면옹 철웅성의 고막으로 파고
들었다.

"그곳의 지형은 좀 색다를 것이오. 그 점을 유의해야만 환상궁의 총
단까지 곧바로 직행할 수 있을 것이오."

귀검면옹 철웅성은 마상에서 안력을 돋우었다.

"……!"

주변에 우후죽순처럼 솟아 있는 수많은 전각들.

과연, 자세히 살펴보니 전각들이 건립되어 있는 위치가 기이했다.
무수한 전각군(群)은 자체로 오묘한 진세를 형성하며 건축되어 있는 것
이다.

'흐음… 누구든 진세를 제대로 파악하지 못하고 들어선다면 채 백

보(步)도 옮기지 못하고 위치를 잃게 되겠군.'

전각들 사이사이에는 거대한 석주(石柱)들이 우람하게 버티고 서 있었다.

무수한 전각과 무수한 석주. 이 두 가지가 절묘한 조화를 이루며 삼엄한 진세를 형성하고 있었다.

"세오에서만 비전되는 파천홀대미리절진(破天惚蹕迷璃絶陣)이로군. 생각없이 말을 몰았다면 밤새도록 절진 속을 헤매다 아침을 맞게 되겠구나. 그러다 모조리 도륙당하게 되겠지……."

귀검면옹 철웅성은 정신이 번쩍 들었다.

천천히 말을 몰기 시작했다. 그러자 뒤따르던 대달단일천기마대도 현저하게 말의 속도를 줄였다.

두두두둑.

귀검면옹 철웅성이 고개를 꼬았다.

'석주들의 높이는 모두 이 장여, 너비는 정확하게 반 장(丈), 그리고 석주들은 삼십 장 간격을 유지하고 하나씩 하늘을 떠받치고 서 있다면……. 이것은… 이것은……!

귀검면옹 철웅성이 고개를 끄덕였다. 두 가지 이상의 절진이 한꺼번에 펼쳐지고 있다는 사실을 깨달은 것이다.

'흐음… 왜 이 시점에 맞춰 천리회유성을 보냈는지 이제야 그 이유를 알겠군.'

귀검면옹 철웅성은 파천홀대미리절진은 알아보았지만 또 하나 감춰진 진세는 파악할 수 없었다.

'전진은 정녕 무모한 일…….'

그는 전진 대신 주변을 낱낱이 파악하기 시작했다.

석주들은 산동(山東) 지역에서만 생산된다는 흑요석(黑曜石)을 다듬
어 만들어진 것이었다. 석주 위에는 커다란 야명주가 하나씩 박혀 있
었다. 기이하게도 야명주는 빛을 발산하지 않았다.

'아… 벌써부터 진세가 발동되고 있었구나.'

그는 섬뜩함을 느꼈다.

귀검면옹 철웅성은 안력을 최대한으로 돋우었다.

거대한 석주들은 정확하게 세 글자를 이룬 채 드넓은 대지를 장식하
고 있었다.

환상궁(幻想宮)!

까마득한 허공에 떠서 석주들이 세워져 있는 모습을 본다면 환상궁
이라는 세 글자를 분명하게 읽을 수 있을 것이다. 하지만 석주 아래에
서는 그런 사실을 발견해 내기가 쉽지 않았다.

귀검면옹 철웅성의 입가로 희미한 미소가 새겨졌다.

'과연 환상궁이고, 과연 살인미소로다!'

그때였다.

스스슷―

살벌한 파공음이 사위에서 일어났다.

이어 수천 명이나 되는 절대 진인이 어둠처럼 새카만 흑의를 걸치고
모습을 나타냈다. 그들은 나타나자마자 귀검면옹 철웅성과 대달단일
천기마대를 철통같이 에워싸기 시작했다.

고오오오오―

주변에서 계속하여 파공음이 일어났다.

나타난 자들은 절정의 경신술을 익힌 자들이었다. 그들의 신형은 허
공에 뜬 채 유령처럼 흔들거렸다.

대달단일천기마대를 향해 거센 회오리가 휘몰아쳤다.

휘이이이—

지독한 살기도 소용돌이쳤다.

우우우웅—

흑의인들은 절정의 새로운 진세를 형성하기 시작했다. 채 일각이 지나지 않아 귀검면옹 철웅성과 대달단일천기마대는 절진 속에 완전히 갇히게 되었다.

귀검면옹 철웅성의 송충이 같은 검미가 한차례 꿈틀거렸다.

'으음, 진세가 워낙 방대한 넓이여서 생사문(生死門)을 파악해 낼 수가 없구나.'

그는 당황했다. 그때 또다시 살인미소의 천리회유성이 들려왔다.

"철(鐵) 선생께 파해법을 설명하겠소. 궁(宮), 휴(休), 건(乾), 곤(坤)은 언제나 생문(生門)이고 나머지는 언제나 사문(死門)이 되오. 이 점을 유념하시오."

귀검면옹 철웅성의 입가로 한줄기 미소가 새겨졌다.

곧 그의 음성이 밤하늘을 가르며 천둥 소리를 냈다. 그는 살인미소가 전한 말을 그대로 전했다.

"대달단의 일천기마대여! 우리는 절대 절진 속에 갇혀 있다. 그러나 두려워하지 마라. 이 망할 놈의 절진은 궁, 휴, 건, 곤은 생문이고 나머지는 사문이다. 방위를 정확하게 밟으며 환상궁의 총단을 향해 돌진하라!"

"명!"

우렁찬 대답 소리가 포향 소리처럼 터지는 가운데 귀검면옹 철웅성의 오추마가 생문을 점하며 바람처럼 앞으로 내달렸다.

우두두둑…….

그러자 뒤따르던 대달단일천기마대 또한 귀검면옹 철웅성의 뒤를 따랐다.

외두두두둑.

먹빛처럼 어두운 흑의를 입고 나타난 환상궁의 진인들이 일제히 이들을 가로막기 시작했다.

스스스슷─

귀검면옹 철웅성의 음성이 또다시 대포 소리처럼 요란하게 터졌다.

"가로막는 자는 무조건 베며 달려라! 지금은 일단 진세를 벗어난 후 대적하는 것이 최상책이다!"

이곳에서의 전운(戰雲)은 그렇게 시작되었다.

제189장

혈우(血雨)… 혈루(血淚)

혈우(血雨)… 혈루(血涙)

"놀랍군. 선제공격을 당하다니……."

낮고 웅후한 음성이 조용하게 흘렀다. 환상궁주의 음성이었다.

그의 얼굴만 보자면 천하제일의 미남자라고 불러야 마땅할 것이다.

전체적으로 반듯하게 균형 잡힌 몸매를 지닌 그였다.

눈처럼 새하얀 안면에는 흔하지 않은 고귀한 미소가 잔잔하게 흐르고 눈은 맑은 날 홀로 떠 외롭게 반짝이는 금성처럼 뚜렷한 빛을 발산했다.

그는 태사교의에 깊숙하게 몸을 묻고 있었다.

그가 이어 말했다.

"기습이야."

그의 앞에는 세 사람이 조용히 시립한 채 고개를 약간 숙이고 있었다.

한 사람은 비룡신검 주형광이었다.

그는 얼마 전 소림사에서 벗어나자마자 섬력(閃力)이 무색할 정도로 빠르게 몸을 놀려 이곳에 모습을 나타냈다.

주형광은 무결존자 탄사흔이 죽었으므로 자연히 지위가 한 단계 상승되었다. 환상궁 내 서열 제사위(第四位)의 위치가 되었다.

주형광의 바로 옆에는 단아한 모습의 노인이 무표정한 얼굴로 시립해 있었다.

그는 화려한 용봉(龍鳳) 무늬가 새겨진 금의(錦衣)를 걸치고 있었다. 유사시를 대비해 허리를 질끈 동여맨 상태였다.

머리에는 문사건을 쓰고 있었으며 얼굴 아래로 길게 끈을 늘여 질끈 동여매고 있었다.

헌데… 노인은 놀랍게도 종남파(終南派)의 장문인 유운 상인(流雲上人)이 아닌가?

당당한 구파일방에 속한 천하명숙 중 한 사람인 유운 상인…….

정백회로 보자면 주형광이 회주인 반면에 유운 상인은 그 아래의 정회원이었다. 하지만 환상궁에서는 그가 주형광 바로 한 등급 위였다.

무결존자 탄사흔의 위(位)였던 서열 삼위의 좌(座)를 유운 상인이 이어받은 것이다.

또 한 인물은 백발이 성성한 노인이었다.

역삼각형 얼굴에 한 쌍의 예리한 눈매를 지닌 그 노인의 눈에서는 쉴 새 없이 안개와 같은 기류가 흘러나왔다.

코는 매부리코였다. 입술은 파란색이었으며 파 껍질처럼 얇았다.

이 노인에 대해선 천하에 알려진 바가 전혀 없었다. 그렇지만 이 노인은 환상궁의 제이인자로 환상궁의 부궁주(副宮主)이기도 했다.

범천(梵天)!

이것이 노인의 명호이자 별호였고, 노인의 모든 것이었다.

범천의 명호가 천하에 전혀 알려져 있지 않은 이유는 천하의 인물이 아닌, 변황 밀교(密敎)의 인물이었기 때문이다.

범천, 그 명호 또한 현 중원에서 사용하기 위한 가명임이 분명했다.

범천의 음성이 창노하게 흘렀다. 노인답지 않은 맑고 투명한 음성이었다.

"본궁(本宮)의 오천 정예가 천하제일루와 마문, 그리고 달사신궁을 기습하는 그 시간에 맞춰 오히려 본궁을 기습할 수 있는 것은 현재 저들의 총지휘자가 파천원 내부에 숨어 전체를 지휘하고 있기 때문이오."

혜안을 지닌 인물인 듯 그 점을 대번에 생각해 냈다.

환상궁주가 고개를 끄덕였다.

"본좌의 생각도 그렇소."

범천의 음성이 이어졌다.

"그가 누구인지 알아내어 당장 그자부터 시살해야 할 것이오."

"음……."

범천의 음성이 다시 이어졌다.

"그자는 오래전부터 파천원에 스며들어 생활하고 있었을 것이오. 이유는 자명하오. 파천원 내부와 본궁의 내부까지 속속들이 파악할 요량이었을 테니까."

환상궁주의 눈매가 먹이를 노리는 독수리처럼 날카로워졌다. 환상궁주의 시선이 주형광에게 향했다.

"밀종주는 그가 누구라고 생각하는가?"

주형광은 즉답할 수 없었다.

살인미소일 것이라는 생각이 번개처럼 떠올랐지만 확신할 수 없었다. 자신에게 무수한 검날 세례를 받은 살인미소는 쉽게 소생할 수 있는 처지가 아니었기 때문이다.

더구나 환우제일검 풍백이라고는 도저히 생각할 수 없었다. 주형광은 대답했다.

"속하는 전혀 짐작하지 못하겠습니다."

환상궁주의 칼날처럼 예리한 시선이 유운 상인에게 쏠렸다.

"환상정주는 짐작할 수 있소?"

환상정주. 며칠 전까지만 해도 무결존자 탄사흔의 직책이었다. 하지만 지금 유운 상인은 그 자리까지 물려받았다.

"의심할 사람이 있다면… 호호선인을 의심해야 합니다."

환상궁주가 고개를 외로 꼬았다.

"호호선인?"

그런 명호는 환상궁주조차도 전혀 들어본 적이 없었다. 당연했다. 파천원의 한량들이 풍백에게 붙여준 이름이기 때문이다.

유운 상인이 심각한 표정으로 말했다.

"최근 파천원에 머물며 황금을 물 쓰듯 쓰는 자입니다. 그를 조사해야 합니다."

환상궁주가 칼로 베듯 말했다.

"그가 의심스러웠다면 진작에 제거했어야 했다."

유운 상인이 당황하며 말했다.

"그자의 소문을 속하도 어제 처음 들었습니다."

환상궁주가 싸늘하게 말했다.

“그가 누구인지 조사할 필요도 없다. 즉시 제거하도록!”

“명!”

뉘 명령이라고 지체할 수 있으랴. 유운 상인은 즉시 그 자리에서 사라졌다.

유운 상인은 환상궁주에게서 즉시 제거하라는 명령을 받았지만 호호선인에 대해 면밀하게 조사한 후 제거할 것이다. 유운 상인은 그만큼 치밀한 사람이었다.

그 점을 짐작하고 있기에 환상궁주가 유운 상인에게 그렇게 명령했을 것이다.

이번에는 환상궁주가 주형광에게 날카로운 눈동자를 돌렸다.

“밀종주.”

“네.”

“그대는 다시 중원으로 가 정백회의 소집을 지연시키게.”

“네.”

“그대는 이미 모종의 암계로 정도무림인들을 농락하고 있는 것으로 안다. 그 일을 완벽하게 마무리 짓도록!”

주형광은 정신이 번쩍 들었다.

“짐작하고 계셨습니까?”

환상궁주의 입가로 도무지 의미를 짐작할 수 없는 미소 한줄기가 걸렸다.

“공동파와 사천당문의 모략은 자네다운 암계였다.”

“……!”

공동파의 장문인 섬광자와 장로들이 사천당문의 문주 당문현과 장로들에 의해 몰살당할 당시 사천당문주 당문현은 가짜였다.

주형광이 사천당문주 당문현으로 역용했던 것이다.

공동파의 장문인 섬광자는 복마검법을 극성까지 연성한 인물이었다. 그런데도 오히려 당문현의 검공에 죽임을 당했다.

검의 종사가 암기술이 아닌 검공에 죽임을 당했다는 것은 상식적으로 납득이 가지 않는 일이다.

당시의 당문주는 놀라운 검예를 발휘했다. 암기술은 전혀 사용하지 않았던 것이다.

사실, 암기술을 발휘할 수 없었다. 주형광은 암기술을 조금도 터득하지 못한 사람이었다. 주형광은 정파 간의 교란을 위해 그런 암계를 벌였던 것이다.

그 점은 아무도 꿰뚫어 볼 수 없는 주형광 혼자만의 완벽한 술수였다. 하지만 환상궁주는 그 점까지 정확하게 꿰뚫어 보고 있는 것이다.

환상궁주의 음성이 이어졌다.

"그대는 다음 계교를 분명히 준비하고 있을 것이다."

"그, 그렇습니다."

"지금은 자네의 생각대로 구파일방을 철저히 교란할 시점이다. 그들에게 본궁의 위치가 알려진다 해도 그들 스스로 자중지란에 빠져 감히 본궁을 침범하지 못하게 하라."

"명!"

"우리가 있는 한 본궁은 안전하기가 동장철벽(銅章鐵壁)과 같다. 그대는 서둘러 중원으로 향하라!"

주형광이 두 손을 모았다.

"명을 받습니다."

주형광은 최대의 예를 표한 후 등을 돌렸다.

주형광은 다시 중원으로 향했다. 그의 목적은 천하교란이었다.

하지만 주형광조차도 전혀 짐작할 수 없는 중대한 사실 하나가 있었다.

지금부터 환상궁은 천하를 두고 저울질을 할 것이었다. '과연 천하를 언제 거둬들이는 것이 정확한 수순이 될 것인가?' 이것이 논제가 될 것이었다.

그 일은 환상궁을 침범한 자들을 모조리 주살한 다음, 곧바로 토의에 들어갈 것이었다.

하지만… 주형광은 그 토의에서 배제되고 있었다.

천하를 교란시키라는 명령 한마디에 의해 주형광은 환상궁의 '마지막 최종 회의'에서 배제되고 있는 것이다.

흑의 아니면 청의를 걸친 부상신풍가의 인물들도 환상궁 내부에 모습을 나타냈다.

이들은 마문과 대달단일천기마대와 달리 환상궁 총단 바로 앞으로 향했다.

그들은 발목에 검은색의 각반(脚絆)을 친친 감고 유령처럼 소리없이 움직였다.

도합 일천 명이나 되는 죽음의 사신들. 선두에서 진두지휘하는 인물은 혼해마물 혈전노였다.

이들은 아직 환상궁 총단까지 당도하지 못했다.

이들의 정확한 위치는 파천원에서 보자면 완전한 후방이었고, 환상궁에서 보자면 아주 가까운 전방이었다.

그곳에도 백여 채의 전각군(殿閣群)이 형성되어 있었다. 이 전각군만 돌파하면 바로 환상궁의 총단이었다.

혼해마물 혈전노가 부상신풍가의 인물들을 돌아보면서 비릿하게 웃으며 말했다.

"우회하겠는가? 아니면 정면 돌파하겠는가?"

부상신풍가의 인물들도 혼해마물 혈전노처럼 비릿하게 웃었다.

"우리는 우회라는 단어를 모릅니다."

혼해마물 혈전노가 고개를 끄덕였다.

"그렇다. 나는 그대들에게 그런 단어를 가르친 적이 없다."

그 순간, 발 빠른 자들이 먼저 전각군을 향해 쏟아져 나갔다.

스슷— 스스스슷—

"우리가 알고 있는 것은 다만 살인이라는 두 글자뿐!"

부상신풍가의 인물들이 각각의 전각 속으로 그림자처럼 스며들었다.

잠입 암살은 이들의 전공 분야다. 이들이 소리없이 전각군 안으로 스며들자 끔찍한 비명성이 여기저기서 터져 나왔다.

"으아악!!"

"으으악!!"

정말로 정면 돌파였다.

끔찍한 살인을 감행하면서도 무심한 표정을 짓고 있는 부상신풍가의 인물들. 그들이 무한정 무정한 칼바람을 일으켰다.

"아아악!!"

부상신풍가의 인물들은 그곳을 돌파하며 셀 수도 없는 환상궁의 인물들을 차례차례 주살했다.

부상신풍가의 인물들은 항복을 받아들일 줄 모르는 자들이었다. 이들은 목숨을 구걸하는 자들에게서도 목숨을 빼앗았다.

원래 부상신풍가는 닌자 가문이었다. 죽음은 떳떳한 것이며 항복은 수치라고 여기는 그들이다.

이들은 이곳에서 새로운 신화를 창조했다. 가장 빠른 시간 내에 수천의 인물들을 모조리 시살한 것이다.

부상신풍가의 인물들은 한곳의 대로(大路)를 향해 바람처럼 나아갔다.

환상대로(幻想大路).

백색 대리석이 깔린 대로가 길게 이어진 곳이었다.

워낙 밝은 빛이 감도는 대리석 대로로 그 자체로도 오묘로운 빛이 나고 있었다.

환상대로의 길이는 무려 이십여 리나 되었다. 환상대로가 끝나는 지점에는 붉은 계단이 제단처럼 허공을 향해 놓여 있었다.

바로 그런 점으로 인해 부상신풍가의 인물들은 이곳이 어디인지 대번에 알아보았다.

"이곳을 넘어서면 곧바로 환상궁의 총단이다!"

계단이 시작되는 지점에는 다음과 같은 글귀가 붉은 글씨로 반듯하게 새겨져 있었다.

출입자지필해검(出入者之必解劍).

출입자는 반드시 검을 풀라는 뜻이다.

혼해가물 혈전노가 코웃음을 쳤다.

"사람 웃기는 방법도 여러 가지로군. 좀 더 오래 살고 싶어 안달이

난 작자들이 꽤나 많은 것 같구나."

그의 말이 채 끝나기도 전이었다.

스스슷―

굉렬한 바람 소리가 들려오는가 싶더니 일단의 무리가 모습을 나타냈다.

일견에도 수천 명이나 되어 보였다. 나타난 자들의 왼쪽 가슴에는 모조리 환(幻)이라는 글씨가 새겨져 있었다.

환상궁의 주력 부대 중 하나인 환상철혈대(幻想鐵血隊)였다.

환상철혈대는 환상대로 주변을 삽시간에 에워싸더니 팔방(八方)을 점하기 시작했다.

팔방을 점하는 일, 즉 포위였다.

환상철혈대를 이끌고 있는 인물은 환상마군(幻想魔君) 철혈휘(鐵血揮)라는 자로 오십 대 초반의 인물이었다.

환상마군 철혈휘는 어제까지만 해도 환상궁 서열 제육위(第六位)였지만 오늘 아침에 서열제오위로 올라섰다.

환상마군 철혈휘의 입가에 조소가 새겨졌다.

"감히 일천이라는 극소수로 환상궁 총단으로 난입하려 들다니… 혼해마물 혈전노는 돈 놈인가 보구나. 본궁의 정예 환상철혈군이 모조리 깔아뭉개 주겠다."

혼해마물 혈전노는 원래 약간 돈 사람이었다. 피에 말이다.

"너도 온전한 놈이라 말할 수 없지. 왜냐하면 네가 몰고 온 허수아비들이 어째서 환상궁의 정예란 말이냐? 내가 보기엔 모가지가 간지러워 모조리 목을 늘이고 칼침 맞기를 학수고대해 온 쓰레기들 같구나."

환상마군 철혈휘의 조소는 더욱더 오만해졌다.

“시건방진 놈. 너는 중원으로 들어왔다는 사실에 대해 뼈저리게 후회를 하게 될 것이다.”

순간, 환상마군 철혈휘의 우수(右手)가 번쩍 들려졌다. 그게 신호인 듯 환상철혈대가 일제히 부상신풍가 인물들에게로 몸을 날렸다.

휙휙휙휙—

그와 동시에 환상철혈대가 일제히 검을 뽑았다.

촤앙— 촹촹촹—

새파란 검기가 암공을 무수하게 갈라놓았다.

부상신풍가의 일천 부상신풍대가 검 위주로 공격을 가하는 집단이기에 그들도 검으로 맞설 생각을 한 것 같았다.

검 대 검!

그들의 혈전은 그렇게 막이 올랐다.

검과 검이 부딪쳤다.

번쩍! 채앵— 챙챙—

비명이 꼬리를 물었다.

“으아아악!”

혼해가물 혈전노와 부상신풍가의 검수들은 실로 무자비한 검식을 구사했다.

일천 대 오천의 대혈전!

숫자로만 본다면 한쪽이 심하게 기우는 싸움이었지만 부상신풍가의 검수들은 동수(同數)의 싸움처럼 도무지 뒤로 밀리지 않았다.

부상신풍가의 인물들은 혼해마물 혈전노에게 닌자술을 전수받았다.

반면에 오천 명의 환상철혈대는 지난 십여 년 동안 환상마군 철혈휘에게 절검절식(絶劍絶式)을 고스란히 사사받은 것이었다.

검초는 실로 묘한 것이어서 반드시 우열이 있고 고저(高低)가 있다.

환상철혈대의 검초보다 순전히 닌자술에 기인한 부상신풍가의 검초가 확연한 우위를 보였다.

"으아아악!!"

"아아악!!"

환상철혈대가 무너지고 있었다.

환상마군 철혈휘의 두 눈에서 피눈물이 흘렀다.

'아아, 나의 한계가 여기였단 말인가?

속절없이 베어지며 무너지고 있는 환상철혈대원들!

환상마군 철혈휘는 자신의 선택에 돌이킬 수 없는 과오가 있었다는 것을 절감했다.

그는 조금 전, 환상궁주에게 이렇게 간청했었다.

"속하가 환상철혈대를 이끌고 부상신풍가의 살귀들을 모조리 몰살시키겠습니다."

환상궁주가 고개를 끄덕였다.

"그대가 적임자임을 본좌는 알고 있다."

환상마군 철혈휘는 즉시 오천 명에 달하는 환상철혈대를 이끌고 부상신풍가의 인물들을 가로막았다.

그러나 환상마군 철혈휘는 판단에 심각한 오류가 있었음을 자각해 그로써 끊임없이 자책해야만 했다.

"아아, 때론 인간이 아닌 귀신들과의 싸움도 예상했어야 했거늘……."

정말이지 일천 명의 부상신풍가 검수는 인간이 아니었다. 귀신이라도 감당 못할 절묘한 세외의 검초를 구사했다.

'부상신풍가. 그들은 태어나면서 검을 잡고, 죽으면서 검을 안고 죽

는 자들인 것을!'

혼해마물 혈전노가 가볍게 움직여 환상마군 철혈휘 앞으로 다가왔
다.

슷—

두 사람은 말을 주고받을 사이도 없이 벽력같이 십여 초를 나누었
다.

챙앵— 챙챙챙—!

두 사람의 검이 우렛소리를 일으키며 마른하늘에 날벼락으로 밤하
늘을 갈기갈기 찢어놓았다.

돌연, 혼해마물 혈전노가 두 발자국 물러서며 혀를 찼다.

"애야, 노부는 일전에 너에게 몇 초를 가르친 적이 있거늘, 어째서
너는 그동안 별 진전을 얻지 못했느냐?"

환상마군 철혈휘의 얼굴이 시뻘겋게 달아올랐다.

"……!"

사실로 말하자면 환상마군 철혈휘는 원래부터 환상궁의 인물이 아
니라 중원 출신이었다. 환상마군 철혈휘의 과거 명호는 마검신(魔劍神)
벽파(碧把)였다.

당시의 그는 한 자루 혈검을 들고 주유천하하며 중원을 온통 혈루천
하(血淚天下)로 만들어놓았었다.

그 무렵, 혼해마물 혈전노는 중원으로 건너온 지 얼마 되지 않은 시
기였다.

이들의 비검(比劍)은 낙양에서 이루어졌다.

낙양. 혼해마물 혈전노는 그곳에 터를 잡고 있었던 것이다.

한 산에는 두 마리의 호랑이가 살 수 없는 법이다. 두 사람의 비검은 그렇게 이루어졌다. 그때 마검신 벽파는 생애 첫 패배를 기록해야만 했다.

혼해마물 혈전노. 그가 누구이던가?

천하를 피로 물들이던 마검신 벽파였지만 혼해마물 혈전노의 상대가 되지는 못했다. 일 주야 만에 마검신 벽파는 무릎을 꿇어야 했다.

그런데 뜻밖에도 혼해마물 혈전노는 마검신 벽파의 목숨을 빼앗지 않았다. 그 대신 마검신 벽파에게 준엄한 한마디를 했었다.

"애야, 승패란 병가상사(兵家常事)란다. 네가 다시 노부를 만나게 된다면 반드시 노부를 제압할 만한 검초를 얻어오너라."

마검신 벽파는 머리를 감싸 쥐고 꽁지를 보였다. 그는 강호에서 몸을 감춰야만 했다. 그리고 곧바로 환상궁에 투신했다.

그때 바꾼 별호와 명호가 환상마군 철혈휘였다.

그리고 지금 운명이란 언제나 개 같은 구석이 있어 이들이 다시 검을 섞게 되었다.

환상마군 철혈휘는 당시 패했던 복수를 위해 혼해마물 혈전노가 이끄는 부상신풍가 검귀들의 몰살을 자청했던 것이다.

조금 전까지만 해도 환상마군 철혈휘는 최선을 다했다. 목숨과 함께 명예가 달려 있는 대결인 것이었다.

하지만 그는 이번에도 혼해마물 혈전노를 꺾을 수 없었다. 노도와 같은 혼해마물 혈전노의 공세를 감당하지 못했다. 계속 밀리기만 할 뿐이었다.

'나에게 두 번 패배란 있을 수 없다!'

장한 것은 그의 기백뿐이었다.

하지만 어찌하랴, 환상마군 철혈휘는 또다시 혼해마물 혈전노의 가공할 검공에 계속 휘말리고 만 것을…….

번쩍!

예리한 검기가 환상마군 철혈휘의 눈앞으로 날아들었다. 그의 안면으로 죽음의 빛이 길게 드리워졌다.

'나로서는 평생에 걸쳐 넘을 수 없는 산이란 말인가?'

피이잇!

지독하게 빠른 혼해마물 혈전노의 검날이었다.

푸욱.

"으아아악!"

환상마군 철혈휘의 목이 허공 속으로 날아갔다. 목 잃은 그의 동체에서 몇 줄기의 붉은 선혈이 뿜어지며 암공을 시뻘겋게 적셨다.

드넓은 초지(草地)가 있었다.

한겨울임에도 맑은 옥수(玉水)가 청량한 소리를 내며 흐르는 곳이었다.

그곳에는 수려한 형태를 갖춘 계곡이 형성되어 있었으며 무수한 기화요초들까지 사철 자생하고 있었다.

그리 높지 않은 인공의 가산(假山)들도 십여 개쯤 보였다. 전체적으로 본다면 대략 오만 평쯤 되어 보이는 드넓은 초지(草地)였다.

초지 너머에는 수백여 채에 이르는 대전각이 웅장한 모습을 보였다.

아찔할 정도로 화려하게 치솟아 있는 대전각군(大殿閣群), 그곳이 바로 환상궁의 총단이었다.

초지 주변으로 일단의 인영들이 소리없이 모습을 나타냈다.

스스스슷──

마치 선녀들이 인세로 하범하듯 아리따운 자태를 지닌 천상의 여인들이 눈송이처럼 초지 위로 내려앉았다.

그녀들은 북해 사라빙궁의 여인들이었다.

일찌감치 중원으로 들어와 뱀이 똬리를 틀듯 달사신궁 안에서 조용하게 웅크리고 있던 그녀들…….

그녀들을 진두지휘하는 여인은 반명화랑 화류였다.

"가자."

그녀는 모습을 나타내자마자 전면을 향해 몸을 날렸다. 뒤이어 일천 명이나 되는 여인이 일직선을 그었다.

휙휙휙휙.

사라빙궁의 여인들은 일시에 묵룡로(墨龍路)라는 곳을 지나 암화로(暗花路)라는 곳을 지나고 다시 환류평(幻流坪)이라는 곳을 지나 환상로(幻想路)로 접어들자 비로소 총단 모습이 확연하게 들어왔다.

총단은 일견으론 전체 광경을 도저히 살펴볼 수 없을 만큼 엄청난 규모였다.

총단의 모든 석루목옥(石樓木屋)에는 전체에 걸쳐 화려한 단청이 조화로운 빛으로 칠해져 있었다.

더구나 대전각군은 구궁에 삼십육방(三十六方)을 교묘하게 이용하여 철저한 상호 조화를 이루며 검날을 거꾸로 세워놓은 듯 건립되어 있었고, 총단 전체 역시 까다로운 진세로 건립되어 있었다.

총단에 이르기 바로 전엔 환상정(幻想庭)이라는 인공 정원이 자리하고 있었다. 대략 천여 평 정도의 정갈해 보이는 정원이었다.

정원 중앙에는 우윳빛 대리석조물로 지어진 폭풍백석정(瀑風白石亭)
이 자리하고 있었다.

과거 무결존자 탄사흔의 집무처였다.

이로써 사라빙궁의 여인들은 혈전을 치르지 않고 가장 먼저 환상궁
의 총단 바로 앞까지 진출했다.

무혈입성이었지만 사실, 그로써 그녀들은 가장 큰 위험에 노출되었
다. 이곳은 환상궁 내부에서도 가장 경계가 삼엄한 곳이었다.

우우우웅―

총단 전체에서 살벌한 음향이 발출되기 시작했다. 건축물들 자체로
인한 기절진(奇絶陣)이 발동된 것이다.

반명화랑 화류가 황급하게 일천 명의 여인을 제지시켰다.

"잠시 기다려라."

그녀가 그렇게 말한 것은 그때 살인미소의 천리회유성이 들려왔기
때문이다.

"화(花) 누이께서는 정말로 성미가 급하군요. 더 이상 전진해선 안
됩니다. 새벽이 올 때까지 기다려야 합니다. 왜냐하면 총단의 기절진
은 한밤중이면 더욱 강한 기력(氣力)을 발출하기 때문입니다. 새벽이
다가오던 기력은 자연히 소멸됩니다. 지금은 백만 대군이 침범한다 해
도 총단까지 접근할 수 없습니다."

반명화랑 화류가 고개를 끄덕였다.

'그 말을 믿지. 왜냐하면 다름 아닌 그대의 말이니까……'

우우우웅―

환상궁 총단에서 발출되는 기이한 울림은 점점 더 강해졌다.

사라빙궁에서 진출한 여인들은 누구나 할 것 없이 기혈이 울렁거리

는 것을 느꼈다. 몇몇 내력이 약한 여인들은 토하기까지 했다.

반명화랑 화류의 음성이 밤하늘을 갈기갈기 찢으며 토해졌다.

"십 리 정도 물러서라. 총공격은 새벽 무렵에 감행한다."

그러나 물러선다는 것이 난제(難題) 중의 난제였다.

우우우웅―

살벌한 괴음(怪音)이 이들의 귓전 바로 앞에서 울렸다.

돌연 허공이 수천 갈래로 찢어졌다.

고오오오―

수만 명에 이르는 흑의인들이 일시에 허공에서 떨어져 내렸다. 마치 마른나무 가지에서 낙엽이 떨어져 내리듯 부드러운 동작이었다.

스스슷―

나타난 흑의인들은 저승에서 내려오는 사자(使者)들처럼 가볍게 착지했다.

흑의인들의 선두 인물은 환상궁의 부궁주 범천이었다. 그가 형형한 눈길로 반명화랑 화류를 노려보며 말했다.

"후후훗, 반명화랑 화류도 모르는 것이 있구나. 일단 환상궁에 발을 들여놓은 이상 전진하는 것도, 물러나는 것도 노부의 허락없이는 절대로 불가능하다는 사실을!"

범천이 그렇게 말하는 사이에 흑의인들이 사라빙궁의 여인들을 둥그렇게 포위했다.

스스스슷―

사람이 움직이면 부산한 발걸음 소리가 나야 정상이다. 그러므로 그들이 움직이면 부산한 소요가 일어나야 마땅할 것이다.

하지만 수만 명의 흑의인이 일제히 수십여 장씩, 혹은 백여 장씩이나 움직였음에도 아무런 소리가 들려오지 않았다.

휘이잉—

무심한 바람이 불어왔다.

그때서야 바람에 갈대 잎이 흔들리며 서로의 몸이 부딪치는 듯 그런 조용한 소리가 났다. 흑의인들의 흑의가 바람에 휘날렸기 때문이다.

우우우웅—

범천과 흑의인들의 몸에서 살벌한 음향이 일어나기 시작했다. 그들의 눈에서도 피가 말라 버릴 것 같은 살기가 줄줄이 뻗쳐 나왔다.

*　　　　*　　　　*

귀검면옹 철웅성이 이끄는 대달단일천기마대!

환상궁 흑의인들에 의해 펼쳐진 파천홀대미리절진(破天惚蹄迷璃絶陣)!

대달단일천기마대가 비록 생문을 찾았지만 그로써 더욱더 혼란에 빠져들어야 했다.

환상궁 흑의인들의 숫자는 워낙 많았다. 더구나 흑의인들이 유령처럼 흔들거리며 움직이자 생문은 금방 사문으로 바뀌었다.

우두두둑—

대달단일천기마대는 생문을 찾아 끊임없이 움직여야 했다.

환상궁의 흑의인들이 흔들거리며 움직였다. 그로써 간신히 찾은 생문은 곧바로 사문이 되었다.

귀검면옹 철웅성의 이마에 굵은 땀방울이 맺혔다.

"빌어먹을! 이럴 땐 도대체 어떻게 해야 한단 말인가?"

환상궁의 흑의인들은 각각 네 종류의 명패(名牌)를 가슴에 부착하고 있었다.

적(赤), 백(百), 황(黃), 녹(綠).

흑의 진인(陣人)들만 알아볼 수 있는 특별한 표식이었다. 다시 말해 흑의인들은 철저하게 진식인으로 훈련된 자들이었다.

원래의 흑의인들은 환상궁에서 키워진 자들이 아니었다.

이들은 과거, 세외에서 가장 방대한 세력인 혈천지옥마련(血天地獄魔聯)의 인물들이었다.

혈천지옥마련은 세외의 모든 좌도(左道)와 패도(覇道)로 구성된 연합 세력이다. 합세된 방파만 십구문파(十九門派)나 되었다.

혈천지옥마련은 오 년 전에 환상궁에 통합되었다. 환상궁이 무력으로 제압하고 귀속시킨 것이다.

그들 중 진세(陣勢)에 능통한 인물들만 간추려 진식인으로 키워졌다. 따라서 지금 펼쳐진 진식은 고금 제일의 절진이다.

우우우웅―

체내의 모든 기운을 모조리 뽑아가 버릴 것만 같은 엄중한 기운이 사위 수십 리를 뒤덮었다.

이어 검기의 회오리가 귀검면옹 철웅성과 대달단일천기마대를 향해 암울하게 휘몰아쳐 왔다.

피이이잇―

귀검면옹 철웅성의 뇌신유엽도가 간신히 수백 줄기의 검기를 막아 냈다.

까아앙!

한시적인 일이었다. 즉시 두 배나 더 많은 검기들이 귀검면옹 철웅성을 향해 벼락처럼 떨어졌다.

고오오오—

"환장하겠구나……."

챙챙챙챙챙—

그가 온 공력을 모아 검기의 벼락에서 탈출하려 노력했지만 그럴수록 그는 더 많은 검기 속에 파묻혔다.

그도 곤란한 처지였지만 대달단일천기마대도 속절없이 궤멸되고 있었다.

"으아아악!!"

"아아아악!!"

순식간에 환상궁 흑의인들의 우세가 확연하게 나타났다.

우선 숫자에서도 그랬지만 절묘한 진세를 바탕으로 하여 대달단일천기마대를 차례로 시살해 들어오고 있는 것이었다.

귀검면옹 철웅성의 이마에 굵은 핏줄이 지렁이처럼 드러났다.

'이것이 진식의 무서움이라는 것이로구나.'

하지만 어찌하랴, 대달단일천기마대는 속절없이 죽어가기만 하는 것을…….

이때는 귀검면옹 철웅성의 처지도 난감하기 짝이 없었다.

뇌신유엽도는 한계를 절감하고 있었다. 그도 그럴 것이 오직 자신만을 노리고 날아오는 검기의 수만 한꺼번에 삼백여 줄기씩 되었다.

고오오오—

신위(神威)를 자랑했던 귀검면옹 철웅성이었지만 상대는 많아도 너무 많았다.

더구나 대달단일천기마대가 속절없이 죽어 나자빠지는 데에야 정신을 온전히 하기도 실로 요원한 일이었다.

"……."

그런데 그때였다.

귀검면옹 철웅성을 에워싸고 들이치던 흑의인들의 후미 대오가 무너지기 시작했다.

"으아아아악!!"

"아아아악!!"

수없이 솟구쳐 오르는 흑의인들의 수급들.

몇 명의 인물이 흑의인들의 목을 추수하는 농부처럼 베어 넘기며 귀검면옹 철웅성 앞으로 다가오고 있었다.

"철(鐵) 선생, 꽤나 고생이 많으시구려."

선두 인물의 입에서 명랑한 음성이 발해졌다.

살인미소가 나타난 것이다. 그의 좌우에는 세 명의 인물이 더 있었다. 단상과 마돈나, 그리고 칠기파파였다.

세 사람은 귀검면옹 철웅성과 눈인사를 나누는 듯 마는 듯하더니 즉시 살인에 몰두하기 시작했다.

귀검면옹 철웅성은 지옥에서 옥황상제에게 다시 불려 나가는 사람처럼 반가운 표정을 지었다.

"오오, 과거 송공명(宋公明)의 별호가 급시우(急時雨)라더니……."

급시우란 때맞춰 내리는 비를 뜻한다. 대위기에 빠졌을 때 갑자기 구함을 받게 되면 중화인들은 그런 표현을 쓴다.

살인미소는 낡아 빠진 철검 한 자루를 들고 있었다. 전통적으로 환우제일검가 사람들이 주로 사용하는 철검이었다.

번쩍!

검은 낡았지만 살인미소의 검예는 신선했다.

고오오오—

몇 줄기 청량한 빛의 검기가 그의 검을 타고 사위로 뿌려졌다. 그럴 때마다 흑의인들이 무더기로 목을 분리시키며 엎어졌다.

"으아아악!!"

"아아악!!"

살인미소가 발출하는 검기는 예전의 혼천마라강기가 아니었다. 환우삼십육검강(寰宇三十六劍罡)이었다.

병기도 마도(魔刀)에서 예검(藝劍)으로 바뀌어 있었다.

번쩍! 번쩍!

계속하여 철검이 눈부신 은광(銀光)을 뿜어냈다. 그럴 때마다 무수한 흑의인들의 목이 한꺼번에 치솟아올랐다.

"으아아악!!"

살인미소는 제삼십식 환우무종광진섬(寰宇無宗光盡閃)을 주로 시전했다.

천하에서 가장 빠르게 움직이며 가장 빠르게 검초를 펼칠 수 있다는 경이롭기 짝이 없는 환우제일검가의 환상적인 검예.

지극한 보법을 뒷받침하며 수백 배나 더 지극한 검결을 한꺼번에 사용할 수 있는 것이 환우무종광진섬.

이때 천하에서 가장 빨리 움직이며 뇌섬의 줄기보다 더 현란한 검예를 한꺼번에 펼칠 수 있다.

살인미소는 살인을 즐기는 것 같았다.

헤실헤실.

자신의 앞에 무더기로 엎어지는 흑의인들을 바라보며 그렇게 웃었다.

사실은 살인미소가 웃고 있는 것이 아니었다. 그의 본래 표정이 그런 것이었다.

귀검면옹 철웅성은 없던 기력까지 되살아났다.

"살인이라면… 나도 왕년엔 한가락했었지!"

그의 뇌신유엽도가 힘을 얻었다. 초유의 힘을 발휘하기 시작했다. 다시 허공에서 눈부시게 춤추기 시작한 것이다.

뭉덩뭉덩.

흑의인들의 목이 낱 곡식처럼 그들의 어깨 위에서 분리되었다.

단상, 언제나 냉정한 이 사나이. 그는 마돈나 바로 옆 방위를 점하며 냉혹한 살인을 즐겼다.

단상이 마돈나의 바로 옆 방위를 점하는 것은 이유가 있다. 살인미소는 소가주다. 마돈나는 장차 환우제일검가의 가모(家母)인 셈이다.

단상은 탄지선자 운지령을 떠올렸다.

'내 인생에 있어 가모의 불행은 단 한 번이면 족하다!'

단상의 살인은 선별적이었다. 마돈나를 향해 검날을 뿌려오는 자들을 우선적으로 베었다.

"으아아악!!"

"아아악!!"

피의 대홍수가 일어났다. 가장 커다란 시체의 산이 단상 옆에 쌓였다.

그로써 마돈나는 고삐 풀린 망아지처럼 마음대로 흑의인들을 벨 수 있었다. 그녀의 옆에는 태산만큼이나 든든한 보호막이 장엄하게(?) 버티고 있는 것이다.

번쩍!

마돈나는 생선(生仙)의 절검초를 사용했다.

환우제일검가 인물들이 주로 사용하는 철검을 들고 미모와 전혀 어울리지 않는 무시무시한 검초를 무한정 쏟아냈다.

"으아아악!!"

그녀의 좌우에도 시체의 산이 수북수북하게 생겨났다.

이때의 마돈나는 정말로 무서운 여자였다. 살인미소는 차후 이 점을 간과해서는 절대로 안 될 것이다. 왜냐하면 진짜로 사람 잡는 기술이 탁월한 그녀이기 때문이다.

칠기파파. 그녀는 독이 올라 있었다. 환우제일검가의 제일 큰어른인 그녀다. 환우제일검가의 고난(苦難)한 역사는 다름 아닌 환상궁에 의해 비롯된 것이다.

"얘들아, 줄 서서 오너라. 어서!"

그녀의 박도는 도무지 인간들을 살상하기엔 어울려 보이지 않았다. 그렇지만 그녀는 퍽이나 용한 재간을 발휘했다.

뭉덩— 뭉덩—

칠기파파는 평소 모든 시간을 박도를 가는 일에만 할애해 몰두하는 것 같았다. 어쩌면 이다지도 예리한 날을 지닌 무식한 박도란 말인가?

그때, 갑자기 또 네 사람이 환상궁의 흑의인들 사이로 뛰어들며 외쳤다.

"흐음… 환상궁의 개들이 제법 진식은 갖추었으나 시전자가 소임을 제대로 하지 못하고 있구나!"

그렇게 외치며 불시에 절진의 사문(死門)을 점한 사람은 절정문의 제일장로 철풍선이었다.

그는 천하의 신병이기 천풍폐문철선(天風閉門鐵扇)을 춤추듯 휘두르

며 흑의인들의 머리를 수박 밭에 매어둔 소가 수박 밟고 지나가듯 깨
뜨려 나갔다.

"으아아아악!!"

"아아악!!"

진세의 사문을 점한다는 것은 죽기를 각오한 사람이나 하는 행동이
다. 그게 아니라면 미친 사람의 행태일 것이다.

하지만 철풍선에게는 그런 논리가 통하지 않았다. 철풍선뿐만 아니
었다. 뒤이어 나타난 절정문의 제이장로 누죽호도 마찬가지였다.

그는 생문이고 사문이고를 가리지 않았다. 천둥에 놀란 강아지 날뛰
듯 진세를 휘젓고 다니며 기병기 누죽호필(淚竹毫筆)을 휘둘러 댔다.

"으아아악!!"

"아아악!!"

전세는 곧바로 역전되었다.

살인미소와 철풍선, 누죽호가 갑자기 가세하며 순식간에 수백여 명
이나 되는 흑의인의 목을 날려 버렸기 때문이다.

그랬는데 이번에는 절정문의 제삼장로 천태모와 제사장로 옥개혈이
허공에서 떨어지며 각각의 독문 병기를 마구잡이로 휘둘렀다.

부웅—

"물러서라, 죽기 싫으면!"

"으아아악!!"

흑의인의 목이 뎅겅뎅겅 날아갔다.

이들에게도 절진의 사문 따위는 통하지 않았다.

절정문의 사대장로들은 과거 진원무보의 사대장로들로 고금 제일의
진원(陣元)을 익힌 그들이었다. 기절진에 관한 한 천재들이었다. 파천

홀대미리절진 따위는 어린아이의 장난에 불과했다.

"임마들아, 너희들이 진세를 계속 유지하고 있을수록 우린 더 편하다. 다음에 죽어야 할 놈들이 누구인지 이미 훤하게 파악하고 있기 때문이지."

철풍선의 음성이 폭죽처럼 터진 후 천하신병이 눈부신 섬광을 토해냈다.

번쩍!

"으아아악!!"

순간적으로 무수하게 솟구쳐 오르는 흑의인의 수급들, 일방적인 도륙이었다.

환상궁의 파천홀대미리절진(破天惚蹄迷璃絶陣)이 파훼되기 시작했다.

그때, 살인미소가 귀검면웅 철웅성 옆에서 슬쩍 몸을 틀었다.

"철 선생, 나는 가봐야 할 곳이 있소."

귀검면웅 철웅성은 눈치도 빠른 사람이었다.

"나만큼 위기에 빠진 우리 편이 또 있는 것이오?"

그의 말이 채 끝나기도 전에 살인미소는 그 자리에 없었다.

귀검면웅 철웅성은 뇌신유엽도를 벼락같이 후려치며 중얼거렸다.

"아무튼 번개에 콩 볶아 먹을 사람이라니까."

제90장

끝이 보인다!

끝이 보인다!

"오너라. 가소로운 것들!"

열두 명의 금포노인이 실로 오만한 미소를 흘렸다.

"어째서 천마제 천광은 겨우 일천 명의 마문인(魔門人)을 이끌고 이 길을 택했단 말인가?"

금포노인들의 옷차림은 화려했다. 길게 늘어진 소매는 몇 줄기의 금줄이 아로새겨져 있었고, 등 뒤까지 늘어진 황금 투구는 화려한 조명처럼 화사한 금광을 뿜어냈다.

허옇게 세어버린 노인들의 머리. 세월의 무상함이 그곳에 자리하고 있었다.

이들은 환상궁 서열 칠위부터 십구위까지의 인물들인 파천십이존(破天十二尊)이었다.

파천십이존을 향해 천천히 걸어오는 마문의 일천 마인.

그들을 바라보며 가소로운 듯 실눈을 뜨고 주시하는 파천십이존.

파천십이존의 등 뒤에는 일만 명에 이르는 환상궁의 파천환상대(破天幻想隊)가 표표히 흑의 경장 자락을 휘날리며 포진 중이었다.

파천십이존의 눈에서는 불길 같은 광채가 줄기줄기 뻗어 나왔다. 안면에는 조소의 빛이 새겨져 있었다.

"마문은 무덤치고 너무나 큰 무덤을 택했구나."

일만 파천환상대원들 또한 오만한 미소를 흘리고 있었다.

"쿳쿳쿳, 오늘은 각종의 병장기에 마음껏 피칠을 하게 생겼구나."

이들의 손에는 도합 열두 가지의 병장기가 들려져 있었다. 예리한 날들이 흐르는 달빛을 받아 무서운 광채를 발산시켰다.

조금 전 마문의 인물들은 여섯 줄기로 갈라졌었다.

육로(六路)의 진군, 그 과정에서 도합 삼천오백이라는 환상궁 정예의 목숨을 날려 버렸다.

그리고 다시 한 무더기로 뭉쳐 총단의 후미(後尾)로 전진 중 파천십이존이 이끄는 파천환상대와 정면으로 마주친 것이다.

저벅. 저벅. 저벅.

마문의 인물들은 이상하게도 서두르지 않았다. 봄날 소풍 나온 병아리 떼처럼 이쪽저쪽을 신기한 듯 바라보며 천천히 다가왔다.

파천십이존과 휘하 파천환상대원들은 십여 리에 걸쳐 그물코처럼 촘촘하게 늘어서서 마문인들을 가로막았다.

저벅. 저벅. 저벅.

어느새 마문의 마인들과 환상궁의 파천환상대원들과의 거리는 불과 삼 장여 정도로 좁혀졌다.

마문주 천마제가 파천십이존을 바라보며 메마른 음성을 토했다.

“흐음. 파천십이존. 네놈들이 어디에 처박혀 있는가 했더니 환상궁주 밑에서 사냥개 노릇을 하고 있었구나.”

파천십이존은 과거 산동에서 혈마문(血魔門)을 열었었다. 혈마문은 백오십여 년이나 대를 이어왔다. 그러다 십여 년 전 돌연 봉문을 선언하고 홀연히 자취를 감추었다.

파천십이존은 모두 이백여 세를 훌쩍 넘긴 사람들이었지만 광천칠마제 앞에서는 나이를 내세울 바 못되는 자들이었다.

그러나 파천십이존은 광천칠마제를 마도(魔道)의 대선배로 모실 생각이 전혀 없는 듯했다.

파천십이존 중 번쩍거리는 대머리를 양 어깨 위에 달고 있는 인물은 마라사혈불(魔羅邪血佛)이라는 인물이었다. 파천십이존의 맏형 격이었다.

그가 입술을 묘하게 일그러뜨리며 입을 열었다.

“광천칠마제가 본궁에 발을 들여놨다는 것은 이젠 살 만큼 살았다는 생각이 들었기 때문인가?”

천마제가 고개를 끄덕였다.

“네놈 말이 옳다. 세상이라는 것은 대충대충 살다 떠나야 하는 것이다. 수백 년을 살다 보니 이젠 지겹기조차 하구나. 그래서 네놈들을 싸그리 움켜쥐고 떠날 생각인데 너희들은 내 생각에 동참하겠느냐?”

마라사혈불은 공연히 주둥이질을 했다는 생각이 들었다.

“누가 저 노망난 늙은이들의 목을 분리시켜 놓겠는가?”

그 말이 신호인 듯 파천환상대원들이 일제히 함성을 지르며 각종의 병장기들을 움켜쥐고 튀어나왔다.

천마제가 천둥처럼 외쳤다.

"여기가 환상궁으로 통하는 후방 최후 저지선이다. 애들아, 쟤네들만 쓸어버리면 그 다음에는 환상궁주의 목을 닭 모가지처럼 비틀 수 있을 것이다!"

마문인들이 서둘러 튀어나오며 외쳤다.

"알겠습니다! 환상궁주라는 놈이 과연 어떤 작자인지 어서 빨리 상통을 보고 싶군요."

"흐흐흐, 염병할 놈의 환상궁주라는 작자가 어디에 처박혀 있는지 지금까지 그걸 몰라 모가지를 움켜쥐지 못했을 뿐입니다. 이젠 위치를 알았으니 그놈의 멱을 따놓는 것은 일도 아닙니다."

과연 마문의 마인들다웠다.

여기저기서 육두문자가 시끄럽게 나열되더니 태풍과 같은 기세로 일만 파천환상대를 향해 뛰어들었다.

일만이라는 숫자는 장난이 아니었다. 그들이 한꺼번에 밀어닥치자 거대한 호수의 방어벽이 한꺼번에 터진 것 같았다.

"우와아~ 모조리 목을 따버려라."

광천칠마제는 곧바로 파천십이존을 향해 일제히 몸을 날렸다.

"요 쥐새끼 같은 놈들!"

파천십이존의 목적도 마찬가지였다. 그들의 목표도 광천칠마제였다.

"이빨 빠진 늙은 시랑(豺狼)들, 오늘은 일곱 노물의 공동 제삿날이 되겠구나."

콰앙— 우르르릉—

이들의 전신에서 뿜어지는 무서운 강기가 무섭게 조우하자 천하가 쪼개지는 것 같은 대폭발이 일어났다.

우릉— 우릉— 와르르릉—

시퍼런 뇌섬과 싯누런 섬전이 사위에서 눈부시게 일어났다.

싸움은 처음부터 대난전(大難戰)으로 돌입했다.

*　　　　*　　　　*

환상궁의 부궁주 범천.

그는 원래 천축홍교(天竺紅敎)의 교주였다. 또한 새북팔천(塞北八天)의 천주(天主)이기도 했다. 그것은 변황의 대종주임을 뜻한다.

환상궁의 인물들이 주로 세외의 무공을 사용하는 것은 부궁주 범천의 특별한 지도를 받았기 때문이다.

범천은 환상궁에 귀속되면서 과거의 모든 위(位)를 버렸다. 그는 지금 단지 환상궁의 부궁주 범천인 것이다.

그 좌(座)야말로 만인지상 일인지하의 좌였다.

그가 데리고 나타난 흑의인들은 삼만 명의 살귀로 이루어진 홍천마라혈불대(紅天魔羅血佛隊)였다.

홍천마라혈불대가 반명화랑 화류를 비롯한 일천 명의 사라빙궁 여인을 철저하게 에워쌌다.

동시에 홍천마라혈불대진(紅天魔羅血佛大陣)이 펼쳐졌다. 홍천마라혈불대진에서 가공할 잠경이 일어났다.

우우우웅—

잠경은 사방 수십 리를 한꺼번에 감싸 안으며 주변에서 자연 발생적으로 발생하는 모든 기운을 모조리 끊어놓았다.

우둑— 우둑— 우둑—

웃자란 나뭇가지들이 맥없이 끊어졌다. 메마른 땅바닥까지도 들썩
거렸다.

사라빙궁의 여인들 중 내력이 약한 여인들은 심한 구토 증세를 일으
켰다. 그러다 웩웩거리며 토하기조차 했다.

지금은 채 새벽이 밝아오기 전이었다.

범천은 뿌옇게 밝아오는 회색 하늘을 바라보며 메마른 웃음을 터뜨
렸다.

"북해 사라빙궁이라… 원래 귀한 종자들이긴 하지. 우후후! 이젠 멸
종 위기를 맞게 되었구나."

홍천마라혈불대진이 좁혀지기 시작했다.

우우우웅—

그들이 움직이자 더욱더 가공스러운 암경이 뿜어져 나왔다. 사라빙
궁의 여인은 등을 맞댄 채 자꾸만 뒷걸음질쳐야 했다.

반명화랑 화류의 안색도 파리하게 변했다.

'천외천이라더니… 이곳이 하늘 외의 하늘일 줄이야!'

범천의 오만한 미소가 더 짙어졌다.

"건방진 계집들. 지금쯤 한 됫박이나 됨직한 오줌을 지리고 있을 것
이다."

홍천마라혈불대가 더 다가왔다. 홍천마라혈불대진이 더욱더 좁혀졌
다.

이대로 좁혀지다간 사라빙궁의 여인들과 홍천마라혈불대는 서로의
코를 디밀며 난전을 벌여야 할 것이다. 아니, 일방적으로 사라빙궁의
여인들이 도륙될 판이었다.

그런데 그때였다.

“와… 우… 와아우…….”

태풍이 몰아닥치는 소리일까? 아니면 환청일까? 그것도 아니면 환각 속에 들리는 악마의 포효일까?

그 소리는 분명 오십여 장쯤 떨어진 곳에서 들려왔다.

그런데 기이하게도 그 소리를 듣자마자 홍천마라혈불대가 주춤거리기 시작했다. 아울러 그들의 코와 입에서는 가느다란 핏줄기가 쏟아지기 시작했다.

그곳, 오십여 장이나 떨어진 그곳에서 두 인물이 천천히 다가오고 있었다.

한 인물은 눈처럼 새하얀 백의를 입고 있었으며 또 한 인물은 피칠을 한 것 같은 붉은 장포를 입고 있었다. 백의를 입고 있는 인물은 살인미소였다. 그리고 붉은 장포를 휘날리는 인물은 광천칠마제 중 일곱 번째 인물 광마제 광하였다.

광마제 광하의 입이 함지박만하게 벌어졌다.

“와… 우… 와아우…….”

그의 입에서 또 한줄기의 광소성이 터졌다. 그의 독문 단장절명비파후(斷臟絶命飛破吼)가 발성(發聲)된 것이다.

“으으음…….”

부궁주 범천의 안색이 흐려졌다.

홍천마라혈불대원들은 기혈이 울렁거리는 것을 느꼈다. 하지만 그들도 상당한 내공의 소유자들이었다. 피를 흘릴지언정 토하지는 않았다.

살인미소와 광마제의 뒤편으로 거대한 검은 그림자들이 무수하게 얼씬거리기 시작했다. 그것은 차라리 거대한 벽(壁) 같았다. 벽은 인간들이 이룩한 장벽이었다.

인의 장벽이 천천히 다가왔다.

그들이 점점 더 가까이 다가오자 그들의 진면목이 드러났다.

중앙으로는 천마제가 이끄는 오백 명이 채 못되는 마문의 마인이 천천히 걸어왔다.

이들은 조금 전 파천십이존이 이끄는 일만 명의 파천환상대와 대난전을 벌였다.

일만 명의 파천환상대원은 전멸했다. 하지만 마문의 마인도 오백 명이나 전사했다. 때문에 이들의 숫자가 오백 명으로 줄어 있는 것이다.

광천칠마제는 건재했다. 이들이 건재하다는 것은 파천십이존을 모조리 주살했음을 의미했다. 그랬다. 파천십이존은 광천칠마제의 적수가 못되었다. 그들은 차례차례 광천칠마제에게 죽임을 당했다.

왼쪽으로는 귀검면옹 철웅성이 이끄는 대달단일천기마대가 느긋한 표정으로 기마를 몰아 다가오고 있었다.

우두두둑—

대달단일천기마대의 숫자도 반으로 줄어 있었다.

환상궁 흑의인들에 의해 펼쳐진 파천홀대미리절진(破天惚蹄迷璃絶陣), 그곳을 돌파하며 반이나 되는 인명 손실을 입은 것이다.

오른쪽으로는 혼해마물 혈전노가 칠백여 명쯤 되는 부상신풍가 인물을 거느리고 다가왔다.

부상신풍가의 인물은 원래 천여 명이었다.

환상궁의 제오인자 환상마군(幻想魔君) 철혈휘(鐵血揮)가 이끄는 환상철혈군과 대접전을 치르는 와중에 삼백여 명을 잃었다.

마문의 오백 마인, 대달단일천기마대원 중 오백여 명, 부상신풍가의 인물 칠백여 명 그들이 한꺼번에 나타난 것이다.

광마제 광하의 울부짖음이 계속하여 들려왔다.

"와… 우… 와아아……."

마치 악마의 신음성처럼 듣기 괴로운 광소성(狂嘯聲)이었다.

신기하게도 그의 광소성은 범천이 이끄는 수만 명의 홍천마라혈불대원에게만 들렸다.

환상궁 부궁주 범천의 입술이 하얗게 변색되었다.

'지체하면 불리하다.'

그는 놀라울 정도로 두뇌 회전이 빠른 자였다.

번쩍!

그의 신형이 한곳을 향해 일직선을 그었다. 그는 어느새 살인미소 앞에 현신해 있었다. 범천은 마문과 달사신궁 전체를 지휘하는 인물이 살인미스라는 것을 알아본 것이다.

슈우우―

범천은 붉은 기운이 서려 있는 이름 모를 보검 한 자루를 움켜쥐고 있었다. 보검이 어느새 뽑혀져 살인미소의 목을 노리고 날아갔다.

설명은 길었지만 이 모든 동작은 그야말로 찰나지간에 이루어졌다. 살인미소조차도 범천의 검날을 미처 발견하지 못할 정도였다.

하지만 범천의 보검은 살인미소의 목을 갈라놓을 수 없었다.

챙―!

날카로운 금속음이 터지며 범천의 보검이 옆으로 세 자가량이나 튕겨 나갔다.

살인미소는 여전한 모습으로 헤실거리며 있었고 살인미소 뒤에는 언제 나타났는지 단상이 철검을 들고 조용한 미소를 흘리고 있었다.

범천은 경악해야 했다.

'나의 일검을 이렇듯 가볍게 처리하는 저 작자는 어째서 천하에 전혀 이름이 알려지지 않은 인물이란 말인가?'

범천이 경악하는 것은 당연했다.

단상, 이 사나이는 비단 이름이 천하에 알려져 있지 않을 뿐만 아니라 얼굴은 물론이고 검예도 단순 무식했다.

조금 전 시전한 검초도 별다른 초식이 없었다. 그럼에도 범천의 보검을 철검 한 자루로 간단하게 쳐낸 것이다.

만일 단상이 아닌 보통의 검수가 철검으로 범천의 보검을 막았다면 철검은 수십 조각으로 쪼개져 허공으로 튀어 올랐을 것이다.

그때 단상 옆으로 두 여인이 소리없이 나타났다.

한 여인은 가만두어도 몇 년을 살지 못하고 저절로 죽을 것 같은 쭈구렁 노파, 칠기파파였다.

또 한 여인은 백 년이나 되는 세월 동안을 살아온 범천이 지금까지 단 한 번도 본 적이 없는 절대 미모를 지닌 여인, 마돈나였다.

두 여인은 나타나자마자 범천의 좌우로 넓게 벌려 섰다. 이로써 범천의 전면은 단상으로 인해 가로막혔고 좌우는 칠기파파와 마돈나에 의해 봉쇄되었다.

범천은 마돈나를 먼저 베고 길을 열 생각을 했다. 마돈나를 가장 만만하게 보았기 때문이다.

'이곳이다.'

스웃—

범천의 신형이 마돈나를 향해 번쩍였다. 검신도 마돈나를 향해 번쩍였다.

오산이었다.

단상의 온 신경은 오직 마돈나에게 집중되어 있었던 것이다. 그는 천하제일루를 나설 때부터 마돈나를 그림자처럼 뒤따르며 보호 중이었다.

단상이 어찌 범천의 생각을 짐작하지 못하겠는가?

단상의 검날과 범천의 검날이 동시에 허공을 갈랐다.

고오오—

단상의 철검은 애초부터 범천의 보검을 노리고 날아갔다. 그로써 범천의 검날은 마돈나 바로 앞에서 차단되었다.

챙—!

눈부신 검화가 일어나며 요란한 철성이 일어났다.

범천은 재빨리 여섯 걸음을 물러났다.

'빠르다!'

그러나 더 빠른 것이 있었다.

뜨끔!

범천은 옆구리로 비스듬하게 파고드는 뜨거운 기운을 느꼈다.

"으음……!"

범천 옆에는 어느새 다가왔는지 살인미소가 싱글거리며 서 있었다. 살인미소의 검날이 범천의 허리에 깊숙하게 박혀 있었다.

"내 생각인데 당신은 살 만큼 살았어."

"……!"

살인미소가 범천의 옆구리에서 철검을 뽑아냈다.

쏴아아—

폭포처럼 터져 나오는 검붉은 핏줄기.

단상의 철검이 또다시 허공을 갈랐다.

번쩍!

범천의 수급이 허공 속으로 까맣게 포물선을 그리며 날아갔다.

쿵!

범천, 그가 엎어졌다. 목을 잃은 채로…….

살인미소가 천마제를 바라보며 말했다.

"마문주."

"네."

"이곳을 접수하시오."

천마제가 툴툴거리며 웃었다.

"그거야 주머니 속의 물건을 꺼내듯 간단한 일 아니겠습니까? 그런데 저희에게 이 일을 맡기는 것은 당장 시급한 일이 있기 때문이겠군요."

"대답은 다시 만날 때 하겠소."

스스슷―

살인미소의 신형이 흩어지고 있었다.

스스슷―

뒤이어 마돈나의 신형과 칠기파파의 신형도 흩어졌다. 그리고 단상의 신형도 흩어졌다.

*　　　　*　　　　*

유운 상인. 종남파의 현 장문 지존이기도 한 그.

하지만 그는 환상궁의 제삼인자라는 직책을 더 사랑하는 인물이었다.

악을 지향하면 악이 주는 묘미가 더 달콤하게 여겨지는 법이다. 종남파 장문 위(位)가 명예는 안겨주었지만 부귀영화를 안겨주지는 못했다.

환상궁의 서열 제삼위는 그의 모든 것을 충족시켜 주었다.

금은과 각종의 진귀한 보화, 그리고 가치를 함부로 논할 수 없는 산처럼 쌓인 기진이보(奇珍異寶)들. 그리고 원하면 언제라도 품을 수 있는 절대의 천하제일 가녀(佳女)들이 항시 그의 옆에 있었다.

원래 종남파 장문인이라는 위치는 누구라도 구대문파 중에 가장 아래로 여긴다. 환상궁의 서열 제삼위는 천하를 바로 발 아래에 두는 위치였다.

그는 환상궁의 위를 더 사랑할 수밖에 없었다.

유운 상인은 파천원으로 급히 몸을 날렸다.

유운 상인이 당도한 곳은 호호선인의 침전 파환전(破寰殿)이었다.

'파환전에 없다면 최고의 기루 파라루에 있을 것이다.'

유운 상인의 짐작이 옳았다. 아직은 새벽이 밝아오기 전이라 호호선인은 파환전에서 깊은 잠에 빠져 있었다.

안에서 들려오는 고른 숨소리. 유운 상인은 파환전 밖에서 정확하게 그 숨소리를 확인했다.

유운 상인은 파환전 안으로 몸을 날렸다.

와장창!

파환전의 두꺼운 문이 박살났다. 유운 상인의 신형이 쏘아진 화살처럼 호호선인이 잠들어 있는 침상 앞으로 스르르 날아갔다.

침상에는 한 인물이 반듯하게 누워 있는 자세로 깊은 잠에 빠져 있었다.

그런데 잠들어 있는 인물, 그는 호호선인이 아니었다.

"……!"

단아하게 머리를 묶은 인물, 반듯한 이목구비를 갖추었으며 영웅의 기도가 분명한 한 인물이 잠들어 있었다.

더구나 호호선인처럼 늙은 인물이 아니었다. 사십 대의 중년인이 반듯하게 누워 있는 것이다.

유운 상인은 순간적으로 당황했다.

'도주했구나……!'

그때, 침상에서 자고 있던 중년인이 차분한 동작으로 몸을 일으켰다.

"유운 상인께서는 도무지 예의를 배우지 못한 듯하구려."

음성 또한 차분하기 이를 데 없었다.

그 순간, 유운 상인은 경악해야만 했다.

음성의 주인, 그리고 침상에서 몸을 일으킨 인물은 다름 아닌 과거 환우제일검가의 가주 환우제일검 풍백이 아니던가?

유운 상인은 말까지 더듬었다.

"그, 그대는……!"

풍백이 천천히 옷을 꿰었다.

"내가 그대를 찾으러 다닌다면 많은 시간을 허비해야 할 것이오. 하지만 이곳에서 편안히 기다리고 있으면 당연히 그대가 내 앞에 나타나리라 생각했소. 그러니 내가 가장 편안한 방법을 택하는 것은 당연한 일 아니겠소?"

유운 상인은 무슨 말을 들었는지 모를 지경이었다. 듣고 보니 풍백이 오히려 유운 상인을 기다리고 있었던 것이다.

풍백의 말은 사실이었다. 풍백은 위험을 감수하고 환상궁 깊숙한 곳까지 유운 상인을 찾아갈 이유가 없었다.

호호선인이라는 이름은 이미 파천원에 쩌렁한 이름이었다. 기다리고 있으면 환상궁 요직 인물이 당연히 풍백을 찾아올 것이었다.

유운 상인의 음성이 급격하게 떨렸다.

"그대는… 어떻게 노부가 환상궁 사람임을 알았는가?"

풍백이 고개를 저었다.

"몰랐소. 방금 전까지도 몰랐소. 지금 당신이 그렇게 말했으므로 알게 된 것이오."

"……!"

풍백이 철검을 잡았다.

"당신은 나의 복귀를 위한 제사 음식이 되어주어야겠소."

"……!"

스르릉―

풍백의 철검이 눈부신 나신을 드러냈다. 풍백이 검을 뽑았다는 것, 그때는 반드시 생사결단을 작정했을 때뿐이다.

유운 상인도 풍백에게 검을 겨눴다.

번쩍!

"건방진 놈!"

검을 겨누면서 유운 상인은 몸서리를 쳤다. 한줄기 불안감이 엄습한 것이다.

과거의 일이긴 하지만 천하무림을 통털어 환우제일검 풍백보다 뛰어난 검예를 갖춘 자는 결코 없었다.

유운 상인의 검예에 대한 일반인들의 평은 풍백에 비해서는 한 수 아래라는 것이 지배적이었다.

유운 상인의 검끝이 떨릴 수밖에 없었다.

"……."

공교롭게도 풍백의 검법은 환우삼십육검법이었지만 유운 상인의 검법은 천하삼십육검법(天河三十六劍法)이었다. 종남파의 성명검법이 천하삼십육검법인 것이다.

"으음……."

낮은 신음을 발하며 유운 상인이 뒷걸음질쳤다.

심령에서 밀리는 자는 언제나 선공(先攻)을 감행한다. 자신의 불안감을 그렇게 발산하려는 것이다.

번쩍!

유운 상인의 검날이 풍백을 향해 날아왔다.

풍백은 피하지 않았다. 그의 안면에는 잔잔한 미소가 새겨져 있었다.

"그대는 이미 졌소. 왜냐하면 그대의 검식에는 어떠한 책략도 없기 때문이오."

까아앙―

두 자루의 검이 섞이며 요란한 철성이 터졌다.

그것으로 더 이상의 검날은 섞이지 않았다. 풍백의 철검이 순간적으로 열두 번이나 변식을 거듭했다.

고오오오―

유운 상인은 눈앞이 아찔해 옴을 느꼈다. 풍백의 손에 잡혀 있는 눈부신 검날의 움직임이 도무지 보이지 않았다.

검을 마주 휘둘렀지만 풍백의 검날을 막아내지 못했다.

“아아…….”

그의 장탄식이 길게 터질 무렵…

푸욱—

풍백의 검날은 유운 상인의 심장을 깊숙하게 관통하고 있었다.

*　　　　*　　　　*

이백 경의 철립인(鐵笠人).

철립 하나의 무게만도 대략 오십 근은 되어 보였다.

그러나 철립인들은 머리에 얹은 육중해 보이는 철립과는 달리 매우 낡은 청의 경장 차림을 하고 있었다.

손에는 예리한 고검 한 자루씩을 들고 있었다.

지금은 한겨울이었지만 이들은 땀을 뻘뻘 흘리고 있었다. 철립의 무게 때문이 아니었다. 이들은 워낙 추운 곳에서 지금까지 생활해 왔다. 때문에 중원의 한겨울 날씨도 이들에게 무더운 것이었다.

세상을 오래 산 사람들은 북해와 가까운 밀지(密地)에 사방 오만 평에 이르는 분지가 있음을 안다.

그곳에서 때를 기다리며 천하의 정세를 면밀하게 지켜보는 인물들이 있었다. 그들은 혹독한 추위와 싸워가며 오로지 마공 연성에만 몰두해 온 자들이었다.

그들은 밀종(密宗)의 인물들이었다.

그들은 환상궁의 지배를 받고 있었지만 밀종주는 주형광이었다.

밀종의 인물들은 주형광이 보낸 전서구를 통해 명령서를 받았다. 내용은 간단했다. 환상궁의 위급 상황을 도우라는 것이었다.

　이들의 숫자는 불과 이백여 명에 불과했다. 하지만 개개인이 여타의 마인들과는 달리 철저한 닌자술을 익혔다. 살수로서의 철저한 교육도 함께 받은 자들이었다.

　이들이 환상궁 총단을 향해 부지런히 걸음을 옮기고 있을 무렵, 불과 열두 명의 인물이 나타나 앞길을 가로막았다.

　슛— 스슛—

　밀종의 인물들을 가로막은 이들은 환우제일검가의 보이지 않는 그림자 환우십이영이었다.

　환우십이영의 가슴에는 선명한 환(寰)이라는 글귀가 뚜렷하게 새겨져 있었다.

　밀종의 인물들이 코웃음을 쳤다.

　"가소롭군."

　그러나 그 말을 내뱉은 자의 목은 벌써 바닥을 구르고 있었다.

　철컹—

　그의 목이 구르자 철립 역시 바닥으로 구르며 요란한 소리를 냈다.

　"이런 망할 새끼들이!"

　욕설이 채 끝나기도 전에 그의 목도 허공으로 날아올랐다.

　"으아악!"

　환우십이영이 이백여 명이나 되는 밀종 인물 사이로 스며들었다.

　스스슛—

　환우십이영은 말보다 행동을 먼저 하는 사람들이었다. 아니, 그들은 특별한 일이 아니면 절대로 입을 열지 않는 인물들이었다.

　환우십이영은 이미 가주 풍백에게 특명을 받은 상태였다.

“환상궁을 도우러 나타나는 자들이 있다면 우선적으로 멸절시켜라.”

환우십이영은 환상궁과의 대혈전에 단 한 번도 모습을 나타내지 않았다. 풍백의 명령을 깊이 새기고 있기 때문이었다.

환우십이영의 검공은 실로 놀라웠다. 그들은 이미 모조리 은빛으로 화해 있었다.

환우무종광진섬(寰宇無宗光盡閃).

지극한 경신술이 뒷받침되어야 얻을 수 있는 검예.

천하에서 가장 빨리 움직이며 뇌섬의 줄기보다 더 현란한 검예를 펼친다. 위력은 여타의 초식보다 수백 배나 강하다.

환우십이영이 검공을 시전하며 모조리 은빛 기류로 화하는 이유가 바로 환우무종광진섬을 사용하기 때문이었다.

“으아아악!!”

“아아악!!”

밀종의 인물들이 맥없이 없어지기 시작했다. 무수하게 그들의 머리가 날아올랐다.

철컹― 철컹― 철컹―

철립들이 무수하게 바닥으로 굴러가며 요란한 쇳소리를 냈다.

밀종의 인물들이 철립을 쓰고 있는 이유는 빙곡의 극음한기를 머리로 흡수하기 위해서였다.

극음빙정대두마공(極陰氷精大頭魔功)!

철립을 쓰지 않고서는 빙곡의 극음한기를 받아들일 수 없다.

완전히 익히면 도검으로도 그들의 머리를 가를 수 없게 된다. 그것이 이들이 오로지 빙곡에서만 생활했던 이유였다.

　밀종의 인물들은 극음빙정대두마공을 극성까지 익히지는 못하고 완성 단계에 도달해 있는 상태였다. 그런데 그때 갑자기 부름을 받았다. 때문에 철립을 쓴 채 중원으로 들어섰던 것이다.

　환우십이영은 정확하게 그들의 목을 노리고 철검을 사용했다.

　번쩍!

　“으아아악!”

　그들이 극음빙정대두마공을 극성까지 익혔다면 목 부분도 금강불괴를 이루어 철검으로 베어낼 순 없었을 것이다.

　완벽한 성취를 이루지 못했다는 것, 그들에겐 애석한 일이었다.

　“으아아악!!”

　그로써 그들은 처절한 비명 소리를 울리며 목이 분리되어야만 했다.

　환우십이영의 검법은 완벽 그 자체였기에…….

제9장

음모자(陰謀者)의 종말(終末)

음모자(陰謀者)의 종말(終末)

비룡검보(飛龍劍堡)의 회의실.

몇몇 고인(高人)이 자리를 함께하고 있었다.

참석자는 매화신검 육우당과 아미파 장문인 나봉선승(羅峯仙僧), 청성파 최고 원로 숭적하(崇積霞), 그리고 개방의 최고 원로 두 사람이었다.

이 자리에 반드시 참석해야 할 몇몇 천하고인의 얼굴은 보이지 않았다.

우선 소림사 장문지존 혜허 선사가 보이지 않았다.

그 외의 정도명숙들은 각각 자파(自派)에서 일어난 최근의 혈겁과 그 외의 악재들로 인해 이 자리에 참석할 수 없었다.

사천당문과 공동파 간의 혈전이 그 예가 될 것이다.

그로써 정백회는 명목만 정도명숙들의 결집체이지 이미 지리멸렬

상태나 마찬가지였다.

이들 중 개방의 두 원로는 벌써부터 비룡검보에서 제공하는 푸짐한 식사에 마음을 빼앗기고 있었다. 주형광이 주도하는 '천하를 위한 긴급한 논의'에는 무용지물이나 마찬가지인 사람들이었다.

주형광이 길게 한숨을 내쉬었다.

"지금은 정회원의 과반수에 미치지 못합니다. 천하를 위해 어떠한 안건을 통과시킨다 해도 제적 인원 미달인 셈이니 긴급회의는 자동적으로 무산되었음을 선언하겠습니다."

아미파 장문인 나봉선승이 파르라니 깎은 머리를 조용하게 흔들며 작은 목소리로 말했다.

"정말 시절이 하수상하군요. 어째서 천하에는 예기치 못한 암담한 일들만 계속하여 일어나는 것일까요?"

주형광도 고개를 저었다.

"정말입니다. 우리는 발 밑이 매우 불안한 대지(大地) 위에 버티고 서 있는 것이나 마찬가지입니다. 모두 환상궁 때문이지요."

육우당도 고개를 끄덕였다.

"천하대란입니다."

개방의 두 원로도 고개를 끄덕였다.

"그렇습니다만, 어차피 긴급회의가 무산되었다면 뭐라도 먹어가면서 한담(閑談)을 주고받읍시다."

주형광이 순순히 고개를 끄덕였다.

"그렇게 하지요."

그때였다.

비룡검보의 집사 하나가 쪼르르 달려왔다. 집사가 주형광에게 예를 취하며 말했다.

"보주(堡主)께 아룁니다. 어떤 분이 이 서찰을 보주께 전달해 달라고 합니다. 모시고자 했지만 그분은 긴급회의 중인 것을 알고 서찰만 전달해 달라고 했습니다."

집사의 손에서 주형광에게 서찰이 전해졌다. 주형광은 무심한 표정으로 서찰을 펼쳤다.

그 순간, 주형광의 면색(面色)이 삶아놓은 돼지 대가리처럼 시체의 색으로 변했다.

"……!"

서찰의 내용은 아주 간단했다.

의형(義兄), 의제(義弟)가 왔소.

그가 온 것이다. 의제 살인미소가!

살인미소의 행동 방식은 늘 이런 식이었다. 더 이상 간단할 수 없는 내용이었지만 이 얼마나 많은 의미가 내포된 서찰이란 말인가?

주형광의 입술이 파르르 떨렸다. 자신도 모르게 깊은 신음을 내뱉었다.

"으으음."

그때 육우당이 차분한 음성으로 말했다. 그 음성 속에는 누구라도 감히 거역할 수 없는 무한대의 힘이 깃들어 있었다.

"회주는 그를 회피하지 말아야 할 것이오."

주형광은 커다란 망치로 뒤통수를 거세게 얻어맞은 사람처럼 정신이 혼미해지며 한참 동안이나 멍한 표정이 되었다.

주형광이 무서운 눈길로 육우당을 노려보았다.

"육 선생께서 말씀하신 바는……."

육우당이 부드럽게 웃었다.

"의형과 의제는 친형제나 다름이 없소. 의제가 만나자고 하면 의당 의형은 반갑게 맞아야 할 것이오."

"……."

육우당의 말이 이어졌다.

"의형제의 반가운 상면 자리에 본인도 반드시 참석하고 싶소. 왜냐하면 회주의 의제는 다름 아닌 본인의 조카뻘 되는 사람이기 때문이오."

주형광의 안면으로 식은땀이 배어 나오기 시작했다.

육우당은 주형광의 정체를 알고 있는 것이다.

'그에게서 이미 전말을 들은 것이겠지…….'

그로써 육우당이 자리에 참석한 이유 또한 자명한 것이었다. 육우당은 주형광의 감시자였던 것이다.

*　　　　*　　　　*

호북성 당양현(當陽縣)에 자리하고 있는 녹림(綠林).

혹자는 녹림이라고 부르기도 하고 더러는 녹림산이라고 부르기도 하는 완만한 경사의 산.

어스름한 새벽이 밝아오고 있었다.

새벽 낙조(落照)가 녹림 깊숙한 곳까지 뿌연 안개처럼 길게 휘감을 무렵, 한 인물이 고색창연한 정자(亭子) 녹정(綠亭)에서 홀로 자작을 즐기고 있었다.

백의를 걸치고 허리에는 유난히 붉은 가죽 허리띠를 하고 있는 인물, 살인미소였다.

언제였던가?

주형광은 지금과 같은 자세로 살인미소를 기다린 적이 있었다. 지금은 당시의 상황과 정반대였다. 살인미소가 자작을 즐기며 주형광을 기다리고 있는 것이다.

녹정의 후면은 만장단애(萬丈斷崖)다.

휘이이잉—

한겨울의 새벽바람이 만장단애를 타고 올라와 녹정으로 쉼없이 휘몰아쳤다. 살인미소의 백의 자락이 파라락거리며 바람 소리를 냈다.

두 사람이 녹정을 향해 천천히 걸어왔다. 한 사람은 주형광이고 또 한 사람은 육우당이다.

육우당도, 주형광도 살인미소를 발견했다.

주형광의 이마에서는 굵은 식은땀이 끊임없이 쏟아졌다.

'놈은… 지난번의 내 흉내를 내고 있는 것이다.'

그런 생각이 들자 호승심(好勝心)이 불타올랐다.

살인미소가 녹정 안에서 천천히 일어났다.

"정말이지 지금은 살인을 하기엔 참으로 좋은 날씨요."

"……."

주형광은 대답하지 못했다.

만일 육우당이 감시를 하지 않았다면 주형광은 이곳으로 오지 않았을 것이다.

조금 전, 육우당은 주형광과 함께 비룡검보를 나섰다. 그때부터 육우당은 주형광의 그림자인 양 바짝 붙어 서서 걸었다.

주형광은 보이지 않는 사슬에 묶인 사람처럼 녹정으로 향해야 했다. 육우당이 이렇게 말했기 때문이다.

"주 회주(會主)의 의제는 받은 대로 돌려주겠다 했소."

그로써 주형광은 살인미소가 녹림의 녹정에서 기다리고 있다는 것을 알게 되었다. 주형광의 발걸음이 녹정으로 향했다. 천근만근 무거운 발걸음이었다.

육우당은 마치 정다운 친구에게 말하는 것처럼 부드럽게 말했다.

"나는 살인미소를 돕지 않겠소. 다만 비검(比劍)을 지켜보겠소."

살인미소의 손에는 환우제일검가 사람들이 즐겨 사용하는 이름 없는 철검 하나가 들려 있었다.

주형광의 손에는 정백회주만이 사용할 수 있는 정백검이 들려 있었다.

두 사람은 그런 자세로 서로를 노려보고 서 있었다.

육우당은 삼 장여쯤 떨어진 곳에서 팔짱을 끼고 서 있었다. 두 사람의 비검에는 전혀 관심이 없다는 듯 지극히 태평한 표정이었다.

살인미소가 철검을 뽑았다.

스르릉—

"내가 후배이므로 먼저 검을 뽑겠소. 전혀 예의에 벗어난 행동이 아님을 인정해 주시오."

천천히 아주 천천히 살인미소의 철검이 뽑혔다.

번쩍!

눈부신 은린(銀鱗)의 광휘로움이 철검의 나신에서 뿜어져 나왔다.

주형광도 정백검을 뽑았다.

스르릉—

주형광도 최대한 느리게 뽑았다.

"너는 참으로 불가사의한 놈이로군. 너는 어째서… 어째서 죽지 않았단 말이냐?"

살인미소가 웃었다, 언제나처럼. 그러나 고개를 젓고 있었다.

"우리에게 더 이상 어떤 말이 필요하겠소?"

"……."

"서로의 검이 모든 말을 대신할 것이오."

주형광이 고개를 끄덕였다.

"그렇군, 정말 그래……."

살인미소의 철검과 주형광의 정백검이 천천히 서로의 가슴을 향해 겨누어졌다.

"……!"

"……!"

터질 듯한 적막이 주변에 무섭게 가라앉았다.

휘이잉—

만장단애 아래에서 끊임없이 불어오는 싸늘한 바람. 오늘따라 지극한 한기를 머금고 있었다.

순간과 찰나로 이어지는 시간들은 영겁(永劫)의 세월인 양 길게 느껴졌다.

지금은 승자에게만 희망이 이어질 수 있는 시간이었다.

절체절명의 미세한 순간들. 문득 주형광의 입술이 열렸다. 어떠한 말도 필요없는 시점이었음에도 그는 입을 열었다.

"네가 강하다는 것을 알고 있다. 하지만 나는 너를 두 번째로 베겠다. 왜냐하면 너는 내 인생의 가장 큰 걸림돌이므로 너를… 베겠다."

주형광은 누구보다도 커다란 야망을 품은 사람이다. 그의 야망은 살인미소가 영원히 사라져야만 찬란한 빛을 뿜게 될 것이다.

살인미소가 고개를 끄덕였다.

"내가 아는 건 나는 살고 당신이 죽는다는 것뿐!"

그때부터 주형광의 눈이 붉은빛으로 물들기 시작했다. 전신에서도 시뻘건 기류가 연기처럼 뿜어져 나왔다.

살인미소를 향한 정백검의 끝이 바람 맞은 갈대처럼 흔들리고 있었다. 그것은 내가 공력에 의해 터질 듯 팽창되어 있었다.

주형광이 살인미소의 우측으로 돌기 시작했다.

살인미소도 주형광의 우측을 노리고 돌았다.

순간, 주형광의 신형이 가볍게 떠올랐다. 마치 온몸이 기체로 화한 듯 가볍게 솟구쳤다.

피이잉—

허공을 가르며 검신일체(劍身一體)를 이룬 그가 저주스러운 검명(劍鳴)을 터뜨리며 무서운 기세로 살인미소를 덮쳐 왔다.

가공스럽게 뻗쳐 오는 죽음의 검기!

주형광의 검끝에서 폭사되는 무시무시한 혈광(血光)은 변황 지역에서 흔히 사용하는 보수화우멸겁잔백해(寶樹花雨滅劫殘魄解)였다.

치리릿—

천축 홍교의 최후 비전식(秘傳式)!

살인미소가 고개를 끄덕였다.

'황궁십팔반 무예가 주종을 이룬다고 알려져 있었는데…….'

주형광은 환상궁에 귀속된 이후 비교(秘敎) 홍교의 비검해(秘劍解)를 부단하게 연마했음이 분명했다.

검기에 스치기만 해도 혼을 빼앗기게 된다는 제일초식 멸겁잔백해(滅劫殘魄解)

그것이 암울한 검강에 실려 중원 역사상 처음으로 주형광의 정백검에 의해 시전되었다.

과오오오—

주변의 거목들과 계곡의 기암괴석들까지 검강에 의해 혹독하게 유린되기 시작했다.

멸겁잔백해는 주변 삼십 장 내의 살아 있는 생명체들을 모조리 멸절시키고야 만다는 경이적인 홍교 최고의 검강이었다.

상상조차 할 수 없을 정도로 섬뜩한 검기가 살인미소를 향해 몰려왔다.

살인미소를 중심으로 허공을 가득 뒤덮은 것은 검강의 연쇄적인 폭발로 인한 온통 붉은 기류들이었다.

치리리릿—

주변 수십여 장이 찰나지간에 붉은 안개 속에 파묻혔다. 다름 아닌 홍교의 비절식이 펼쳐졌기에 주변이 온통 핏빛으로 변한 것이다.

누구든 이 검강 속에 스치기만 하면 전신이 가루로 변해 산산이 흩어질 것이다.

주형광의 신형은 이미 흐릿한 형체로 화해 있었다.

살인미소의 신형도 솟구쳤다.

스으읏—

살인미소는 한줄기 은광(銀光)이 되었다.

은광은 어느새 붉은 안개로 화한 주형광의 혈광(血光) 사이를 예리하게 가르고 있었다.

번쩍!

철검이 무수한 은빛 광망을 폭사시키며 허공을 그었다.

챙챙챙챙—!

은빛 광망과 붉은 기류가 뒤섞이자 엄청난 불꽃이 튀었다. 그것은 뇌섬처럼 갈라지며 바닥으로 처박혔다.

붉은 기류 속에서 주형광의 음성이 들려왔다.

"정녕 놀랍구나! 네가 언제 환우삼십육검식을 모조리 터득했단 말인가?"

살인미소의 대답 소리는 들려오지 않았다.

그 대신 살인미소가 일으킨 은빛 광망이 순간적으로 희미해졌다. 가공할 속도로 움직였기에 그렇게 보였다.

주형광의 모습은 아직까지도 붉은 형체였다. 붉은 형체를 향해 수십 줄기의 눈부신 은광이 일제히 날아갔다.

피이잇—

은빛 광망이 폭사되어 오자 주형광은 수십 개의 분영(分影)으로 화했다.

붉은 분영들이 일제히 꿈틀거리며 살인미소가 일으킨 수십 줄기의 은빛 도광들을 무력하게 만들었다.

까앙— 깡깡깡깡—

태양의 잔광처럼 부서지며 무수한 검의 편광(片光)들이 허공을 뒤덮었다.

이어 회오리처럼 말려 올라가는 검풍(劍風)과 검풍!

두 자루 검에서 퉁겨져 나간 잔광과 편광들이 떨어진 곳에서는 가공할 폭발음이 터지며 주변이 모조리 초토화되기 시작했다.

우직! 우지직!

녹정의 지붕이 통째로 날아갔다. 기둥들도 뽑혀 날아갔다.

쾅— 콰르르릉!

녹정은 몇 줄기의 먼지로 화해 그 자리에서 사라져 버렸다.

이윽고 허공에는 두 종류의 선명한 기류만이 존재했다.

어느 순간, 주형광의 전신이 흐릿하게 현신했다. 그의 온몸에서는 피보다 더 짙은 붉은 기류가 폭포처럼 흘러나왔다.

"으으음……."

낮은 탄식성이 주형광의 입에서 터져 나왔다. 주형광은 약간의 어지러움을 느꼈다. 살인미소의 철검에서는 눈부신 기류들이 무더기로 쏟아져 나왔다.

핏— 피이잇—

주형광의 정백검날이 다시 살인미소를 향하며 붉은 기운이 무섭게 폭사되었다. 그것들이 또다시 뒤엉키기 시작했다.

번쩍! 번쩍!

또다시 폭발하는 굉렬한 폭음.

콰아아앙—!

땅거죽이 가뭄 든 논바닥처럼 무수한 균열을 일으키며 갈라졌다. 거대한 바위들이 통째로 튀어 올랐다. 대지가 흔들리며 모래바람이 허공 수십 장 높이까지 휘몰아쳤다.

우릉— 우르르릉—

계속해서 천지가 개벽하는 듯한 굉음이 진동했다.

순간적으로 핏빛의 검강과 은색의 검광이 수백 번이나 더 뒤섞였다.

그 순간 두 사람은 각각 자신의 본래 모습으로 화하며 지면으로 가볍게 떨어져 내렸다.

스르르—

살인미소가 벙글거리며 현신했다. 주형광도 무표정을 가장하고 현신했다.

스스슷—

살인미소가 철검을 땅에 박았다.

"이건 진심이오. 한때는 당신을 존경했었소."

주형광이 휘청거렸다.

"……!"

살인미소가 또다시 중얼거렸다.

"당신은 정말이지 완벽하게 최악(最惡)을 최선(最善)으로 가장했었소. 천하에 주형광이 아니라면 누가 그만한 일을 할 수 있었겠소?"

주형광이 검붉은 피를 토했다.

"커억!"

주형광의 육골(肉骨)이 흩어지기 시작했다.

사지(四肢)가 수십 조각으로 화했다. 목이 분리되었으며 머리가 네 쪽으로 갈라졌다. 긴 척추가 마치 도끼질을 해놓은 것처럼 쪼개져 날아갔다.

후두두둑.

사지백해(四肢百骸).

그로써 주형광의 흔적은 영원히 지워졌다.

과연 살인미소는 받은 대로 돌려주는 자였다. 지금까지 말없이 지켜

보기만 하던 육우당도 머리를 저을 정도였다.

'지독하군……'

휘이이잉―

이번에 불어오는 바람은 주형광의 전신에서 뿜어졌던 검붉은 핏물로 인한 붉은색의 바람이었다.

*　　　*　　　*

환우제일검 풍백은 함부로 검을 뽑지 않기로 유명한 사람이다.

그는 언제나 선별된 살인만 했다. 지금도 그랬다. 풍백은 단 한 사람을 베기 위해 철검을 움켜잡았다.

풍백은 환상궁의 총단을 향해 조용하게 걸음을 옮기고 있었다.

"……."

그의 눈망울은 사슴의 눈동자처럼 맑고 투명했다. 입술은 한일 자로 굳게 다물려 있었다. 도무지 당장 살인을 감행하기 위해 길을 잡은 사람 같아 보이지 않았다.

하지만 그는 강력한 살인을 생각하고 있었다.

그는 환상궁의 총단 내부 깊숙한 곳에 잠입해 있었다. 이미 가장 깊숙한 심처(深處)에 들어와 있는 것이다.

풍백은 두 개의 철문(鐵門)을 지났고, 네 곳의 미로(迷路)를 지나며 네 개의 요처(要處)를 지났다.

그동안 아무도 만날 수 없었다. 환상궁주의 거처는 오직 환상궁주만이 알고 있었으므로 풍백은 아무도 만날 수 없는 것이다.

풍백은 깨알처럼 많은 날들을 파천원에서 지내며 환상궁주의 거처를 파악했었다. 파천원 전체 도면과 환상궁 총단 전체 도면을 열 번도 더 넘게 그려보았던 풍백이었다.

그가 그렇게 연구를 했다면 이미 결론을 얻었을 것이다. 그 결론에 따라 풍백은 움직이고 있었다.

과연 환상궁주는 풍백이 예상했던 바로 그곳에 있었다.

그곳은 환상궁의 총단 내부가 아니었다. 어이없게도 수천 명에 이르는 점소이의 침전(寢殿)인 이천 평 규모의 중천각(衆天閣) 지하였다.

"어서 오게."

미장부(美丈夫)는 야릇한 미소를 입가에 머금고 있었다. 살인미소보다 겨우 두세 살 정도 더 들어 보이는 헌헌장부였다.

환상궁주였다.

환상궁주는 태사의에 비스듬하게 몸을 기댄 채 활활 타오르는 눈길로 풍백을 노려보고 있었다.

풍백은 겸허한 자세를 취했다.

"궁주께서는 그동안 이 풍모(某)를 심하게 박대하셨소이다. 더 이상 참을 수 없소이다."

환상궁주가 특별한 반로환동(返老還童)의 수법을 쓰고 있다는 것을 풍백이 어찌 모르겠는가?

환상궁주가 천천히 태사의에서 몸을 일으켰다.

"천하의 인물 중에 이곳까지 본좌를 찾아올 사람이 있다면 단 한 사람, 자네가 될 것이라 짐작하고 있었네."

"때문에 그동안 이 풍모를 심하게 핍박했었던 것으로 알고 있소이다."

"그랬네. 본좌는 자네가 면전에 나타나지 않기를 진심으로 빌고 또

빌었네.”

“두렵소이까?”

환상궁주가 고개를 저었다.

“내가 두려운 것은 자네가 아니라 자네 뒤에 방금 나타난 저 아이일세.”

풍백의 뒤로 살인미소와 육우당이 천천히 들어서고 있었다.

살인미소 또한 파천원에 머무르며 수십 번이나 파천원 전체 도면과 환상궁 전체 도면을 그렸다가 지우고, 또 그렸다가 지우곤 했었다.

천하에는 살인미소만큼 영리한 젊은이가 흔치 않을 것이다.

‘왜 아버지께서는 그토록 오랜 기간 동안 파천원에 머물고 계신 것일까?’

살인미소는 아버지의 내심을 읽게 되었다.

‘나까지 데리고 이곳에 머물고 계시는 이유는 바로 환상궁주의 최후 도피처를 파악하라는 무언의 암시일 것이다.’

그때부터 살인미소는 화화 공자가 되었다.

파천원 전체를 제 집 안방 드나들듯 헤매고 다녔다. 그럴 때마다 수많은 여인들과 어울렸다.

‘여인들이란 원래 좀 입이 싸긴 하지.’

살인미소는 여인들의 입을 통해 환상궁의 내부까지 어느 정도 파악할 수 있었다.

풍백은 뒤돌아보지 않고 말했다.

“내 아이를 그토록 높이 보아주시니 진심으로 감사드리오.”

환상궁주가 태사의 앞 칠보탁자에 놓아둔 보검을 움켜잡았다.

긴장의 빛이 그의 안면으로 새겨졌다. 상대는 풍백과 육우당, 그리고 살인미소까지 셋이나 된 것이다.

풍백은 환상궁주의 내심을 재빠르게 간파했다.

"이 풍모가 궁주와 검을 섞는다면 내 친구와 내 아들은 전혀 관여하지 않을 것이오. 그 점은 내가 보장하겠소이다."

육우당이 쓴웃음을 지었다.

'또 고집을 피우는군.'

육우당과 살인미소가 나타난 이유는 합검(合劍)으로 환상궁주를 베기 위해서였다. 풍백은 누구보다도 그 점을 잘 알고 있었다.

풍백에게 한 가지 단점이 있다면 그것은 지나친 자부심이었다. 풍백은 환상궁주와의 일 대 일 비검을 원하고 있는 것이다.

환상궁주가 차갑게 웃었다.

"자네는 나를 더 몹쓸 인간으로 만드는군. 친구의 죽음을 친구에게 보여주길 원하고 있고 아비의 죽음을 아들이 보길 원하고 있구나."

풍백도 차갑게 웃었다.

"그럴지언정 나는 친구와 합검할 수 없는 사람이고 아들과 합검할 수 없는 사람이외다."

살인미소도 쓴웃음을 지을 수밖에 없었다.

'역시 아버지다.'

환상궁주가 풍백 앞으로 천천히 다가오며 말했다.

"그대와 나는 좋은 비검을 하게 될 것 같다. 그대는 이 장소가 너무 협소하다고 생각하지 않는가?"

풍백이 고개를 끄덕였다.

"내가 아주 좋은 장소 한곳을 알고 있소이다. 추천해도 되겠소이까?"

환상궁주가 고개를 끄덕였다.

"이곳만 아니라면 나는 조금도 상관하지 않겠네."

풍백이 조용하게 웃었다.

"응해주셔서 감사드리오. 그 장소는 언젠가는 이 몸이 반드시 뉘어질 곳이기에 추천한 것이외다."

풍백의 몸이, 언젠가 반드시 누여질 곳이 있다면 오직 단 한 군데가 있을 뿐이다.

환우제일검가 내부 후원(後園) 정중앙에 마치 하나의 전각처럼 거대하게 자리하고 있는 운지령의 무덤 옆이 될 것이다.

살인미소의 어린 시절, 매일 아침마다 무덤 앞에서 문안 인사를 올리던 바로 그곳이었다.

이른 봄이면 운지령의 무덤가에는 언제나 제일 먼저 목련이 만발했었다. 환우제일검가 내부에서 가장 양지바른 곳이기 때문이다.

풍백의 거처였던 가주전(家主殿)에서 정면으로 바라보면 우선 연무장이 보이고 그 너머 후원이 보인다.

그 후원 중앙에 덩그러니 자리한 운지령의 무덤. 그곳이 언젠가는 반드시 풍백의 몸이 누여질 곳인 것이다.

환상궁주는 어이없다는 표정을 지었다.

'……'

이 장소를 택할 것이라고 전혀 예상하지 못했음이 분명했다.

이때 풍백의 표정은 실로 기묘난측했다.

"……"

역시 한일 자로 굳게 입술을 닫고 있었지만 일만 가지의 감정이 되살아나고 있음이 분명했다.

살인미소 또한 풍백과 똑같은 감정을 감출 수 없었다. 육우당도 비슷한 감정에 휩싸여 있었다.

환상궁주가 천천히 보검을 뽑았다.

"본좌는 시간을 중히 여긴다."

풍백도 철검을 뽑았다.

"그 점… 나도 그렇소."

육우당과 살인미소는 천천히 뒷걸음질을 쳤다. 그로써 이 비검에는 관여하지 않음을 간접적으로 나타냈다.

번쩍! 번쩍!

두 검날에서 무서운 빛줄기가 발산되었다.

우우우웅—

두 검의 날끝으로 서로의 진력이 주입되기 시작했다. 두 검날은 각각 은빛과 혈광으로 물들기 시작했다.

"……."

"……."

죽음과 같은 고요와 적막이 삽시간에 천지 아래로 내려앉았다. 터질 것 같은 긴장과 살기가 수십여 장이나 뻗어 나갔다.

원래 고수들의 비검은 오랜 시간이 걸려야 승패가 엇갈린다. 어떤 경우에는 칠 주야를 싸울 때도 있다. 그만그만한 실력을 갖추고 있기 때문이다.

초극한 경지를 이룬 고수들의 비검은 삽시간에 승부가 결정난다. 한 순간에 최상승의 절예를 시전하기 때문이다. 때문에 초극고수들의 승부는 상승 절예의 우열(優劣)이 결정되는 순간 끝이 나고 만다.

환우제일검 풍백과 환상궁주의 비검은 삽시간에 승부가 결정지어질 것이 분명했다.

환상궁주가 혈광을 흩날리며 풍백의 전면으로 번득이는 순간, 풍백은 환우삼십육검법 중 최상승의 절학인 제삼십오식 환우독패해(寰宇獨霸解)를 시전했다.

고오오오ㅡ!

더 이상의 검예지학은 없다고 알려져 있는 환우독패해! 여타의 무공 진산들을 가치없이 만들어 버리는 독패의 검식이었다.

쾌(快)를 갖추었으며 동시에 정(靜)을 갖추었고, 살(殺)의 초미를 이루었는가 하면 생(生)의 정화를 이룬다.

시전자는 이미 상대의 목숨을 쥐고 있는 것이나 마찬가지였으므로 천만(千萬) 종 검예 중 맨꼭대기에 위치해 있다.

제삼십사식 환우독패절(寰宇獨霸切)의 미비점을 보완해 백 년 전에 완성된 초유의 검초이기도 했다.

그런데 환상궁주의 검초는 기이했다.

마주 검을 대하고 있는 풍백이나 관전하는 육우당과 살인미소조차도 일견에 파악할 수 없는 이상한 검초였다.

치리리릿ㅡ

다만 붉은 뇌섬을 이룬 삼십여 줄기의 검기가 촘촘한 그물처럼 가득하게 풍백을 향해 번쩍거렸다.

까아아앙ㅡ

두 자루의 검날이 부딪치며 고막을 터뜨릴 것 같은 굉음이 토해졌다.

그것으로 모든 것이 끝이었다.

“으으음…….”

풍백의 입에서 낮은 신음이 흘러나왔다. 그 순간 풍백의 신형이 엎어지고 있었다.

쿵!

풍백의 입에서 엄청난 양의 선혈이 쏟아졌다.

환상궁주는 태연을 가장하고 있었다.

“……!”

그의 동공이 흔들렸고 시선이 흔들렸다.

환상궁주의 오른쪽 가슴에서 붉은 선혈이 뭉클뭉클 솟아 나왔다. 그는 왼쪽 어깨에서 비스듬하게 오른쪽 가슴까지 검상을 입고 있었다.

“……!”

환상궁주의 시선이 흔들리고 있는 것은 육우당과 살인미소의 공격을 내심 두려워하고 있기 때문이었다.

살인미소는 심한 혼돈 속을 헤매어야 했다.

살인미소는 환상궁주의 심각한 외상을 기회로 삼아 일검을 날리고 싶었다. 지금보다 더 좋은 기회는 결코 찾아오지 않을 것이다.

그렇지만 지금 일검을 발출하면 비겁자라는 멍에를 평생 짊어지고 살아야 한다.

입으로는 말하지 않았지만 두 사람의 비검에 관여하지 않기로 무언의 약속이 되어 있었다.

“…….”

살인미소의 입술에 경련이 일어났다. 아버지 풍백의 안위를 일견으로 확인할 수 없었기 때문이다.

육우당이 환상궁주를 향해 빠르게 말했다.

"당신이 지체한다는 것은 누구에게도 의미가 없는 일이오."

환상궁주가 입술을 일그러뜨리며 간신히 말했다.

"그대는 나에게 검을 겨누고 싶은 마음이 전혀 없는가?"

육우당이 솔직하게 말했다.

"그러고 싶소."

"으음……."

"하지만 나는 비겁할 수 없소."

"…그렇군."

"그 점은 조카(살인미소)도 마찬가지요."

환상궁주가 억지웃음을 만들었다.

"한 가지를 알게 되었다. 천하에는 비겁하지 않은 자들도 있다는 사실을……."

환상궁주가 등을 돌렸다. 천천히 그의 등이 멀어져 갔다.

육우당과 살인미소가 재빨리 풍백을 안아 일으키며 상세(傷勢)를 살폈다.

"아아……."

육우당이 장탄식을 내뱉었다.

풍백의 맥박은 간신히 헐떡이고 있었다. 모든 전신 요혈과 심맥은 가위질을 해놓은 것처럼 모조리 절단되어 있었다.

마도예검(魔刀藝劍)… 마침

풍백은 눈을 뜨지 않았다.

심장 박동이 비정상적으로 뛰었다. 호흡도 안정을 되찾지 못했다. 맥박 또한 비정상적으로 팔딱거렸다.

풍백은 치명적인 상세를 입었다. 식물인간이 된 것이다. 하지만 사고(思考)는 할 수 있었다.

풍백 옆에는 살인미소와 육우당이 조용하게 앉아 있었다.

"……."

풍백은 지난 일주일 동안이나 혼수상태로 지냈다. 의식이 돌아온 것은 어제였다. 하지만 여전히 눈을 뜨지 않았다.

살인미소는 아버지가 눈을 뜨지 않고 있는 이유를 알고 있었다. 풍백은 자신이 입은 검상(劍傷)으로 해야 할 말들을 모조리 대신하고 있었다.

풍백이 입은 치명적인 검상! 정말로 많은 말을 하고 있었다.

풍백을 지금의 상태까지 호전시켜 놓은 인물은 다름 아닌 살인미소였다. 살인미소는 사실 대단한 의가(醫家)이기도 했다.

살인미소는 과거 생선이 소장했던 의가(醫家)의 절대비급인 백화정분제조해(百花精粉製造解) 상하 진본(眞本) 두 권과 단혼산도치료해(斷魂散圖治療解) 진본 다섯 권을 달달 외우고 있었다.

당시, 죽은 감 장로를 살려냈던 살인미소였다. 그로써 생선 다음으로 천하명의가 되어 있는 그였다.

살인미소는 일주일 동안 풍백의 검상을 치료했다. 그 결과, 풍백은 꺼져 가는 생(生)을 되찾을 수 있었다.

아버지 풍백을 치료하며 살인미소는 대단히 중대한 사실 한 가지를 발견했다.

'아버지는 천하에서 가장 지고지순하다고 알려진 소림사의 절대검식에 의해 전신 심맥이 모조리 끊어지신 것이다!'

검예는 반드시 정체를 나타낸다. 풍백이 깨어난 이후 단 한 번도 눈을 뜨지 않은 이유는 바로 그 때문이었다.

풍백도 자신이 당한 절예가 어떤 것이었는지를 이미 알고 있었다.

눈을 뜨면 그 말을 해야 한다. 말을 하자면 반드시 자신이 당한 검예가 어떤 종류였는지를 말해야 한다.

풍백은 아들에게 검상을 보여준 것으로 백 마디의 말을 대신했던 것이다.

풍백과 살인미소는 벌써부터 환상궁주의 정체에 대해 추리를 거듭하는 중이었다.

풍백은 당시, 단 일 검을 받은 것처럼 보였지만 사실은 도합 아홉 가지의 절격식을 한꺼번에 받았다.

환상궁주는 그야말로 쾌검식의 진수를 보여준 것이다.

허식분금(虛式分金), 금강복호(金剛伏虎), 금륜도겁(金輪渡劫), 부구포수(浮丘泡袖), 홍애지편(洪涯指扁), 회두시안(回頭是岸), 횡강비도(橫江飛渡), 행공전운(行空展雲), 해천무종(海天無踪).

달마십삼검법(達磨十三劍法) 중 네 가지 검식이 생략된 이 아홉 가지 검초였다.

살인미소의 생각이 이어졌다.

'환상궁주는 최고 수준에 도달해 있는 검예를 사용할 수밖에 없었을 것이다.'

풍백과 마주 검을 대하면 누구나 절정의 검예를 사용해야 할 것이다.

'그렇다면 그는 과연 누구란 말인가?'

환상궁주는 난해한 문제 하나를 이미 제시한 셈이었다. 답은 살인미소가 풀어야 했다.

풍백도 그 문제를 풀어야 했다. 눈을 감은 채 그 문제에 대해 골똘하게 생각 중이었다. 그러면서 풍백은 누군가를 기다리고 있었다.

풍백이 기다리는 사람은 감 장로였다. 풍백은 환상궁주와의 결전을 감행하기 전, 감 장로에게 모종의 밀명을 내렸었다.

감 장로는 풍백에게서 받은 밀명을 수행 중이었다.

이곳은 무릉도원의 도향소축이었다.

풍백은 침상 위에 일주일 내내 누워 있으며 살인미소에게 치료를 받았다.

문득, 살인미소가 몸을 일으켰다.

육우당이 살인미소를 바라보며 고개를 끄덕였다.

"조카는 안심하고 다녀오게. 나는 조카가 다녀올 동안 호법을 서겠네."

살인미소가 육우당에게 고개를 숙였다. 말은 필요없었다. 살인미소가 하고 싶은 말을 육우당이 먼저 해버렸기 때문이다.

＊　　　＊　　　＊

천하제일루는 여전히 손님들로 인산인해를 이루고 있었다.

내부 수리는 완전히 끝났다. 천하제일루는 정말로 내부 수리를 말끔히 마쳤다. 하루 백여 명의 인원이 동원되어 십여 일에 걸쳐 확장할 곳은 확장하고 수리할 곳은 수리를 했다.

새롭게 단장된 천하제일루!

소문은 언제나 빠른 것이다. 천하의 한량들은 안달이 났다. 이런 소문이 인근에 좌악 퍼졌기 때문이다.

—규모가 엄청 커졌을 뿐만 아니라 내부 장식이 아방궁 못지않다더라.

—한결같이 월궁의 항아를 닮은 천하제일의 기녀들이 백여 명이나 새로이 왔다더라.

—새로이 온 주방장들은 천하에 존재하는 모든 산해진미를 요리할 수 있으며 천하제일의 모든 명주를 완벽하게 구비해 놓았다더라.

천하제일루는 미어터질 지경이었다. 그렇지만 천하 사람들은 알지 못했다.

천하제일루의 내부 수리 기간은 다름 아닌 환상궁과의 처절한 생사 결전을 치르는 기간이었다는 것을!

한밤중이었다.

천하제일루의 밀실로 중요 인물들이 하나둘 모여들기 시작했다.

마평이 그들을 맞았다. 마평은 환상궁과의 대혈전에 참여하지 않았다. 무공에 있어서는 범부(凡夫) 수준인 마평이었다. 안위(安危)를 염려한 살인미소가 천하제일루 수리를 총괄하게 한 것이다.

절정문의 사대장로가 먼저 모습을 나타냈다.

철풍선, 누죽호, 천태모, 옥개혈 그들이었다.

곧 이어 달사신궁의 장문인들이 들어섰다.

반명화랑 화류의 모습은 보이지 않았다. 혼해마물 혈전노는 검은 천 조각을 가슴에 달고 있었다. 그것은 애도(哀悼)를 상징하는 천 조각이었다.

귀검면옹 철웅성은 검은 상자 하나를 안고 들어왔다. 그 상자 안에는 반명화랑 화류의 수급이 들어 있었다.

"실로 안타까운 일이었소. 눈먼 화살 하나가 화(花) 장문인의 목을 꿰뚫고 말았소."

마지막 혈전이 벌어진 당시, 살인미소가 환상궁의 부궁주 범천을 죽이자 승기는 곧바로 살인미소 측으로 기울었다.

수만 명에 달하는 환상궁의 마지막 절진 홍천마라혈불대진(紅天魔羅血佛大陣)이 급격하게 무너졌다.

절정문의 사대장로, 광천칠마제와 마문의 인물들, 귀검면옹 철웅성이 이끄는 대달단일천기마대, 반명화랑 화류가 이끄는 사라빙궁의 여인들, 혼해마물 혈전노가 이끄는 부상신풍가의 인물들.

이들이 홍천마라혈불대원들 사이로 뛰어들며 마음껏 시살하기 시작했다.

살인미소가 범천을 일찌감치 죽여 버린 것은 홍천마라혈불대진의 위력을 무력화시키기 위해 철저하게 계산된 포석이었다.

뜻밖에 범천이 일찌감치 죽게 되자 홍천마라혈불대원들은 우왕좌왕하기 시작했으며 대오가 급격하게 무너졌다. 전체를 지휘할 지휘자를 잃은 것이다.

홍천마라혈불대원들은 지리멸렬하기 시작했다. 진식의 맹점이 그런 것이다. 적절한 지시와 엄격한 통제를 받을 수 없는 진인(陣人)들은 자중지란까지 일으켰다.

이 틈을 놓칠 천마제가 아니었다.

"쓰레기를 치워야겠어, 인간 쓰레기들을!"

그는 피의 홍수를 일으켰다.

나머지 광천칠마제와 마문의 인물들도 마찬가지였다.

"기꺼이 동참하겠습니다."

그들도 시체의 산을 이루기 시작했다.

반명화랑 화류와 사라빙궁의 여인들도 마찬가지였다. 그녀들은 손목이 시끈거릴 정도로 홍천마라혈불대원들의 뼈와 살을 갈랐다.

"일방적인 도륙이 되었어."

귀검면옹 철웅성과 대달단일천기마대, 그들도 무차별적인 살업을 감행했다.

두두두둑—

그들의 말발굽 아래로 셀 수도 없는 홍천마라혈불대원들의 목숨이 유린되었다. 죽는 자들은 몇 번씩이나 죽어야 했다.

한번은 도검에 의해, 또 한 번은 말발굽에 채여…….

이들 중 혼해마물 혈전노가 이끄는 부상신풍가의 인물들은 실로 놀라운 검술을 선보였다.

닌자술이란 쾌(快)와 속(速)의 결정판이다.

번쩍!

그들의 검초는 극히 간단했다. 하지만 이들은 가장 짧은 시간에 가장 많은 인원을 베어 나갔다.

"으아악!!"

동선(動線)을 최대한 아껴가며, 힘을 최대한 비축해 가며 그들은 오로지 인간의 목숨을 절단 내는 일에만 최선을 다했다.

그로써 부상신풍가의 인물들은 여타의 인물들보다 두 배나 많은 홍천마라혈불대원들의 목숨을 빼앗았다.

홍천마라혈불대진은 완전히 무너졌다. 그들은 모조리 시체로 화했다. 시체는 인간에게 두려움을 주는 존재가 아니었으므로 그들은 곧바로 환상궁의 총단을 향해 몸을 날렸다.

반명화랑 화류가 가장 빨랐다. 그녀가 이끄는 사라빙궁 여인들과 함께였다.

그때, 환상궁의 총단에서 그녀들을 향해 수천 개의 화살을 쏘았다.

슈욱— 슉슉슉—

"아! 피해라!"

반명화랑 화류 입에서 안타까운 외침이 터졌다.

전혀 예측하지 못한 공격을 불시에 받은 것이다.

수천 개의 화살. 사라빙궁의 여인들은 그 자리에서 떼죽음을 당했다. 사라빙궁 여인들 반수가량이 허공을 움켜잡으며 죽어갔다.

반명화랑 화류는 사라빙궁의 여인들에게 은신처를 먼저 찾으라고 외쳤다. 화살에서 시선을 떼고 눈길을 휘하 여인들에게 준 것이다. 그 순간, 강력한 힘을 지닌 화살 하나가 그녀의 목을 꿰뚫었다.

퍼억!

"아악!"

반명화랑 화류는 그렇게 생을 마감했다.

귀검면옹 철웅성이 반명화랑 화류를 향해 몸을 날렸지만 이미 늦었다. 그녀는 절명하고야 말았다.

귀검면옹 철웅성은 그녀의 시체가 어중이떠중이들의 시체와 섞여 썩어가는 것을 안타까워했다. 그래서 그녀의 목을 잘라냈다.

"양지바른 곳에 묻어주겠소."

반명화랑 화류는 그렇게 머리만 돌아온 것이다.

마문의 문주 천마제도 밀실로 들어섰다.

그러나 그를 따라 들어선 마문의 장로들은 둘뿐이었다. 검마제와 도마제, 그들만 들어선 것이다.

더구나 두 사람은 심각한 화상을 입고 있었다.

천마제의 안색은 파리하게 변해 있었다.

"지독한 놈들. 총단 주변에 폭약을 매설해 두고 우리를 기다리고 있었소."

천마제가 이끄는 마문의 인물들은 환상궁의 후미인 서쪽 방향을 택해 총단으로 난입했었다.

그런데 그때 총단 건물 바로 앞에서 대폭발이 일어났다. 마문의 인물들은 거기서 대부분 생과의 이별을 고했다.

천마제의 몸이 부르르 떨렸다.

"놈들이 우리가 침입하는 것을 알면서도 후문 방비를 허술하게 한 이유는… 바로 폭약을 매설해 두었기 때문이었소."

마문의 인물들이 새카만 재로 화해 흩어지는 것을 본 천마제는 눈이 뒤집혔었다.

"찢어 죽일 놈들! 나도 이곳에 뼈를 묻겠다."

천마제는 미치광이가 되었다. 생존한 도마제와 검마제, 그리고 마문의 생존자들과 함께 총단 내부로 몸을 날렸다.

그곳엔 환상궁의 내단(內壇) 정예 수천 명이 우글거리고 있었다. 그들은 침입자들을 기다리고 있었다.

마문의 인물들은 그곳에서 죽고 싶었다. 그들은 앞뒤 가리지 않고 환상궁의 내단 정예들을 향해 무차별적으로 도검을 날리며 몸을 날렸다. 진짜로 죽고 싶은 마음이 들어 그랬다. 그들은 무차별적인 살행을 감행했다. 그러나 그들은 죽지 않았다. 모조리 죽은 것은 환상궁 내단의 수천 명 정예대였다.

잠시가 안 되어 칠기파파와 단상, 마돈나가 들어섰다. 그러나 살인미소는 나타나지 않았다. 단상이 그 이유를 설명했다.

"소가주께서는 소림사로 향하실 예정입니다. 때문에 내일쯤에나 도착하실 겁니다."

단상보다 무려 다섯 배나 나이가 많은 천마제가 알겠다는 듯 고개를 끄덕였다.

"삭발할 것은 아닐 테고… 드디어 흉수의 꼬리를 잡았군."

단상은 농담을 할 줄 모르는 사람이다. 어색한 농으로 대답했다.

"그분은 아마도… 꼬리가 아닌 머리를 잡았을 겁니다."

정말 썰렁한 농담이었지만 좌중 인물들이 큰 소리로 웃었다.

이들이 웃은 진짜 이유는 그때부터 천하제일루의 일급기녀들이 푸짐한 주안상을 줄줄이 들고 왔기 때문이었다.

최고급의 술과 최고급의 안주, 그리고 천하제일루의 일급기녀들.

그들이 목말라 하던 모든 것이 한꺼번에 등장했으므로 그들은 박속처럼 하얗게 웃은 것이다.

조금 전의 일이었다.

살인미소는 천하제일루의 밀실로 향하기 위해 도향소축을 나섰다.

그런데 그때 감 장로와 마주쳤다. 감 장로는 할 말이 있다며 살인미소를 다시 도향소축 안으로 이끌었다.

풍백은 여전히 눈을 감고 침상에 누워 있었다. 육우당은 참선하는 고승처럼 바닥에 앉아 고서(古書)를 읽고 있었다.

풍백과 육우당, 살인미소와 감 장로.

지금 도향소축 주변에는 단 네 사람만 있는 것처럼 보일 것이다.

만일 그렇게 생각한다면 대단한 오산이다. 현재의 도향소축 주변에는 자금성의 경비만큼이나 살벌한 호법이 세워져 있었다.

환우십이영. 보이지는 않지만 분명히 존재하는 그들이 도향소축 주변을 철통같이 감시하고 있었다.

그들은 삼무(三無)의 소유자들이다. 인정, 감정, 그리고 인간미…….

누구든 환우십이영이 인식하지 못하는 사람들이 주변을 얼씬거린다면 찰나지간에 올올이 다져진 고깃덩어리로 화하게 될 것이다.

그들은 애초부터 그렇게 연성된 인물들이었다.

더구나 이곳에는 환우제일검가의 가주 풍백이 엄중한 상세를 입고 있다. 도향소축은 안전하기가 태산과 같았다.

살인마 소와 함께 도향소축으로 들어선 감 장로가 풍백을 향해 장읍(長揖)을 올렸다. 감 장로가 빠르게 말했다.

"저는 가주님의 명령에 따라 환상궁주의 뒤를 밟기 시작했습니다."

그것이 풍백이 감 장로에게 내렸던 밀명이었다. 감 장로가 이어 말했다.

"가주님께선 환상궁주와 대결을 하시기 전 이런 말씀을 하셨습니다. 만일 환상궁주가 이기고 돌아간다면 그의 뒤를 철저하게 밟아 소재를 파악해 두라고 말입니다."

육우당이 고개를 끄덕거렸다.

"나도 그 점을 짐작했었소."

감 장로가 처음부터 모습을 보이지 않았던 이유가 바로 그 때문이었다.

"환상궁주는… 놀랍게도 소림사로 향했습니다. 그러나 그가 소림사 안으로 들어섰는지는 저도 알 수 없습니다. 오유봉(五乳峰) 근처에서 갑자기 사라졌기 때문입니다."

"……."

"저는 그냥 되돌아올 수 없었습니다. 소림사로 가 혜허 선사를 만날 요량으로 면회를 신청했습니다. 혹시 어떤 인물이 갑자기 방문하지 않았는가, 그 점을 알고 싶어서였습니다."

풍백은 듣기만 했다. 육우당이 고개를 끄덕였다.

"현명한 판단이셨소."

"저는 면회를 요청한 후 반 시진이나 기다렸습니다. 그런데 혜허 선사는 저를 면회할 수 없다는 것이었습니다. 돌연히 면벽 연공에 들었다는 겁니다."

"……!"

육우당이 갑자기 눈빛을 빛냈다. 살인미소도 마찬가지였다. 살인미소가 고개를 끄덕였다.

"내가 그를 만나야겠소."

감 장로가 고개를 저었다.

"소림사 면벽동은 소림사의 장로들이라 해도 함부로 접근할 수 없는 곳입니다. 귀신이라면 혹시 모르겠지만……."

살인미소가 헤실거리며 웃었다.

"내가 귀신이 아니면 누가 귀신이겠소?"

"……."

육우당도 감 장로도 살인미소가 그렇게 말하자 더 이상 이의를 제기하지 않았다.

살인미소는 곧바로 도향소축을 나섰다.

슷―

살인미소의 신형이 즉시 소림사 방향으로 사라졌다.

컴컴했다.

뚝― 뚝― 뚝―

암굴(暗窟)로 스며든 물방울이 바닥으로 떨어지는 소리만이 간간이 들려왔다.

도무지 빛이라곤 없었다. 무간(無間)의 공허(空虛)만이 그곳에 존재
했다.

이곳은 소림사 심처(深處) 중의 심처인 면벽동이었다.

아니, 그곳에 존재하는 것이 있었다. 혜허 선사였다.

"……."

면벽동 안에 아무것도 존재하지 않는 것처럼 보여졌던 이유는 그가
눈을 감고 있었기 때문이다. 눈을 뜨고 있었다면 벌써부터 두 줄기 안
광이 뻗쳤을 것이다.

혜허 선사는 면벽 연공 중이었다.

소림사 장문인이라면 누구나 평생에 걸쳐 몇 번씩이나 참선의 도를
깨우치기 위한 면벽 연공에 든다.

소림사는 선종의 발상지다. 참선을 통한, 면벽을 통해 불도를 얻
는다는 발타 대선사의 불선도(佛禪道)를 지금까지 따르고 있는 것이
다.

문득, 혜허 선사가 눈을 떴다. 그의 두 눈동자에서 발산된 두 줄기
광망이 번쩍! 귀화(鬼火)처럼 뻗어 나왔다.

"……."

혜허 선사의 입술에 가느다란 경련이 일어났다.

"누군가?"

그의 음성이 쩌렁하게 면벽동 내부를 울렸다.

스으읏—

한줄기 미세한 바람이 혜허 선사 앞으로 쏘아져 왔다. 바람은 살인
미소였다.

"……."

살인미소는 대답하지 않았다. 다만 타오르는 불길처럼 이글거리는 광망으로 혜허 선사를 노려볼 뿐이었다.

혜허 선사의 허연 검미에 은은한 노기가 맺혔다.

"시주는 소림사의 면벽동이 금역 중의 금역이라는 사실을 모르는가?"

살인미소가 분노를 드러냈다. 살인미소는 경어를 생략했다.

"알고 있소. 아울러 속세에 물든 자는 절대로 면벽동을 출입할 수 없다는 사실도 잘 알고 있소."

"으으음……."

"속세에 적(籍)을 둔 자나 속세에 미련을 지닌 자도 면벽동에 들 수 없음 또한 알고 있소."

"시주는 무슨 요망한 말을 하려는 것인가?"

"면벽동은 연공을 위한 성역이지 치료(治療)를 위한 장소가 아니라는 것을 말하려는 것이오."

"……."

잠시 무겁고 암울한 침묵이 면벽동 안을 감돌았다.

혜허 선사가 천천히 일어섰다. 그의 고개가 끄덕여졌다.

"너는 어떻게 그 사실을 알았는가?"

살인미소가 단호하게 말했다.

"피 냄새 때문이었소."

혜허 선사가 또 고개를 끄덕였다.

"그럴 것이다. 나는 백 가지를 위장할 수 있어도 피 냄새만은 감출 수가 없었다. 때문에 서둘러 면벽동으로 들어온 것이다. 면벽동 안에 자욱하게 퍼져 있는 이 비릿한 냄새, 네가 아닌 범부라 해도 피 냄새를 맡았을 것이다."

"……!"

그때였다. 돌연, 혜허 선사의 얼굴이 변하기 시작했다.

허연 백발과 수염이 칼질을 한 듯 제거되며 바닥으로 떨어져 흩어졌다. 쭈글쭈글하게 주름진 얼굴이 주름살 없는 매끈한 얼굴의 미장부로 변했다.

혜허 선사는 어느새 환상궁주로 변해 그 자리에 서 있었다.

찌익― 찍―

걸치고 있던 붉은빛 가사(袈裟)가 너덜너덜하게 찢어졌다.

혜허 선사, 아니, 환상궁주의 어깨부터 가슴까지 긴 칼자국이 새겨져 있었다. 상처에는 아직 검붉은 핏덩어리가 뭉쳐 있었다. 그곳에서 역겨운 피고름 냄새가 났다.

이 상처는 풍백의 철검에 의해 입은 것이다.

살인미소는 무표정을 유지하려 노력했다.

"당신은 스스로 정체를 드러냈소. 달마십삼검법을 사용했으며 혈전 이후 소림사로 향했소. 서둘러 면벽 연공에 든 것은 연공을 위장한 치료 목조이었소."

환상궁주가 희미하게 웃었다.

"너는 정말이지… 영리한 놈이다. 그렇지만 너는 한 가지 사실을 모르고 있다."

살인미소가 완전 하대를 했다.

"난들 천하의 일을 어찌 모조리 꿰고 있겠는가?"

"후흐훗, 네가 모르고 있는 사실 한 가지는… 내가 너를 이곳으로 불러들였다는 것이다."

살인미소가 고개를 끄덕였다.

"그럴지도 모르겠군."

"나는 풍백을 벤 후 환우제일검가의 충실한 사냥개 감 장로가 내 뒤를 밟고 있다는 사실을 알게 되었다. 때문에 나는 나만의 은신처로 향하지 않고 일부러 소림사까지 유유하게 왔다."

"……."

"나는 서둘러 면벽 연공에 들었다. 기다리고 있으면 반드시 네가 이곳까지 찾아오리라 생각했던 것이다."

살인미소가 면벽동 내부를 휘휘 둘러보며 말했다.

"난 이런 음습한 곳을 싫어해. 더구나 내 무덤으로 삼긴 정말 싫고."

환상궁주가 희미하게 웃었다.

"운명이란 자신의 의지대로 되는 것이 절대로 아니지."

살인미소도 웃었다.

"내 생각인데… 이곳은 너의 무덤으로 정말 어울리는 곳이야. 칙칙하고, 음습하고, 냄새 나고……."

환상궁주가 서서히 내력을 끌어올렸다.

우우웅―

그의 전신이 시뻘겋게 물들기 시작했다.

"너를 죽이고 반드시 혀를 뽑아 천 갈래로 찢어버릴 것이다."

살인미소도 내력을 끌어올렸다.

우우우웅―

살인미소의 전신이 은빛으로 물들기 시작했다.

"내 혀를 보호하기 위해서라도 나는 살아야겠군."

환상궁주의 신형이 사라지기 시작했다.

스스슷―

붉은 기류로 화해 사라지는 환상궁주, 그의 주변으로 혈무(血霧)가 자욱하게 뿜어졌다.

살인미소가 헤실거리며 말했다.

"이제야 알겠군. 너는 주화입마에 든 적이 있었어."

붉은 기류가 대답했다.

"너의 영리함에 대해 다시 칭찬하지 않겠다. 그것이 내가 불문무학(佛門武學)을 포기해야 했던 이유였다."

"맞아. 때문에 불법만 득도한 것이 아니라 천하의 영화(榮華)까지 득도하게 되었지."

휘이잉―

붉은 기류가 살인미소의 사위로 휘몰아치기 시작했다. 동시에 사위에서 다라니진결(多羅尼眞訣)을 외우는 소리가 웅후하게 터졌다.

음성은 환상궁주의 음성이었지만 고대어가 뒤섞인 서장어였다. 워낙 웅후한 내력으로 면벽동을 울렸기에 몇 단어를 제외하곤 알아들을 수 없었다.

살인미소가 신중한 표정을 지었다.

'회회선회하시강(回廻蟶獝霞施罡)에 이은 박라탄소자예결(拍喇彈燒磁제訣)이로군!'

회회선회하시강!

세외 밀교의 마공이다. 피의 안개이며, 피의 구름이며, 피의 빛임과 동시에 핏빛 죽음이다.

일단 ㅅ전되면 붉은 기류 외에는 절대로 시전자를 볼 수 없게 된다. 찰나적으로 억겁의 윤회를 거듭하기 때문이다.

실체는 반드시 존재한다. 상대는 붉은 기류와 같은 허상을 보는 순간 실체의 절명적인 공격을 받게 되므로 어떻게 죽임을 당하는지조차 모르고 죽게 된다.

박라탄소자예결!

이 또한 세외의 마공이다. 시전자는 반드시 다라니진결(多羅尼眞訣)을 외운다. 강력한 내공을 불규칙하게 발출하며 상대의 정신을 혼미하게 만든다.

상대는 사위에서 확성된 웅후한 다라니진결을 듣는 것 같다. 그 사이에 기혈이 파괴되고 전신 심맥이 절단된다.

또 상대는 어디서 날아오는지도 모르는 파편(破片)을 맞은 것처럼 당하게 된다. 음공(音功), 소공(嘯功), 후공(喉功)의 정화된 요결을 한꺼번에 시전하기 때문이다.

웅후한 내력이 실린 다라니진결 음이 점점 크게 들려왔다.

살인미소도 눈부신 은색의 기류로 화하기 시작했다.

스르르르—

뱀이 모래 위를 기는 듯한 그런 소리가 나며 살인미소의 신형이 완전히 흩어졌다.

살인미소는 환우삼십육검법 중 제삼십이식 환우천묘천비결(寰宇千妙天飛訣)과 제삼십삼식 환우만신형(寰宇萬身形)을 동시에 시전했다.

환우천묘천비결은 일천 종의 정도지학(正道之學)이 정화되어 완성된 것이다. 일천 가지의 정종비학(正宗秘學)이 이 한 검식에 융화되어 있다.

따라서 한 번 시전되면 일천 종의 절학이 한꺼번에 쏟아지며 일천 가지의 변화를 한꺼번에 펼칠 수 있다.

그러기 위해서는 제삼십삼식 환우만신형을 먼저 시전해야 했다.

일시어 허영(虛影)을 일만 개까지 만들 수 있다는 환우만신형. 한 사람이 일만 명으로 화해 상대를 공격할 수 있다.

하지만 사공(邪功)의 기운이 짙으므로 존재는 하되, 단 한 번도 시전된 적이 없었다.

살인미소는 역대의 풍가 가주들과 전혀 다른 성격을 지닌 사람이었다. 그것이 콩 심은 데 팥 나는 이유였다.

환우만신형이 살인미소에 의해 완벽하게 시전되었다.

츠으으—

면벽동 내부를 가득하게 채우며 희미하게 떠도는 은색의 무수한 기류와 붉은색의 무수한 기류.

면벽동은 태고 이전의 모습처럼 오직 단 두 가지 선명한 색만이 존재했다.

번쩍! 번쩍! 번쩍!

순간, 백 줄기 이상의 은색 섬광과 붉은색 섬광이 터지며 무수한 빛줄기들이 사위로 무섭게 뻗어 나갔다.

폭발음이 연이어 사위에서 터졌다.

사람의 흔적 따위는 전혀 보이지 않았다. 오로지 은색 기류와 붉은색 기류단이 자욱하게 차고 넘쳤다.

우르트르릉—

면벽동이 통째로 떨었다. 수만 성상(星霜)을 외롭게 버텨온 암굴 전체에 무수한 균열이 일어났다.

급기야 수천 갈래의 뇌섬이 한꺼번에 작렬하는 듯 샛노란 빛줄기가 면벽동을 쪼개며 대폭발을 일으켰다.

콰아아앙!

그것이 끝이었다.

엄청난 먼지에 휩싸인 채 면벽동은 흔적도 없이 사라져 버렸다. 천하 자체와 삼라만상이 사라져 버린 것 같았다.

소우주(小宇宙)의 폭발이었다.

혈인(血人).

전신이 누더기처럼 변한 인간, 그는 온통 검붉은 선혈을 뒤집어쓴 채 무릉도원을 향해 걸어왔다.

그가 살아 있다는 증거는 밤하늘에 빛나는 십자성처럼 초롱한 눈빛 때문이다. 그런 그는 헤실헤실 웃고 있었다.

이 모양 이 꼴로 변한 인간이 헤실거릴 수 있다면 천하에서 단 한 사람이 있을 뿐이다. 그는 살인미소였다.

살인미소는 도향소축을 향해 느릿한 발걸음을 옮겼다. 사실은 심하게 비틀거리고 있었다.

풍백은 과일을 먹고 있었다.

“……!”

풍백은 과일 조각을 입에 문 채 갑자기 굳어버렸다. 그가 이토록 놀라는 것은 생애 이번이 처음이었다.

육우당은 술을 마시고 있었다.

“……!”

육우당은 입으로 가져가려던 술잔을 든 채 입을 딱 벌렸다. 그 바람에 술잔에 가득 든 술이 반이나 흘러 옷자락을 적셨다. 그러나 육우당은 옷자락이 젖고 있는 줄을 몰랐다.

육우당이 이런 모습을 보이는 것 또한 생애 최초의 일이었다.

감 장로는 풍백을 위해 과일을 깎는 중이었다.

"……!"

감 장로 역시 일시에 경직되었다.

감 장로는 과일을 깎던 과도(果刀)를 떨어뜨렸다. 과도는 감 장로의 허벅지로 떨어지며 옷자락을 찢었다. 허벅지가 베어지며 선명한 선혈이 흘러나왔다.

감 장로 또한 이토록 놀라워하기는 팔십을 바라보는 평생 동안 이번이 처음이었다.

도향소축의 문이 열리고 있었다. 살인미소가 들어섰다. 헤실헤실… 그렇게 웃으며…….

감 장로가 벌떡 일어났다.

"소… 가주……!"

살인미소가 쪼르르 달려와 풍백과 육우당 앞에 무릎을 꿇었다. 음성만큼은 명랑했다.

"저는 살았고, 그는 죽었습니다."

육우당이 먼저 너털웃음을 터뜨렸다.

"그렇지만 도무지 살아 있는 것 같지 않구나."

감 장로가 입바른 말을 했다.

"아닙니다. 저 헬렐레한 미소, 아니, 저 헤실거리는 미소를 보십시오. 죽은 자에게서 어찌 저 같은 미소를 찾을 수 있겠습니까?"

풍백이 고개를 끄덕이며 말했다.

"너는 살아 있다. 너는 가치있는 일을 했다. 그것이 살아 있어야 하는 이유다.”

아버지는 아들을 알고 있었다. 풍백도 환상궁주가 혜허 선사라는 것을 짐작하고 있었다.

풍백은 아들의 분별력을 시험해 본 것이다. 과연 아들은 뛰어난 분별력을 지니고 있었다. 풍백과 다름없는 생각을 하고 있었던 것이다.

풍백은 살인미소가 소림사를 향해 떠나기 전까지 눈을 뜨지 않고 있었다. 말을 하지 않기 위해서였다.

소림사를 향해 떠났을 때 눈을 떴다. 그리고 입을 열었다.

“운아는 반드시 돌아올 것일세.”

육우당과 감 장로는 그때 아무 말도 하지 못했다.

하지만 풍백조차도 아들을 위한 어떠한 조치를 취하지 않았기에 이들의 입은 그때부터 원천 봉쇄당했다.

두 사람은 조금 전까지 가득한 불안감에 휩싸여 있었다. 그러나 풍백의 짐작이 옳았다. 살인미소가 돌아온 것이다.

넙치가 되도록 엉망진창인 얼굴과 몸이 되어 있었지만 분명한 것은 살아 돌아왔다는 점이다.

그로써 환상궁주는 죽은 것이 확실했다.

풍백이 살인미소에게 말했다.

“네가 돌아오기 전에 우리는 이런 말들을 나누었다.”

“…….”

“우리 모두가 장인촌을 찾아갈 것이라는 말을…….”

영악한 살인미소는 풍백의 내심을 읽었다.

살인미소는 풍백을 치료하며 실핏줄까지 찾아내어 거의 완벽할 정도로 이었다.

하지만 그것으로 완벽한 치료를 했다고 말할 순 없다. 풍백은 아직 거동이 불편했다. 살인미소의 의술에는 한계가 있기 때문이다.

살인미소가 살짝 돌려 말했다.

"생선 어르신께서는 아버지를 반갑게 맞으실 것입니다. 그분은 인정에 메말라 있는 분이니까요."

풍백이 조그맣게 웃었다.

"나는 생선 어르신에게 좋은 선물 하나를 가져갈 것이다."

"……?"

"사실로 말하자면 칠기(七技) 할머니에게도 좋은 선물이지."

살인미소가 고개를 끄덕였다.

풍백이 또 웃었다.

"당장 떠나야겠다, 칠기 할머니를 모시고."

정말로 풍백은 장인촌으로 떠났다.

육우당과 감 장로와 함께 떠났다. 칠기파파도 함께 떠났다.

그렇지만 살인미소는 한 가지를 미처 깨닫지 못하고 있었다.

아버지 일행은 다시 돌아오지 않을 것이다. 그들은 은퇴를 결심한 사람들이었다. 장인촌에서 남은 여생을 보낼 것이었다.

"환우제일검가는 충분히 내 아들이 이끌어갈 수 있어. 뒷 물결이 밀려오면 앞 물결은 밀려나야 하는 법일세."

풍백이 육우당에게 그렇게 말했었다.

육우당도 맞장구를 쳤었다.

"나는 그곳에서 훈장 노릇을 하며 술값을 벌어야겠네."

아마도 육우당은 장인촌에서 곧바로 주례를 맡게 될 것이다. 신부는 칠기파파가 될 것이며 신랑은 생선이 될 것이다.

물론 이 일은 생선도 모르는 일이었다. 칠기파파도 모르는 일이었다. 그렇지만 두 사람의 결혼은 반드시 이루어질 것이다.

풍백과 칠기파파, 육우당과 감 장로가 함께 장인촌에서 생활하자면 반드시 생선이 칠기파파에게 치근거릴 것이었다.

칠기파파는 결혼 생활을 불과 며칠 만에 접은 사람이다. 당시의 신랑은 순전히 멧돼지 같은 녀석이었다. 칠기파파의 취향이 아니었다.

칠기파파는 생선과 같은 사람을 만나게 된다면 다시 결혼을 생각할 것이다. 그녀에게 어울릴 만한 사람이 있다면 오직 생선 같은 사람이었다.

'칠기 할머니가 결혼식을 올리면 그때 녀석을 다시 볼 수 있겠지.'

풍백은 그런 생각을 하며 걸었다. 이때의 이들이 동정호 주변을 가로지르고 있는 중이었다.

풍백이 은퇴 결심을 한 건 살인미소가 소림사의 면벽동을 찾아간 이후였다. 내내 눈을 감고 있던 풍백이었다. 자연히 많은 생각을 하게 되었다.

풍백은 자신의 결심을 칠기파파에게 전음으로 알렸다. 살인미소가 돌아오면 당장 장인촌으로 떠날 것이라 말했다.

그러자 칠기파파가 함께 가겠다고 했다.

"남자 셋이 장인촌에서 살게 되면 도대체 누가 세끼 밥을 끓여준단 말이냐? 안 되겠다. 나도 장인촌으로 가야겠다. 기둘려라."

그렇게 말하며 천하제일루의 밀실에서 번개처럼 튀어나온 칠기파파였다.

눈 감아도 천 리 앞길을 내다볼 수 있는 풍백이었다.

'생선 어르신도 말년에 호강을 하게 생겼고…….'

때문에 살인미소에게 언질을 주었던 것이다.

칠기파파가 천하제일루의 밀실에서 떠난 후, 마돈나도 곧바로 일어서야 했다.

살인미소의 전음을 들은 것이다.

"씻겨줘!"

이것이 전음 내용의 전부였다.

마돈나는 더 이상 밀실에 머물 수 없었다. 그토록 기다리던 살인미소의 음성을 들은 것이다.

마돈나는 좌중 인물들에게 양해를 구한 뒤 곧바로 도향소축으로 달려왔다. 도향소축에는 웬 누더기 인간 하나가 마돈나를 기다리고 있었다.

마돈나가 눈을 휘둥그렇게 떴다.

"오빠 맞냐?"

"응."

"어째 아닌 것 같다."

"우이쒸이… 그럼 누구겠냐?"

"몰라. 일단 한 겹 벗겨낸 다음에 확인해야겠어."

살인미소는 양파 껍질처럼 홀딱 벗었다. 백의는 이미 누더기가 되어 있었기어 쉽게 알몸이 드러났다.

마돈나가 욕실 문을 열었다.

"그래도 물 뿌려보기 전까진 모르겠어."

"너 취했냐?"

사실 마돈나의 말이 옳았다. 살인미소의 벗은 몸은 인간의 몸이 아니라 혈인의 몸이었다.

쏴아아아—

"으아아… 살살 밀어라. 거죽이 다 벗겨져 아파 죽겠다."

혈인이 비명을 질러댔다.

혈인의 피부는 쩍쩍 갈라져 있었다. 핏방울도 송골송골 맺혀 있었다. 뿐만 아니라 뼈마디도 몇 개 탈골되어 있었고, 또 몇 개는 아예 부러져 있었다.

정말로 마돈나가 씻겨주지 않으면 혼자서는 씻을 수 없는 상태였다. 따라서 그의 전음은 진심이었다.

하지만 그 정도는 간단한 외상에 불과했다.

목욕을 마치고 나면 장시간에 걸쳐 운기를 해야 했다. 살인미소가 마돈나를 불러낸 진정한 이유는 서둘러 운기를 해야 했기 때문이다.

그러거나 말거나 마돈나는 벅벅 문질러 가며 살인미소 전신에 거품을 냈다.

"으아아아!"

"엄살 피우지, 시방!"

"엄살 아냐. 사람 살려……."

"난 지금 사람 살리는 중이야."

쏴아아—

마돈나가 어찌 살인미소의 상세를 짐작하지 못하랴. 그토록 심하게 거품을 벅벅 내는 이유는 살인미소가 자꾸 딴생각을 하고 있기 때문이었다.

지금의 살인미소는 홀딱 벗고 마돈나에게 몸을 맡기고 있는 중이었다. 그런데 살인미소의 눈초리가 요상했다. 손도 있을 곳을 찾지 못했다.

"진정해라, 오빠야. 지금은 때가 아니다."

"거참 눈치 하나는 빠삭하네."

그런데 그때 마돈나도 홀딱 벗어야 했다. 살인미소의 전신에 다시 물을 뿌리자마자 아파 죽겠다고 뭍으로 올라온 가물치처럼 난리를 쳐 댔다. 물이 사방으로 튀었다.

마돈나의 옷이 모조리 젖었다. 벗어야 했다.

마돈나도 알몸이 되었다.

"작전이었지?"

살인미소가 헬렐레 웃었다. 살인미소가 마돈나를 덥석 안았다.

"그럴걸?"

가슴과 가슴이 맞닿았다. 표시나게 다른 두 가슴이었다. 서로의 가슴을 통해 달콤하고 야릇한 감정이 오갔다.

쿵쾅. 쿵쾅.

살인미소의 가슴은 지진을 만난 것처럼 헐떡거렸다. 긴 입맞춤이 이어졌다.

그러나 마돈나가 갑자기 살인미소를 저만치 떼어놓았다.

"왜?"

마돈나가 뜨거운 물줄기를 살인미소의 몸에 뿌렸다.

"운기가 늦을수록 골병이 심하게 든다는 거 몰라?"

또 벅벅벅. 살인미소는 머리끝부터 발끝까지 금방 거품 인간이 되었다.

그렇지만 이 남자는 자꾸 딴생각을 했다. 행동도 그랬다. 몸은 마돈나에게 맡겼지만 손은 마돈나의 두 가슴을 맡으려 했다.

"어허!"

"이게 얼마나 경제적이냐? 씻으면서 손이 즐겁고……."

"너나 그렇지."

"그럼 너는 안 좋아?"

마돈나가 그의 귓가에 조그맣게 속삭였다.

"있지……."

"응……?"

"오빠 목욕 끝나고 운기 끝나면 있지……."

"응."

"오늘 밤에 있지… 어? 야! 너 손 어디에 와 있어?"

"그냥 하던 말 계속해."

"이 흉수(兇手) 못 치워?"

"좀 머물자."

따악!

"하여간 빨라도 엄청 빨라!"

"으아아! 터진 데 또 터졌다."

쏴아아—

*　　　*　　　*

환우제일검가.

긴 봉문(封門)을 털어버렸다. 환상궁에서 붙여놓았던 봉인이 제거되었다.

환우저일검가는 수리에 들어갔다. 허물어져 가던 전각들이 새로이 지어졌다. 비바람에 희미해졌던 단청도 새로이 칠해졌다.

이 무렵 무릉도원의 도향소축도 새롭게 개축되었다. 십전십각십루(十殿十閣十樓)가 증축되었다.

도향소축에는 새롭게 절정문(絶頂門)이라는 현판이 걸렸다.

문주(門主)는 마평이 되었다. 장로는 기존의 네 장로 외에 천마제가 수석 장로로 임명되었다. 도마제와 검마제 또한 새로운 장로로 추대되었다.

달사신궁의 공동 장문인이었던 혼해마물 혈전노는 서역으로 돌아갔다.

"애당초 거기서 터를 잡았으니 이제는 마음 놓고 터전을 넓혀가겠소. 이제는 환상궁의 핍박을 받을 일이 없을 테니까 말이오."

그는 그렇게 말하고 부상신풍가의 인물들을 이끌고 자취를 감추었다.

귀검뎐옹 철웅성도 달단을 향해 말을 몰았다.

"허어, 나는 풍(風) 공자와 비무를 원했소만 그럴 필요가 없어졌소. 나는 겨우 달단의 왕 노릇을 할 그릇이지만 풍 공자는 천하의 왕 노릇을 할 사람이오. 어찌 내가 비견(比見)될 수 있겠소?"

그는 자신의 그릇 크기를 솔직하게 인정했다. 때문에 기쁜 마음으로 중원을 벗어날 수 있었다.

단상은 찰거머리와 같은 사람이었다.

"나는 단지 성만 단(單)일 뿐이오. 그렇지만 죽어 귀신이 된다 해도 풍(風) 가문의 사람임이 틀림없소."

단상은 절정문이 아니라 환우제일검가의 장로가 되었다.

단(單) 장로. 그는 장인촌으로 사라진 감 장로의 역할을 충분히 하고도 남을 사람이었다.

환우제일검가는 한때의 회오리를 겪으며 정말이지 많은 것이 변했다.

우선 가주가 엄청 젊어졌다.

물론 좀 채신머리없이 헤실거리긴 했지만 영웅의 풍모가 여실한 건 사실이었다.

더구나 환상궁을 여지없이 멸절시킨 사실이 천하에 쩌렁하게 알려진 이후였다. 누구라도 환우제일검가를 가볍게 여길 수 없을 뿐만 아니라 살인미소를 우러러보아야만 했다.

최근의 천하 사람들은 누구나 이렇게 말했다.

이 시대 최고의 영웅은 환우제일검가의 가주(家主) 살인미소 풍운뿐이라고…….

사람들은 또 말했다.

당금(當今) 무림에서 십전(十全)을 두루 지닌 여인이 있다면 오직 한 사람, 천하제일미 마돈나뿐이라고…….

사람들은 다시 말했다.

살인미소 풍운에게 어울리는 여인은 단 한 사람, 천하제일미 마돈나뿐이며, 천하제일미 마돈나에게 딱 어울리는 사람 역시 단 한 사람, 살인미소 풍운뿐이라고.

이때의 하늘은 환우제일검 풍백과 탄지선자 운지령이 매일매일 사랑을 쌓아갈 때처럼 투명했다.

간간이 푸르름이 제 색을 찾아 저 멀리 허공에서 영롱한 빛깔을 뿌려대는 그런 모든 찬연한 시간들이 모조리 두 사람을 위해 존재했다.

갑자기 쏟아지는 폭우를 바라보면서도 마음껏 미소 지을 수 있을 것이고 눈이 오면 또 그때는 그 눈은 두 사람의 축복을 위해 내리는 눈이 될 것이었다.

꽃이 피어도 두 사람을 위해 필 것이었으며, 새가 울어도 두 사람의 축복을 위해 지저귈 것이었다.

이 세상에 존재하는 모든 행복은 오직 두 사람만을 위하여 존재했다.

모든 상황과 모든 조건은 환우제일검 풍백이 탄지선자 운지령을 맞아들였을 때와 똑같았다.

하지만 누가 알 것인가? 살인미소의 우렁찬 비명 소리가 욕실 너머로 간간이 흩어지고 있다는 사실을!

"너, 손버릇 정말 못 고치지?"

"어? 언제 내 손이 여기 와 있었지?"

"그래도 그 자리에 고대로 머물고 있지, 시방?"

"거 정말… 좀 만진다고 해서 닳는 것도 아니잖아."

픽!

"아아악… 사람 살려!"

"남이 들으면 진짜로 사람 잡는 줄 알겠다."

"어제 맞은 그 자리 또 맞았단 말야! 으아아!"

"그러니까 제발 그 손버릇 좀 고치란 말이야."

"시로"

잠잠…….

　그 다음 일은 아무도 모른다.

　왜 욕실 안이 잠잠해졌고, 왜 잠잠해졌는데도 욕실 안에서는 쏴아아 거리는 물줄기 소리가 계속해서 들려오는 것인지를… 정말 아무도 모른다.

大尾

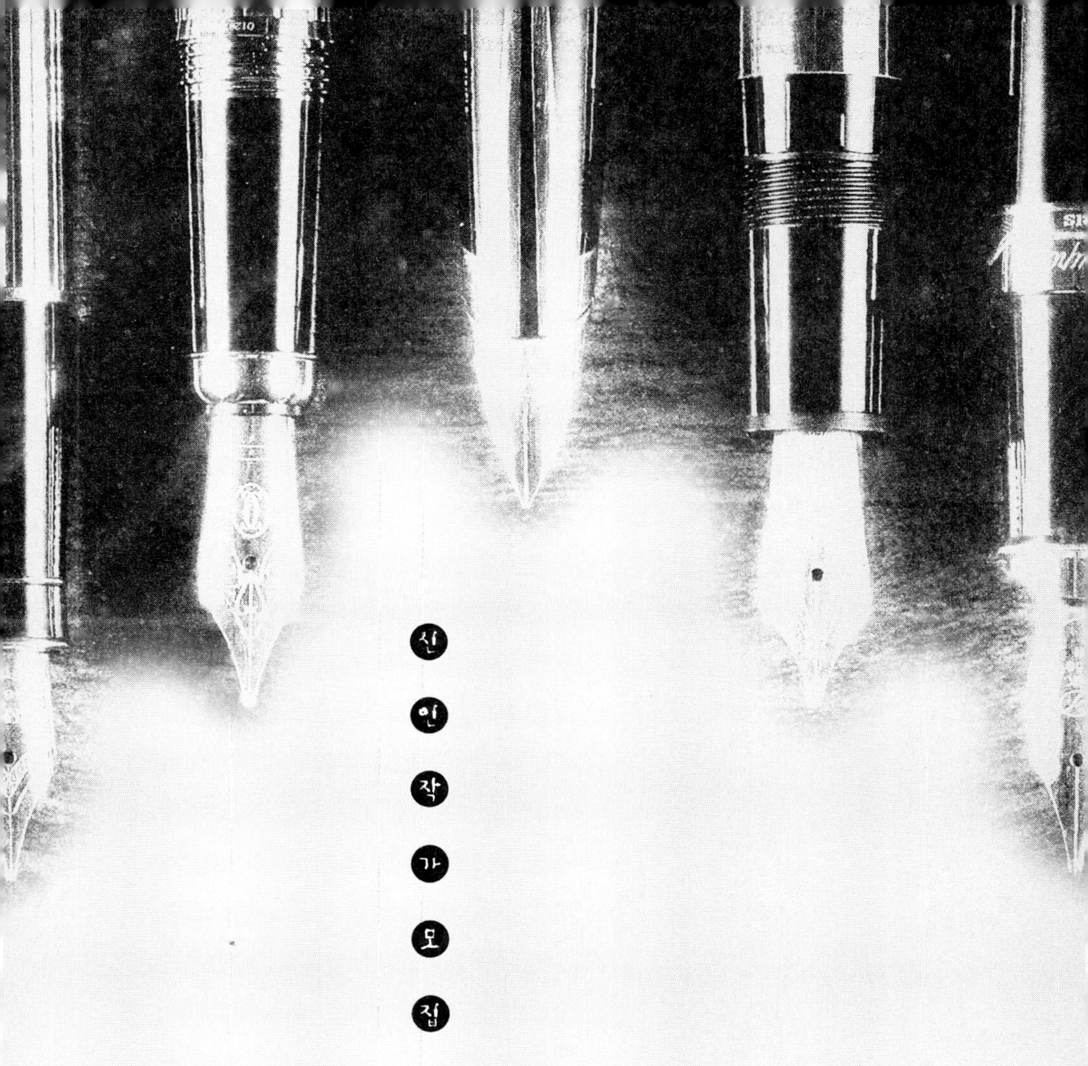

신
인
작
가
모
집

시작이 반이라고 했습니다.
작가의 길에 대한 보이지 않는 벽을 과감히 깨뜨리십시오!
청어람은 작가 지망생 여러분들의
멋진 방향타가 되어드리겠습니다.

저희 도서출판 청어람에서는
소설 신인 작가분들을 모집합니다.
판타지와 무협을 사랑하시는 분들의 많은 참여를 바랍니다.
소정의 원고(A4용지 150매)를 메일이나 우편으로 보내주시면
검토 후 출판 여부를 알려드리겠습니다.

주소:경기도 부천시 원미구 심곡1동 350-1 남성B/D 3F 우편번호420-011
TEL:032-656-4452 · FAX:032-656-4453
http://www.chungeoram.com
e-mail:chungeoram@chungeoram.com